希行 著

MINGMEN YINÜ

名门医女

下册

青岛出版集团 | 青岛出版社

第十七章　救　命

马车里，常云成看着皱着眉头的齐悦。

"不要多想。"他踌躇半日，有些生硬地说道，"大舅母一向不喜我，自然也不会喜你。"

齐悦笑了，又有几分好奇。

"不喜欢你吗？我以为你是你外祖家的香宝宝呢。"

常云成嗤声一笑，靠在车厢上，却什么都没说。

虽然他什么都没说，但齐悦可以感受到他低落的情绪。

没娘的孩子像根草……这首歌不由自主地在心里滑过。

"我没想这个。"她笑道，"你也知道，我这人，别人喜不喜欢我，跟我没关系。"

常云成看向她，扁了扁嘴。

我怎么知道？我才懒得知道你。

"我是在想，那个孩子的确不太像腹泻。"齐悦说道，眉头又皱起来，旋即又笑了，"也是我想多啦，你们这里的大夫怎么也比我强。"

常云成看向她。

"你们？"他忽地问道。

齐悦打了个激灵，浑身汗毛倒竖。

"对啊，你们善宁府啊。"她神情自然地接口道，看着常云成，眼神没有丝毫躲避。

常云成哼了声，转开头，不再理会她。

"哎，对了。"齐悦又想到什么。

常云成转过头,看到这女人眼睛亮亮地打量自己。

"你怎么又坐马车了?你不是懒得看到我?"齐悦笑道。

"我的车。"常云成伸手拍了拍车厢,淡淡地说道。

"那我去骑马。"齐悦笑道,果真起身就向外挪。

这女人一向敢说敢做。

"胡闹什么?"常云成说道,跟着起身,伸手抓住她的胳膊。

一个装样子,一个则当了真,用力这么一拽,齐悦便跌过来,靠在他身上。

"我说笑呢,我才没那么傻。"齐悦笑道,忙忙地起身要坐开。

对于和常云成这样亲密的接触,她总有些不自在。

常云成却没松开她,反而用力攥紧,将齐悦拥在身前。

"喂,非礼勿为啊。"齐悦说道,再次要起身。

"蠢女人。"常云成闷声说道,将她在身前稳稳地圈住,"这叫什么非礼?"

齐悦干笑两下。

"非我所愿,就是非礼。"她用胳膊肘推常云成,"你快松开。"

常云成非但没松开,反而再次贴近。

炙热的气息喷在脖颈上,齐悦不由得打了个寒战,不知道是她的错觉还是因为马车的颠簸,身后的人似乎也在微颤,抓着她胳膊的大手青筋暴突。

"那……要怎么样才能如你所愿?"耳后传来低沉的声音。

齐悦浑身僵硬,一瞬间脑子空白。

这是告……告白吗?

她这么大年纪又是谈过恋爱的人,事情到了这地步还说自己不明白的话,那就真是装傻了。

不过,事到如今,好像也只有装傻是唯一的活路……

齐悦干笑两声。

"别装傻。"常云成的声音从身后传来。或许是因为说出了要说的话,他反而不紧张了,身子也放松下来。

齐悦要讨论天气的话便被堵在了嘴里。

"那个,现在说这个是不是有点儿不合适?休书都写了。"她深吸一口气,说道。

"没有什么休书!"常云成将她的胳膊再次攥紧,答道。

"我又不是瞎子。"齐悦笑道,"白纸黑字写着……"

"那是我父亲写的,跟我无关。"

齐悦再次被噎了下。

"那……那你不是也正有此意？"

"没有。"常云成答道，简单利落，"从来没有。"

"才怪。"齐悦哼道，被这回答惊得转过头，瞪眼道，"你哄傻子呢。"

这一转头，二人的脸几乎贴在一起，看着近在咫尺的美人颜，秀眉微挑，神情灵动，常云成只能顺从男人的本能，一手扣住齐悦的脖颈，重重地吻上去。

不许她再说那些戳刀子的话……

齐悦睁大眼，张口要喊，却让这男人的吻得以深入。

不知道是不是缺氧的缘故，齐悦变得迷迷糊糊，什么时候被压在下边的都不知道，直到一双手攥住了胸前的柔软，略粗糙的大手重重地揉过，带着微痛的刺激。

齐悦一个激灵醒过来，手脚并用地推搡压在身上还在乱打乱踢的人。

"常云成！"她发出一声尖叫，声音穿透车厢散开。似乎马儿也受了惊吓，马车连颠了几下，常云成就被手脚乱踢乱打的齐悦趁机推开了。

"你疯了！"他面色潮红，气息紊乱，低吼道，伸手捂住齐悦还要尖叫的嘴。

齐悦用力地摆头，甩开他的手。

"你才疯了！"她喊道，亦是面色潮红，神情激动，用手将已被解开大半的衣衫胡乱地拢住，满面怒意地抬腿踢常云成，"变态！色情狂！流氓！浑蛋！"

常云成接下她胡乱的踢打，满面烦躁。

"又怎么了？"他低吼道，伸手抓住齐悦的腿脚，"你到底闹什么？到底要怎么样？"

"你……你……你无耻！"齐悦狠狠地挣脱禁锢，喊道。

常云成一把把她抓过来。

"我怎么无耻了？"他亦是狠狠地低喊，"我睡我的女人天经地义，怎么无耻了？你这个臭女人闹腾什么？老子又不是和尚！你想憋死我啊？"

"鬼才是你的女人！"齐悦抬手狠狠地推他，"鬼才是你的女人！滚开滚开！睡你个头！"

常云成几乎气炸了。这个臭女人简直疯了！胸口剧烈地起伏，显然被气得不轻，他猛地松开齐悦，靠在车厢上，这一次居然没有甩袖而去。

车厢里陷入静谧，车轮滚动，马蹄声、护卫们的交谈声乱乱地涌进来。

"我又没想怎么样。"常云成闷声说道，"不过是亲亲抱抱摸……"

"摸你妹！别跟我说话！"齐悦低声喝道。

常云成面色尴尬，青筋暴突，牙齿咬得"咯吱"响，最终还是没有说话。

齐悦靠在另一边整理衣衫，低头看见肌肤上的吻痕，想到方才的混乱，又是羞又是臊又是气。被扔到这么个鬼地方，被现代的负心男友甩，又差点儿被这古代男人那啥了，凭什么她这么倒霉？齐悦的眼眶不由得红了，眼泪真的忍不住掉了下来。

常云成看到了。

道歉？不可能，这有什么可道歉的？道歉也是那女人道歉！

"你别哭了！"他最终闷声说道。

齐悦没理会他，也没哭出声，只是抬手擦去滴落的眼泪，将衣服整理好，取出镜子、梳子，一点儿一点儿地整理头发。在慢慢梳头的过程中，她的情绪也平静下来。

一直到天黑下车住宿，二人都没有再说话。

夜色笼罩了驿站，依旧住在一间屋子里的二人各自睡自己的床，安静得令随从们出气都不敢大声。

相比安静的驿站，谢府里却是鸡飞狗跳，一个中年男人被连催带请地带进屋子里时，屋子里的妇人已经哭得站不住了。

"安小大夫，你快瞧瞧，浩哥儿怎么叫不醒了？"兆哥儿立刻迎上去，颤声说道。

大半夜的被人叫醒，就算是大夫，心情也不会很好，尤其病人还是自己诊治过，再三说了是呕泻的孩子。

"病来如山倒，病去如抽丝，小公子禀赋弱，原本就不好将养，不要急，慢慢地吃药，好好地调养……"安小大夫慢悠悠地说道。

"是，是。"兆哥一面点头，一面挥开丫头，请安小大夫坐下。

安小大夫坐下来，漫不经心地拉出婴儿的手，在看到手心的那一瞬间，他的脸色大变。

"怎么会？！"他失声喊道，人也猛地站起来。

这一声喊对屋子里的人来说如同耳边响起一声震雷。

"大夫！"兆哥儿媳妇喊了一声，脚一软，竟坐在地上。

谢老太太也被惊动了，扶着丫头过来了。

"一个泻肚怎么就闹成这样？"谢老太太坐下来，喘着气说道。孩子不好养活，她自己养的三个孩儿只活了两个，如今只剩下一个了，到了嫡孙这一辈，也是迟迟生不出，好容易来了一个，这眼瞅着要满百天了，难道还是不行？

安小大夫跟前点亮了三盏灯，他的脸几乎贴到孩子的手掌上，旁边的人可以清晰地看到他鼻头上的细汗。满屋子的人都不敢大声说话，就连大舅母和兆哥儿媳妇哭都是用手帕掩住嘴，只怕惊扰了大夫诊脉。

听到谢老太太这样说，安小大夫转过身。

"老夫人，这不是泻肚。"他说道，面色阴沉。

谢老太太猛地站起来。

"不管是什么，你只说怎么治吧。"她心里已经猜到什么，说话声音都有些发抖。

安小大夫叹了口气，摇了摇头。

"此儿乃肝不藏血，惊风之症。此病初起在肝，肝经风热，风火交加，气血逆乱，气滞则水不行而痰引生，气滞血必瘀，痰与血瘀相成，神昏抽搐，惊风之症。"

屋内的人听得一头雾水。

"大夫，既然知道病症，那就快治吧。"大舅母忙说道。

安小大夫摇摇头。

"这个，请恕我无能为力，"他缓缓说道，"此症无药可治。"

这句话让屋子里顿时炸开了锅，哭声喊声瞬时响起。

谢老太太跌坐回椅子上。

"你父亲什么时候回来？"她大声喊道。

安小大夫叹口气。

"其实，就算我父亲回来，此症也……"他摇摇头，但本着安慰病者家属的习惯，打起精神说道，"或许明日晚上就到家了，如果孩子还能撑到那时候的话……"

他说完，再次躬身行礼，退了出去。

满屋子的人都在哭号，兆哥儿媳妇反而不哭了，呆呆地坐在地上。

"我的奶奶，你快哭出来，哭出来啊，不能憋着啊！"仆妇们一边掐她，一边流泪喊道。

"这不是泻肚……"兆哥儿媳妇忽地喃喃地说道，嘴里重复着这一句。

仆妇们只当少夫人是伤心过度神志昏乱，流着泪接着揉搓劝慰。

兆哥儿媳妇说话的声音越来越大，人也猛地站起来。

"这不是泻肚！她说了！她当时就说了！她知道！"她喊道。

屋子里的哭声被她这一喊震得小了，所有人都不由得看向她。

兆哥儿媳妇已经向门外冲去，几个仆妇忙按住她。

"放开我，快去请她，快去请她来救救浩哥儿！"兆哥儿媳妇挣扎嘶喊，如同疯魔。

"快拦住她。"大舅母流泪喊道，"这叫什么事啊？"

兆哥儿媳妇被人拉着，出不了门，只得扑向兆哥儿。

"相公，快去请世子爷和少夫人，少夫人一定能治的。"她哭道，手紧紧地攥住自己男人的胳膊，力气之大，断了两片指甲都不知道。

"你说什么？"兆哥儿被媳妇掐得生疼，不解地问道。

"你记得吗？今日少夫人走的时候看了浩哥儿，她不是说了，浩哥儿这不像是泻肚，还要咱们注意点儿。"兆哥媳妇急急地说道，眼泪如同泉涌。

是她，是她害了孩子，如果当时就让少夫人看了……

听她这么一说，屋内的人都想起来了，神情顿时精彩起来。

"这……这也许是她随口说的，巧合而已。"大舅母迟疑了一下，说道。

"谁？"谢老太太耳背，大声问道。

"祖母。"兆哥儿媳妇踉跄地奔过去，跪倒在谢老太太跟前，流泪道，"您快让人请少夫人回来，她一定能治的，世子爷不是说了，她是神医啊！"

谢老太太听清了，将手里的拐杖一顿，喝道："真是胡闹！这你也信！她是什么神医？她要是神医，我还成神仙了！"

"可是世子爷不会骗人的，祖母，您难道不知道世子爷的脾气吗？"兆哥儿媳妇抱住她的膝头哭道，"祖母，世子爷什么时候骗过人啊？"

谢老太太坐在椅子上，神情复杂。

是的，她的外孙没有骗过人，说什么就是什么。

"她果真说过浩哥儿这不是泻肚？"她问道。

"今天早上她看过浩哥儿，当时就说了，好像不是泻肚，不过……不过当时没让她……"兆哥儿媳妇点头，说到这里，眼泪再次如雨而下，忍不住抬手打自己耳光，"浩哥儿，是娘害了你！"

这耳光她打在自己脸上，一旁的大舅母却觉得是打在自己脸上：当时，当时是自己不许人家看的……

"这……这……这……她怎么会是神医？你如今是病急乱投医，她那话只是随口说说，是你自己想太多了。再说，连安大夫都说治不得……"大舅母说道，神情复杂。

她真希望有这么一位神医，能救她孙子一命，但那个人怎么可能是定西侯府的那个乞儿少夫人呢？

· 478 ·

谢老太太猛地一顿拐杖，终于下定了决心。

"备马，去追。"她喝道。

齐悦其实一晚上没睡着。

她和常云成依旧住在一间屋子里，只不过自从在马车上闹了别扭之后，他们就一句话也没说。

突然，门外传来嘈杂声。

"世子爷，少夫人，快救救命啊！"伴着人的大喊。

这一声"救命"让二人都怔了下，旋即齐悦忙下床。

"怎么了？"她大声问道。

院子里已经燃起火把，照得如同白昼。

"出什么事了？"常云成向门外问道，在齐悦身边站定。

中午，齐悦终于在满谢府人期盼的视线中迈进大门。

这种场面让谢老太太等人很纠结，怎么也想不明白，才短短一天一夜时间，怎么就成了期盼这女人进门了？

幸好兆哥儿媳妇抢了所有的话，而齐悦也并没有和她们说话的意思，才避免了尴尬。

"我只是怀疑，具体的我要查看了才知道，你先别急，我看看。"齐悦安慰哭成泪人的兆哥儿媳妇，径直走进室内。

内室里，两三个仆妇正守着孩子哭。

看到她们这样哭，所有人的心顿时坠入冰窟：已经不行了吗？

兆哥儿媳妇腿一软，便坐在地上，连哭也哭不出来。

齐悦几步迈上前。

"体温好低啊。"她一面说道，一面查看孩子的情况，"给我灯。"

大白天的，她还要灯做什么？

满屋子的人都傻呆呆的，没有人动。

常云成拿过灯，点燃了递过来。

这种灯怎么……齐悦皱眉，四下看了一下，放下帐子。

床上立刻暗了下来，齐悦一手接过灯，举着凑近那婴儿，一手翻开婴儿的眼。

"双侧瞳孔大小不等，颅压升高，光反应还有……"她喃喃地说道，"不知道血压多少……但肯定高不了。"

479

她沉吟一刻，拉开帐子。

"没事，还活着，还有机会。"

这话让屋子里的人又松了口气，兆哥儿媳妇一口气上来，哭了起来。

"这孩子到底是什么病？也没别的事啊，就是泻肚，怎么会这样厉害呢？"大老爷大声问道。

就在此时，安老大夫坐在椅子上，看着面前的儿子安小大夫。

"没错，依你所说，这就是小儿惊风之症。"他缓缓说道。

"可是明明是泻肚，怎么就成了惊风呢？"安小大夫一脸不解，"难道我诊错了？"

"不是，你别多想了，这两种症状本来就易混淆，没有见过这种病症的，看不出来也是正常的。"安老大夫叹口气，说道。

"那父亲，谢府的人还在等着，您……"安小大夫问道。

安老大夫又叹了口气。

"去告诉他们，医者不医必死之人，这个病症，老夫无能为力。"他摆摆手，说道。

安小大夫应声"是"，退了出去。

屋门关上，安老大夫坐在椅子上一动不动，似乎入定了。

"又是惊风之症啊……"许久，屋子里才响起一声幽幽的叹息，旋即再次陷入沉寂。

"患儿抑制性症状，嗜睡，昏迷，肌张力下降……"齐悦喃喃地道，"各种反射减弱……前囟饱满，怀疑蛛网膜下腔出血……但是没有CT，不能确定具体出血位置、出血量，也不知道什么原因引起的……"

这一连串的话满屋子的人一句也听不懂，只是看着齐悦沉重的神情，大家的心都沉了下去。

"弟妹……"兆哥儿媳妇哽咽道。

"就目前的症状来看，我可以确定，是颅内出血。"齐悦深吸一口气，看着这家人，说道。

这家人冲她瞪眼，一脸不解。

"就是说，孩子的头里面……"齐悦伸手指着自己的头，简单地解释道，"出血了。"

480

此言一出，满屋子哗然，出血对他们来说是很大的事，更何况在头里面！

兆哥儿媳妇顿时大哭起来。

"少夫人，少夫人，快救救浩哥儿！"她跪下抱住齐悦的腿。

齐悦忙伸手搀扶她。

"快起来！这种病症来势凶猛，你们快去请大夫！"她大声说道。

此话一出，满屋子人都愣了，都以为自己听错了。

"快去啊，请大夫来对症用药。"齐悦又催道。

不是听错了……

"你……你是什么意思？"谢老太太一顿拐杖，喝道。

齐悦被她喝得一愣。

"我没什么意思啊。"她说道，旋即恍然，"这个，我能判定病症，但是不会用药。我现在可以给这孩子做急救，你们呢快去请大夫来开药。"

"少夫人，你不会开药？"兆哥儿惊讶地问道。

这怎么可能？

"是啊，我不会用药。"齐悦不知道该怎么解释，便说道，"我当初只学了辨证，能认出病症，但是不会用药。"

谢老太太死死地盯着她的眼，试图在其中发现一丝奸诈或心虚，但最终无果。

这个女子神情坦然，目光纯正。

"快去请安大夫！"谢老太太转头喝道。

下人们立刻慌乱地去了。

好，大夫去请了，那么她现在要做什么？

齐悦站在床边，脑子里回想着现代医院面对这种病症的措施。

"止血，吸氧，输血，减颅压……"她喃喃自语，脑子里飞快地回放着那些熟悉的流程。

那么现在不在现代，什么都没有，她要怎么做？

"无关人等立刻退出屋内，保持这屋内空气流通。"齐悦举手喊道，一面从床上抓过枕头，将婴儿轻轻地挪动，小心地以右侧卧位放好。

其他人已经退下了，但谢老太太、大舅母以及兆哥儿媳妇都站在那里，盯着齐悦的一举一动，她们从来没见过的举动……

"取火盆，让屋子里暖和起来。"齐悦又说道。

很快，好几个火盆被端来，屋子里顿时暖和起来。

"还不够，还不够。"齐悦喊道。

"去找，去找。"兆哥儿媳妇大声喊道，再次一把抓住齐悦的手，似乎抓住了最后一丝希望，"少夫人，求求你，求求你，救救他！他才生下来，还没好好睁开眼看看呢……"

"我尽力，我尽力。"齐悦拍了拍兆哥儿媳妇的手，"现在就要看大夫的了。"

她的话音才落，就听外边一阵热闹。

"母亲，安老大夫回来了。"兆哥儿跑进来喊道。

谢老太太和大舅母顿时满面喜色。

"快，可请来了？"大舅母顾不得婆婆在，抢着问道。

"没有。"兆哥儿哑声说道。

大舅母这才看到儿子像是在哭。

"怎么？"她不解地问道。

"安老大夫说，说……他救不得，这个病症他治不得……"兆哥儿是真的快要哭出来了。

谢老太太和大舅母顿时呆住了。

齐悦也是大吃一惊。

大夫居然不肯来？那怎么办？她该怎么办？

"再去请别的大夫！"她急道，"快，快，这病症耽误不得！"

谢老太太和大舅母都被安老大夫不肯接诊的消息吓呆了。

对她们来说，安老大夫的话就是最终判定。

他都不肯治了，那就是说这孩子是治不得了……

谢老太太身子一晃，倒在椅子上。

屋子里又是一阵慌乱。

齐悦被晾在一边，完全被忽略了。

"喂，你们别这样啊，还有救的，快去请大夫，没有这个什么安大夫，还有别的大夫啊。"她喊道。

兆哥儿媳妇此时反而比这两位长辈镇定。

"是，去请，这条街上的大夫，全给我请来。"她大声说道。

屋内的人怔怔地看了她一刻。

"既然我儿还没死，还有救，我就要救，谁放弃了我也不会放弃，只要他还有一口气。"兆哥儿媳妇绷直身子，喃喃地说道。

"快去，将城里好的大夫都请来。"兆哥儿站起来，大声吩咐。

下人们大声地应了，转身跑出去。

天色渐黑，谢家少夫人院子里点起了火把，明亮的火光照着进进出出忙碌的人影。

"吸氧，吸氧，吸氧……"齐悦喃喃地说道，俯身口对着婴儿的口开始进行人工呼吸。她不停地吸气，吹气，吸气，吹气……脸色因为缺氧而变得难看，但还是不停地重复这个动作。

这一次她连体温计、血压计、听诊器都没了，没有站在背后可以依仗的刘普成老师，没有能够协助护理的阿如，除了经验，什么都没有了。

她知道体温很低，但不知道低到多少；知道心率一定很快，但不知道到底多快……

"夹板来了。"门外有人喊道，举着一块奇怪的木板进来了。

齐悦忙起身，却因为缺氧眼前一黑。

一双手及时地扶住她。

齐悦闭着眼，喘了几口气。

"怎么样？没事吧？"常云成的声音在耳边响起。

"没事。"齐悦睁开眼，对他笑了笑。

常云成点点头，帮她接过木板。

齐悦将两块小夹板仔细地固定在婴儿头上，这才转过身。

"怎么样，大家有没有研究出该怎么用药？"

屋子里站着七八个大夫，或低着头思考，或两个低声交谈，更多的是一直好奇地看着齐悦的动作。

"齐少夫人，这个病症确实是……"一个年长的大夫说道，"实在是不好治啊。"

他一开口，其他人也纷纷点头附和。

"不如去请安老大夫来看，他曾经是太医院的掌院，一定有法子的。"另一个年轻些的大夫说道，"我等……我等技艺浅薄……"

又是那个安老大夫。

如此被人推崇，齐悦也想请啊，现在没有刘普成在身边，她自然想要找个最厉害的大夫，这么多人提起的都是安老大夫……

但是，偏偏人家不肯治啊！

看着屋子里低声交谈、纷纷摇头的大夫，齐悦一咬牙，做了个决定。

"安大夫说不可救治，所以不来看了。"她大声说道。

此话一出，满屋子的大夫哗然。

常云成也有些意外，看了齐悦一眼，要说什么，最终没说，只是稳稳地站在一旁。

所有大夫的脸色顿时黯然。

齐悦看着他们，对他们的心思一眼明了。

"而且，安大夫还说，病人熬不到今晚。"她说道。

当然，这话不是安老大夫说的，而是安小大夫说的，说的是"熬不过今晚"，但他们都姓安，"不到"和"不过"意思也相近，她打个马虎眼也不为过。

大夫们更是摇头叹气。

"但是，你们可以看到，这个婴儿现在怎么样。"齐悦伸手指着身后，大声说道。

大夫们一愣，顺着她的视线看去。

那个被木板以及枕头摆出奇怪姿势的婴儿，虽然双眼紧闭，呼吸急促，但的的确确活着。

意思就是……

众人不自觉地看向齐悦。

"意思就是，安大夫说的不一定就是真的，就是定论。"齐悦深吸一口气，微微抬头，"我们医者，本就是要谨守本心，不能别人说什么就听什么。谁也不可能什么病症都会治，谁也不可能只守着自己会治的永不接手不会治的，会还是不会，能还是不能，对我们来说，应该是不存在界限的，我们要考虑的只是怎么治。有位前辈曾说过，这世上原本没有路，走的人多了才成了路，这治病也是一样。试想古时人最初对于各种病，不是也都不会、不懂吗？但是有神农氏去尝了百草，才有了今天我们的医术、经验、方药。如果当初有人说那个病不可治，人人就认同而不再尝试，那么今天我们又怎么会传承到这么多医术？"

她一口气说完，看着屋子里已经听得呆住的大夫们，又微微一笑。

"再简单点儿说，"齐悦的目光扫过这些大夫，"安老大夫说不能救治的人，你们治好了，这种感觉不知道怎么样？"

这话让在场的大夫们惊愕的神情变得微妙起来。

她在说什么？她知道她说的是什么吗？

这……这……

这还没完，齐悦又开口了。

"我觉得这种感觉一定很棒！喂，你们这些大夫是不是经常被人拿来跟那个安什么大夫对比啊？啧啧。"她摇头看着这些大夫，眼神同情，"不到万不得已，那些高门大户世家贵族没人会找你们看病吧？就是找了你们，也会说什么安老大夫怎么样吧？"

事实的确如此，在场的大夫们不由得微微脸红。

"技不如人，没什么好丢人的。"有人沉着脸说道。

这个女人，说话怎么这样难听啊？

"这位大夫说得好。"齐悦冲他大声笑道，还拍手鼓掌，"敢承认不如人就是一种勇气！可敬！"

那大夫脸色更黑了，甩袖就要走。

"承认技不如人没什么，我也承认，我就不如你们，你们会的我都不会，"齐悦接着笑道。

那大夫本想走，却又忍不住想要听听这女人到底还会说什么。

"但是，有一件事，我永远不承认不如别人。"齐悦收起笑，看着这些大夫，"那就是勇气。"

勇气？

大夫们看着她。

"我永远不承认，我会因为胆小，因为技不如人，因为别人已经下了定论，就连试一试的胆量都没有！"

齐悦说完这句话，不再看这些大夫，而是转身，再次走到婴儿身前，俯下身，重复大口大口地对口吹气。

屋子里一阵沉默，那些原本要走或者已经转身的大夫竟然都站着没动。

"这个，既然你说是内出血，我觉得要以治肝为本。"一个大夫忽地说道，并转身提笔写药方，"我先开个药方试试。"

"不对，不对，我觉得应该祛痰为先。"另一个大夫也说道，捻须沉思。

…………

屋门外满是谢家的人。

谢老太太坐在圈椅上，裹着厚厚的披风。

因为她不肯去旁边的屋子里等，所以大老爷、大舅母等人也只得陪在这里。

所以方才里面的话大家都听到了。

"这些庸医行不行啊？"大舅母皱眉，焦躁地看向门外，又低头对坐着的谢老太太说话："母亲，不如我亲自去一趟，多拿些酬劳，请安老大夫过来。这些人，这些人完全是在胡闹嘛，你看用的那些东西，木板，火盆，能治病吗？还有这

大夫，连个药方都开不出来，凑在一起吵吵。"

谢老太太不动不言。

"母亲。"大舅母不由得提高声音，看着贴门站着魂不守舍的儿子、媳妇，再想想自己的嫡长孙，"你的外孙金贵，我的孙子也是你的重孙子，你……你也太偏心了！"

她说罢，甩手就走。

大老爷呵斥也没呵斥住，忙跪下在谢老太太跟前赔罪。

"没事，这是个棒槌，不用理她。"谢老太太缓缓地说道。

"那……那……母亲，真的不再去请安老大夫？"大老爷迟疑地问道。

说到底，屋子里的那些人，他们真的是信不过啊。

"不用了。"谢老太太握紧手里的拐杖，在椅子上坐得笔直，沉声说道，"既然安老大夫不愿意，那就不要强求了。"

半夜安家的大门被敲响，所有人都有些无奈，虽然作为大夫之家这是常有的事。

安小大夫看着焦急地在客厅里走来走去的谢家大夫人，有些无奈地叹了口气。

"谢夫人。"他上前施礼。

"安小大夫，还是再请老大夫吧。"大舅母面上满是焦急，声音都有些哽咽，"我这个孙子来得艰难，要是有个三长两短，我这媳妇也保不住了……"

安小大夫请她坐，可大舅母哪里坐得下去。

"夫人，不是我们见死不救，实在是救不得。"他低声说道，"夫人，这小儿急惊风来势凶猛，根本就无药可医，是不治之症啊！夫人，当年扁鹊望桓侯而还走，就是这个缘由啊。"

"可是，这个病不是治不得啊。"大舅母急道，努力地想着听到的只言片语，"是……是脑子……什么的出血，只要止血，呃……止血……减……减什么……"

"脑子出血？"安小大夫皱眉，没听明白大舅母的话，"什么脑子出血？"

大舅母哪里知道？

"反正就是能治，现在我那外甥媳妇带着街上那些大夫在治呢。"她只得说道。

安小大夫一脸惊愕，旋即又苦笑。

俗话说"病急乱投医"，这也无可厚非。

"那就期望小公子贵人多福寿吧。"他点头说道。

"不是啊。"大舅母可不是这个意思，忙说道，"他们怎么行呢？还是要请安老大夫去看看。"

安小大夫叹气，又绕回这个话题了。

"夫人，请恕我们实在是无能为力。"他拱手施礼。

"那我就不走了！"大舅母一甩手坐下来。

这种事对安小大夫来说，并不是什么稀罕事，也不是什么可以难倒他的事。

"来人啊，给谢夫人上茶。"他温和地说道。

立刻有下人端茶上来，还体贴地拿了靠枕和毯子。

"夫人，夜里凉。"安小大夫说道。

大舅母一口气堵在心口，瞪眼半日，愤愤地一把扯过靠枕和毯子。

我就不走了，怎么着吧？

安小大夫迟疑了一刻，离开了客厅。

"还要去告诉老太爷吗？"下人问道。

"不用了。"安小大夫说道，"等天亮，谢家人就会来报信，那谢夫人自然就回去了。"

来报的信自然是孩子死了的信……

下人垂头沉默。

"不过……"安小大夫略一迟疑，想到谢夫人说的话，伸手捻须，"脑子出血……"

下人不解地看着他。

安小大夫看着院子，笑着摇了摇头，裹紧身上的斗篷，没有再说话，沿着走廊而去。

晨光照进屋子里的时候，齐悦和大夫们正在轮班吃饭。

"你傻啊，你在这里守着做什么？"齐悦一边忙忙地吃饭，一边对坐在对面的常云成说道。

她嘴里含着饭，说话时饭粒就往外掉。

常云成放下筷子，看着她，皱眉。

"像什么样子！咽下去再说话。"他低声喝道。

齐悦撇撇嘴，把饭咽了下去。

"你别在这里添乱了，快去找个地方歇歇，陪你外祖母说说话也成。"

常云成将一个汤碗递过来，似乎没听到她的话。

齐悦突然有些不好意思去接。

"我吃好了。"她放下筷子。

"怎么能吃这么快?"常云成皱眉。

以前工作忙,吃的泡面都是没泡好的,那才叫吃得快呢。

齐悦笑了笑说"没事",忙忙地走出这边的屋子,临出门时又停下脚。

"你别在这里了啊。"她再一次说道。

常云成扭头看她。

"你这是关心我?"

"我当然关心你。"齐悦立刻答道,哼了声,"我还指望我治不好被你外祖母家的人围攻时,你能把我从这里扛出去呢。"

说罢,她掀帘子急匆匆地走了。

"这臭女人。"常云成低声说道,不过这一次没有黑脸,反而露出笑,一开始只是微微地弯了弯嘴角,却发现这笑怎么也收不住,似乎是从心底酿出来,挡不住四溢,最终他只能借着往嘴里大口大口地扒饭才能避免咧着嘴笑。

大夫们也都只简单地吃了口就过来了。

有凝神思索的,有提笔写药方的,更多的是站在齐悦身边。

"针对这种病症,最关键的是止血,减颅压,免水肿。"齐悦说道,一面翻看这一天一夜所做的记录,"我只能给你们指出这个方向,但是具体怎么用药,就靠你们了。"

认得病症却不会用药,真是奇怪的事,不过现在不是考虑这个的时候,大夫们点点头,继续会诊研究用药。

"少夫人,少夫人。"门外传来熟悉的女声。

齐悦顿时面露喜色。

"阿如。"她忙喊道。

"少夫人,我先消毒换衣服。"阿如在门外说道,听脚步声,是向一旁去了。

太好了,总算有个帮手来了。齐悦舒了口气,握了握拳头。

天色再次黑下来的时候,院子里的火把又"啪啪"地燃烧起来,屋子里的人依旧忙碌着。

"三十六度三。"阿如再一次报告体温,同时记录下来。

"心率120次,无杂音。"齐悦收起听诊器,再一次俯身对着婴儿做人工呼吸。

查看了所有的数据,齐悦跟大夫们进行了病情汇报、商讨,听完她的分析,大夫们又进行了望闻问切，然后重新调整药方。

"加减天麻、钩藤、生地黄精。"其中一个大夫说道，看向其他人，"诸位觉得可用否？"

众人思索片刻，多数点头。

"好，煎药。"这个大夫便提笔写药方。

谢老太太已经被好说歹说地请到屋子里了，但是是这边的屋子，而不是自己的屋子。

"来了个丫头？来送药箱的？"她问道。

兆哥儿忙点头。

"那是她的……助手。"常云成解释道。

助手是什么意思？

屋子里的人不解。

"已经带徒弟了啊。"还是大老爷见多识广，给大家解释了，一面点头，"这么年轻就能带弟子了，果然厉害啊。"

"厉不厉害的，得等治好了再说。"二老爷说道，带着几分讨好看向谢老太太。

谢老太太瞪了他一眼。

"就凭敢这样堂而皇之地接下，她就很厉害了。"她慢慢地说道。

二老爷马屁拍在马蹄上，尴尬地咳了下，往一旁站了站。

"她一向胆子大。"常云成微微一笑说道。

屋子里的人都看向他。大家都是人精，要是还看不出常云成对自己媳妇的满意，那就真成傻子了。

真是奇怪，他不是很讨厌这个乞丐媳妇吗？

谢老太太自然也明白，看了眼常云成，神情复杂，要说什么，最终没有说。

"你母亲还在安家呢？"她转头问兆哥儿。

兆哥儿点点头。

"去请了，母亲就是不肯回来。"他说道，无奈又感动，"安大夫说了，让她在那里吧，也能心安些，他们会照顾好她的。"

谢老太太点点头，没有再说话。

屋子里重新陷入安静，所有人都不自觉地看向外边，竖起耳朵，期待听到那原本无望的好消息。

一夜似乎一眨眼就过去了。

燃烧了一夜的火把在晨光里显得暗淡了很多。

就在这时，屋子里传出一声喊。

"少夫人，体温升了！体温升了！"

阿如喊出这句话，眼泪都快出来了。

"真的？我看看。"齐悦奔过去，从颤抖的阿如的手里接过体温计。

值守的三个大夫摇摇头，其中一个伸手去探那婴儿的身子。

这不是一样能探出婴儿的体温吗？那个东西只是用来做这个的？那么精致的东西，也不知道是什么宝石做的？

再仔细地摸这婴儿渐渐回暖的身子，几个大夫也忍不住吐了口气，都觉得心跳加速。

自己真的可以吗？真的可以治好安老大夫说的不可救治的病症吗？

那些轮休的大夫说是在外间歇息，其实谁也没睡踏实，听到这句话，都拥了进来。

"嘘，嘘，"值守的大夫忙冲他们摆手，"保持空……空气流通……别挤……"

相处两日，这个女子用的一开始听不懂的名词他们已经可以随时挂在嘴边了。

"情况好了很多。"齐悦摘下听诊器，看着血压计上的数字，终于抬起头，对满面期待的大夫们说道。

明明这个女子好似什么也没做，但偏偏只有她说出的话让大家觉得才是最终定论。伴着她这句话出口，有些大夫忍不住握拳，喜形于色；那些沉稳的大夫虽然不至于做出小动作，但眼中亦是难掩激动。

谢大夫人坐在安家的客厅里，靠着引枕，腿上搭着毯子，手拄着头，迷迷糊糊间，头点了下，她瞬间醒过来，微微活动了下身子。一旁的丫头都快哭出来了。

"夫人，咱们回去吧，您要是熬出个好歹来可怎么办啊？"两个丫头抱着她的腿哀求道。

谢大夫人坐正身子。

"我不回去。"她斩钉截铁地说道，"已经坐到现在了，我就不信……"

门外传来颤抖的声音。

"夫人，夫人，家里……有消息了！"一个小厮连滚带爬地进来了。

谢大夫人猛地站起来。

家里……消息……

是浩哥儿……去了吗？

谢大夫人伸手按住心口，一口气没上来。

那小厮一句话没说完，就见夫人晕倒在椅子上，顿时号叫起来。

守在安家还是有好处的，很快谢夫人就被救治过来。

"我的浩哥儿啊——"她眼还没睁开，就喘着长气哭道。

早知道会有这一刻，安小大夫叹口气："夫人节哀。"

话音未落，那差点儿吓死谢大夫人还跪在地上的小厮忙忙地开口了。

"不是，不是，夫人，小少爷没事，"他大声喊道，"小少爷醒了！"

谢大夫人哭出来的声调顿时拐了个弯，一口气又差点儿没上来。

"你……你说什么？"她猛地坐起来，看着那小厮，问道。

安小大夫也愣了，怔怔地看着那小厮。

"小少爷没事了，小少爷醒过来了，老太太让夫人快些……"小厮再次提高声音，还没说完，就见夫人一撑地站起来，都不用丫头扶，疾步出去了。

"回去……"小厮将余下的字说出来，看到丫头们都跟出去了，他自己也忙起身，扶着帽子跑出去跟上。

一行人转眼便走了个精光。

安小大夫还保持着蹲下身诊治的姿势，怔怔地看着门外。

小少爷醒了？

他没听错吧？

他回过神，疾步追了出去，门外谢大夫人的马车已经走了。

"你们家小少爷是醒了还是死了？"安小大夫忙大声问道。

"呸，你家小少爷才死了呢。"一个小厮回头啐道，"我们家小少爷活得好好的。"

说罢，看到马车远去，这小厮忙撒腿追去。

安小大夫怔怔地站在原地。

这不可能！这怎么可能？

"父亲。"他转身向内宅跑去，情绪激动，竟忍不住失声喊出来。

"什么？"正坐在书桌前看书的安老大夫闻言亦是满面惊愕，"活了？"

"是，那谢家的小厮说的。"安小大夫鼻头上布满细汗。

安老大夫放下手里的书。

"你可亲自看了？"他问道。

"还没有，我……我……我这就去。"安小大夫忙说道。

他转身忙忙地出去了。

屋子里重归安静。

"治好了？怎么可能？"安老大夫喃喃地说道，手抓住桌上的一张纸攥成团，神情复杂，"绝不可能！这种病是救不及的！是救不及的！"

他越说越激动，神情扭曲，将桌上的笔墨纸砚书籍一把扫下去。

屋里的"哗啦"声惊动了外间的下人，但没有一个人进来，似乎都习惯了这些动静。

安老大夫扫落了桌上的摆设，又推倒桌子，抓过一旁架子上的瓷器摔砸，直到满地狼藉，他才慢慢地平静下来。

"来人。"他说道。

门外这才低着头进来两个小厮，唤声"老爷"，走上前扶住他坐的椅子，将安老大夫推出去。

随着椅子滚动，长衫飘动，露出安老大夫空荡荡的裤管。

安小大夫被拦在了谢府门外，这让他很意外。

自从他行医以来，都是别人恭敬地请他进门，被拦在门外还真是头一次。

"安小大夫，里面正忙呢，实在是不方便啊。"管家亲自接见，态度恭敬，还算是给足了面子。

"我进去看看有没有帮得上的地方。"安小大夫一咬牙说道。

这种不请自诊的事也是第一次。

管家露出笑容。

"这个，只怕不方便。"他说道，带着几分遗憾，"您看，已经请了好几个大夫，安小大夫您再进去，只怕那些人会觉得脸上不好看，我们也过意不去啊。"

真是笑话，以前当着别的大夫的面说只让安家大夫诊脉的时候怎么就没觉得过意不去？

安小大夫无语地看着管家。

好吧，他再退一步。

"不知道小公子怎么样了？"安小大夫问道。

这话一出口，他就又觉得不对，果然见管家脸上露出一丝奇怪的笑。

"这个，小的不懂医，也不知道，安小大夫也是诊治过我家小公子的，应该比我清楚吧。"管家说道，捻着山羊胡，最后哈哈笑起来。

安小大夫气得咬碎了牙。该，谁让他上赶着送脸过来给人打。

这谢家原本是山西的泥瓦匠，穷丁一个，机缘巧合跟着太祖垒过城，泥腿子天不怕地不怕，拿着刀杀敌，居然杀出一条富贵路来，后来又靠着关系，靠着人脉，再加上花钱请先生，将后辈抬进了科举，吉星高照中了进士，从此以后说出去也是个清贵的读书人家，其实私底下还是改不了那一身泥腥味！

什么样的主子养出什么样的奴才，瞧这管家的嘴脸。

就算活得过今日，后日也说不定，我不进去看了，我等着。安小大夫甩袖子走了。

"让奶妈把奶挤出来，然后用这个。"齐悦拿着一支针筒，从一旁的碗里吸出挤好的奶，然后小心地对准婴儿的嘴，慢慢地将奶打进去，"这几天要一点一点地喂，一旦有不良反应，比如面色发绀、呕吐，便立刻停止喂奶，一面给孩子做人工呼吸，一面请大夫来……"

屋子里，兆哥儿媳妇等人瞪大眼，死死地看着。

"人工呼吸是这样的。"齐悦再次俯身，给她们做示范。

满屋子人看傻了眼。

"弟妹，您……您能不能不回去？啊，不是，我……我不该拦着你回去。"兆哥儿媳妇含泪说道，看着齐悦，带着几分祈求。

齐悦笑了，站直了身子。

"其实我在这里也没什么用，都是这些大夫的功劳。"她伸手指了指一旁站着的那几个大夫。

这可不敢当，大夫们吓了一跳，纷纷摆手施礼谦让，看向齐悦的神情震骇又惊愕：这个女子竟然如此谦虚？

"别怕，很简单的。有这些大夫在，我想小公子一定没问题。"

齐悦这话让屋子里的大夫们浑身麻痒。这个实在是……实在是……不敢当啊。

"不过，你们也要做好心理准备。"齐悦又说道，"这种病容易留下后遗症，主要是因为脑部积水问题……呃，脑部积水就是……就是……反正你们知道如何用药，我就不多说了。"

最后一句话是对大夫们说的。

大夫们听不懂，不过，反正小孩已经被从鬼门关拉回来了，他们也已经能熟门熟路地诊治用药了，于是纷纷点头应"是"，应完又觉得不对，又纷纷摇头请齐悦多说点儿。

"要是遇到这种症状，都要如此吗？"

"为什么用木板夹住头呢？"

一开始,所有人都担心齐悦会有所隐瞒,但相处下来,他们已经完全明白这女子真的是毫不藏私。

"窥探夫人的秘方,我们实在是……惭愧。"

但齐悦笑了。

"你们惭愧什么?你们肯留下来接手这病人,就是看得起我,就是给我天大的帮助,人敬我一尺,我敬人一丈,这是你们应得的。"

大夫们不知道该怎么表达自己的激动了,当时急着治病来不及请教,此时再也忍不住了,纷纷提出自己的疑惑,还有的干脆拿出纸笔,一边问,一边记下来。

齐悦含笑一一给他们解说,好容易勉强满足了这些大夫,又忙接着给兆哥儿媳妇以及下人们示范如何护理孩子。

第四天,孩子的情况更好了,齐悦也松了口气。年关将近,也该回去了,于是齐悦和常云成提出告辞。

这一次送别跟上一次没什么区别,谢老太太依旧没出现,不过不同的是,所有人看齐悦的神情不再是疏离和客气,而是无法掩饰的感激与好奇。

"正月里一定要过来,一定要过来,成哥儿你来不来舅母不管,月娘一定要过来。"大舅母拉着齐悦的手,反复说着这句话。

常云成站在一旁露出笑容,这让其他人更加惊讶。

以前大舅母说些亲热的话,世子爷总是神情淡淡,没想到今天没对他说亲热的话,他反而笑了。

"好,我会过来的。"齐悦点头。

虽然热情的大舅母以及满面感激的兆哥儿夫妇肆意表达自己的感情,但谢家的其他人还是没有放开,毕竟谢老太太依旧没有出面相送,甚至没有再见齐悦,还是表明了对这个外孙媳妇的态度。

救命之恩感恩戴德,厌恶之情恨不相见,这两种完全相反的感情,居然集中到同一个人身上了,这叫什么事啊?

马车终于再次离开。

看着远去的马车,站在下人后也来送别的大夫们此时忍不住好奇。

"这位夫人是你们府上的亲戚?不知道是出自哪里的杏林世家?"

一个下人回头看向他们,带着几分倨傲自得。

"这便是咱们姑爷家的儿媳妇,咱们府上的外孙媳妇,永庆府的。"他说道。

这些日子忙着治病,并没有也没想到询问这女子的来历,此时听了,大家都

494

惊讶地点头。

他们以前没资格跟这谢家打交道,哪里知道人家几个孩子,嫁娶的又是什么人家,只知道非富即贵。

不过,永庆府?

"永庆府真是出神医啊。"一个大夫忍不住眉飞色舞地说道,"前一段时间不是出了个能剖腹疗伤、起死回生的神医?哎,好像也是女的……"

"对啊,对啊,我也听说了,传得可神了,是个女人,还是什么侯府……"

"定西侯府的少夫人!"

"对,对,对,千金堂就是她开的。"

"永庆府竟然总是出女神医。不知道这位夫人和那位定西侯府的少夫人是否是同门?"

这句话说完,那个大夫发现那个下人用奇怪的眼神看着自己,不由得一脸不解。

"你们糊涂啦?"下人皱眉说道,"我们姑爷家你们不知道啊?"

"老儿孤陋寡闻。"几个大夫忙说道,面上恭敬,心里不屑:你们家姑爷是谁关我们什么事?

"我家,大姑爷,定西侯。我家外孙,定西侯世子。我家外孙媳妇,定西侯府少夫人。"下人歪头斜嘴摆手,一字一顿地说道,"永庆府的神医,说的就是我们家的外孙媳妇。"

大夫们顿时愣在原地,呆呆地看着这下人。

这下人还没完,鄙视地斜了这些大夫一眼。

"都传遍了,你们可真是够孤陋寡闻的。"他哼道,完全忘记了就在几天前,他也没听说过这个消息,就算听到了,也只会当个笑话。

这位夫人就是定西侯府的少夫人……

那个传得沸沸扬扬如同神仙故事的剖腹疗伤起死回生的故事的主角……

他们跟这个传说中的神医共同治了五天病……

他们错过了什么?

"哎呀!"一个大夫猛地狠狠地拍了自己的大腿一巴掌,大梦初醒一般喊道,"少夫人,请等等啊,这位小公子的病情,老儿还有几处不明白啊!"

他喊完就冲了出去,完全没有几天前那老态龙钟的样子。

看着这老大夫当先跑出去,其他大夫也回过神。

"少夫人,我也不明白啊,这只怕不好治啊!"

"少夫人,您再给讲讲,我心里没底啊!"

....

谢家的人看着常云成一行人远去了才回转。

大舅母一脸欣慰，急忙要去看孙子，想到孙子，又生出几分不满。

"老夫人也是的，这样了都不见见月娘，更别说说两句好听话。"她愤愤地低声说道，看向不远处老夫人的院子，"就是再看不上人家，为了咱们浩哥儿也得拉下脸啊，她倒好，别说感谢了，还生生打脸，我们浩哥儿在她眼里算什么啊？"

"母亲，别说了，祖母她，自有考虑。"兆哥儿媳妇忙低声说道。对于谢老太太，她倒没有婆婆这般愤愤，反而觉得老太太有些……可怜。

这种被厌恶的人施恩的滋味是最难受的吧。

"这次我可不管她的考虑了，我如今只为我的浩哥儿考虑，那月娘我可是要大张旗鼓地感谢的。等过了这几天，浩哥儿安稳了，我腾出手，好好地安排。有这么个亲戚大夫，那个安大夫算什么啊。"大舅母哼道，想起在安大夫家受的委屈，心里恨得要死，"还有，那些大夫都好好地给诊费了吗？咱们家不缺钱，都要给得足足的，面子也要给足，就是要让世人知道，咱们谢家，知恩图报，谦逊有礼。"

与其说是给那些大夫面子，不如说是要给安家难堪。

兆哥儿媳妇还能不知道自己这个婆婆的心思，不由得抿嘴一笑，低下头，应声"是"。

在谢大夫人的刻意安排下，那些大夫都得了丰厚的诊费，还有谢府管家亲自上门致谢，这引起了很多关注——参与救治的大夫们虽然自持，不会刻意去宣扬自己的功劳，但是门下的弟子们他们管不住啊。

很快，这几家大夫治好了连安老大夫都治不好的病人的事便传开了。

渐渐地，这几家大夫的事迹是越传越离奇，到最后甚至传说这几个大夫曾经路遇仙人，得到了某项神技，日常只是真人不露相。

事情越传越广，以至那些曾经在这几家医馆看过病的病人都开始跟着吹嘘，好像自己能被这几个大夫看病是几世修来的福气，在这里看过病也跟渡了仙气一般。

那几个大夫的名声自然迅速地扬了起来。

"他们扬不扬名咱们不在乎，关键是，他们扬名，居然踩着咱们家！"安小大夫面色铁青地说道，"父亲，你没听见街上都是怎么传的，只要捧那几个人一次，就必定踩咱们一次，欺人太甚！"

· 496 ·

安老大夫稳稳地坐在书桌前，翻看着一本书，神情淡然："本事不是捧出来的，同样也是踩不下去的，不用理会。"

这时，外边有仆从禀报："隆昌街谢老夫人来访。"

谢老夫人来了？安小大夫一脸惊讶，旋即又拉下脸。

怎么，在外边传扬还不够过瘾，这是要当面打脸了？

还有完没完了？就算你们是官宦人家，也不能这样欺负人。

安小大夫面色铁青，难掩愤怒。

"快请。"安老大夫和蔼地说道。

不多时，听得拐杖响，伴着一声中气十足的笑声，谢老夫人被两个丫头搀扶着进来了。

"老夫人，请恕老儿腿脚不便不能亲自相迎。"安老大夫笑着拱手施礼。

谢老夫人亦是笑着，也不客气，坐下了。

安小大夫有些僵硬地见了礼便退开了。

"马上年关了，老婆子想请安老大夫你再给诊诊脉，开几服药，正月里就不来见你了。"谢老夫人笑道，伸出手。

"老夫人，这话可不敢当，贵府上有神医，别寒碜我们了。"安小大夫忍不住冷笑道。

"无礼。"安老大夫沉着脸喝道。

安小大夫绷着脸，不再说话。

谢老夫人笑了。

"那个丫头其实没什么本事，连药都不会开，就是一点，嘴皮子利索。"

那个丫头？安老大夫与安小大夫都一愣，不会开药？

"当时一家子没办法了，都说必死之人不可医治，那些大夫一个个的还没看就要跑。"谢老夫人说道，神情复杂。

之所以这样，的确是因为他们拒诊。

安小大夫心里闪过一丝尴尬。但是，这种病的确治不了……不对，是他们治不了。难道治不了也非要去治吗？不去治就成了罪过吗？

这样的话，那天下没几个人还能行医了。

"虽然知道真的治不了，但是当亲人的，哪里能眼睁睁地看着孩子一点儿一点儿地死去呢？于是那丫头急了，说了一些刺激大夫们的话，这些话，想必你们已经知道了。"谢老夫人说道，站起身来，"生死关头，权宜之计，得罪了，还请安老大夫恕罪。"

说罢,谢老夫人松开拐杖,冲安老大夫弯腰施礼。

"老夫人,你这是要折杀老夫了。"安老大夫忙说道,一面转动轮椅上前:"康儿,快还礼。"

安小大夫也被谢老夫人的动作惊住了,回过神,忙还礼。

"前几日听说了这位齐少夫人的神技,老夫颇为惊羡,老夫人不可自谦。"安老大夫说道,一面伸出手给谢老夫人诊脉。

"不怕你笑话,对这个丫头,我毫无了解。你既然听说了她的事,那么她的来历你想必也知道,所以……"

安老大夫虽然不太明白其中的隐情,但他知道什么该问,什么不该问,含笑点头,不再问了,凝神诊脉后提笔开了药方。谢老夫人见来的目的达到了,不再停留,告辞而去。

谢老夫人这一上门,一则当面向他们说了好话,二来一定程度上平息了那些谣传,安小大夫的脸色好了很多。

"要不是看在谢老夫人的面子上……"他依旧带着几分愤愤说道。

"康儿。"安老大夫忽地说道,打断了安小大夫。

"父亲,有什么你就说。这些富贵门庭不能娇惯,打了一棍子再给个甜枣,我们可不是任他们消遣的……"安小大夫忙说道。

安老大夫沉思了一刻。

"我想过了年去趟永庆府,见见这位齐少夫人。"他缓缓地说道。

安小大夫愣住了。

见那个女人做什么?仇人相见吗?

就在安小大夫愤愤不平的时候,齐悦和常云成终于顺利到家了。

齐悦拉着阿如絮絮叨叨了半天。常云成看了一会儿书,平静下来,再看齐悦一边说话一边小心地观察自己,有些好气,有些好笑,又有些心酸。

"说起来,善宁府那几个大夫已经开始享受打脸的日子了吧。"他忽地说道。

齐悦和阿如的话便被打断了。

"你是想说安大夫会成为无辜的靶子吧?"齐悦笑道。

这个女人有时候脑子挺清楚的,很能跟上他的思路,看起来也不是那么傻。

"医者不接诊很正常,这一次遇到你可成了飞来横祸了。"常云成说道,"想必安家此时正念叨你呢。"

说巧也巧,齐悦猛地打了个喷嚏。

· 498 ·

"你个乌鸦嘴。"她忙伸手捂住鼻子，瞪眼说道。

"怕了吧？"常云成笑道，带着几分得意。

这女人一定会说不怕吧，不怕还不是因为她有定西侯府少夫人的身份护着？

"怕？我有什么好怕的？"齐悦笑道。

常云成亦是笑。你快说下一句话啊，说出那句话啊。

"人在江湖漂，哪能不挨刀？不是你挨刀，就是我挨刀。与其我挨刀，不如你挨刀。谁有本事谁不挨刀，挨了刀那就只能怪自己倒霉喽。"齐悦盘膝而坐，一面将半干的头发抖开，一面念绕口令一般念出这一段，"他怨我我也没办法，事急从权，只能他来中枪了。再说，如果他一味认为自己被打脸是我的缘故，因此嫉恨我的话……"

她说着，看向常云成。

"如何？"常云成问道。

"这样的品行，那我打脸打得也没错啊。"齐悦抿嘴一笑。

"怎么就没错了？换作你是安大夫，你不恨这样对你的人吗？那个叫王什么的大夫不也是打千金堂的脸？结果呢，你把人家整得很惨，你就不怕那安大夫也这样对你？"常云成坐下来，只觉得她的床褥比自己的要软和，坐着很舒服，忍不住扯过一旁的引枕靠着。

齐悦皱眉瞪他，对他坐下来表示抗议，抓住引枕不放。

常云成轻轻一带就将引枕拿到手。

"你出去吧。"他冲阿如说道。

屋子里多个人真是碍眼，感觉也不舒服。

阿如迟疑了一刻，看向齐悦。

"行了，你把我当什么人了？"常云成淡淡地说道。

你要是再敢兽性大发，阉了你。

齐悦哼了声，示意阿如下去。

阿如退了出去，临关门时又看了眼室内。夜色中的室内，夫妻二人在床的首尾相对而坐，一个不时地抖着自己的长发，一个神情温和地看着对方，看上去温馨而又恬静。

唯一遗憾的是，这画面中的二人或许都没有阿如的这般感受。

"那能一样吗？性质完全不同嘛。再说，我也没说什么啊，我不过是点出了那些大夫隐藏在心底的念头罢了，安大夫要是怪罪到我身上，那我还真看不起他这个懦夫。"齐悦笑道，"再说，别人传几句话，他就真成庸医了？大夫嘛，还是靠

真本事说话，一分一毫也作不得假。他继续安安稳稳地治病，治好病人，一句话也不用说，就是最响亮的回击了。"

常云成看着她，看着眼前这个女子简简单单干干脆脆地表达自己的内心，只觉得赏心悦目。

"当然，人心复杂，如果他要靠别的手段来对付我，我也不会怕他。因为怕结仇怕被报复怕得罪人，就畏缩不前，对我来说那是不可能的，大不了丢命呗，我宁愿站着死，也不会跪着生。"齐悦又说道。

宁愿站着死，也不跪着生。

常云成看着她，一脸审视，直看得齐悦心里发毛。

"干什么？"她警惕地问道，往另一边移了移。

"你这样强硬，"常云成说道，换了只手撑着身子，"是为什么？"

"为什么？什么为什么？"齐悦不解地问道。

"你这样，不觉得累吗？"

"累？我都习惯了，不都是这样……"齐悦笑道，话说了一半却卡住了。

"习惯了？"常云成看着她，面带审视。

"哈，哈，那当然喽。"齐悦干笑两声，故作轻松地靠在另一边的枕头上，"你以为当乞丐，不争不抢，吃喝就到手了吗？才没人管你是谁，是男是女，是老是小，不强硬不厉害早饿死了。"

"月娘，你现在不需要那样过了。"常云成看着她，忽地说道。

齐悦一愣，再看他神情柔和，目光深沉，她不由得再次干笑一声。

"以后不会了，你不需要这么……没有安全感。"常云成思考了一下，想了个合适的词汇描述自己的意思。

没有安全感……

没有依靠……

只有自己……

不能怕……就是怕也要装作不怕……

齐悦的神情有些慌乱，就在常云成以为这女人要转开视线时，她又抬起头看着他。

"谢谢你。"齐悦微微一笑，说道。

她明白自己是什么意思，而且没有回避装不知道，也没有硬生生地顶回来，而是第一次正面面对，常云成只觉得心内狂喜，一时间反倒有些慌乱。

"不说以前了，就目前来看，其实你这个人真不错。你帮了我很多，你能做到

500

这样，我真是有些意外呢。"齐悦笑道，"也许你说的话我真的可以试着信一下。"

"我本来就不错。"常云成转过头说道。

齐悦抿嘴笑了。

"哎，你是不是从来没被人夸过啊？"她问道，"总是自己夸自己。"

常云成被她问得一愣。

夸……

"是世子爷弄坏了花瓶。"

"是世子爷没念会师父的书。"

"世子爷又跟人打架了。"

"真是令人讨厌的小孩！"

"怎么看上去呆呆傻傻的？"

"没娘的孩子就是呆傻嘛。"

"你这逆子，瞧瞧你干的好事！给我跪下！"

那些久远的记忆一瞬间都被翻出来。

"我可不是讨好你。你真的很厉害，敢尝试新事物，心怀包容，男人嘛，这一点很重要的，可不是谁都能做到哦。"齐悦笑道，"就是脾气再好点儿就好了。"

常云成更加不自在。

这个女人，突然这样，还真让人不习惯。

"好兄弟，咱们以后和睦相处。"齐悦笑道。

"谁跟你好兄弟？你这臭女人！"常云成站起身，拉着脸说道，"睡了。"

说罢，他提脚走了。

早就该睡了，多晚了。齐悦撇撇嘴，吹灭床边的灯，抱着被子，一头倒下。

这边常云成迈进自己的卧房，也一头倒在床上，用被子裹住头脸，好堵住那莫名其妙控制不住的笑。

第十八章　家　人

在过年前的一天，谢家大舅母以自己的名义送的谢礼大张旗鼓地进了定西侯府，定西侯和谢氏这才知道谢家的这件事。

听着谢家来的仆妇不停地说着一句也没重复的赞誉词句，热情洋溢地表达了情真意切的感激，定西侯笑得合不拢嘴。

说起来，自己和这个岳丈家的关系一直很不好。

大谢氏在的时候，和母亲关系不好，导致护短的岳母也没给自己好脸色。大谢氏死的时候，谢家更是闹得不可开交，最终母亲同意了让小谢氏嫁进来做续弦才安抚了谢家，但两家的关系并没有因此好转，反而变得更怪异，除了逢年过节该有的礼节，两家人基本上是不见面的，更别提当面夸赞道谢。

原本恨你、厌恶你的人突然对你笑脸相迎、恭敬感激，这种感觉……太棒了！

难道这就是儿媳妇常说的打脸的感觉？

让你跩，让你横，终有一天你会在我面前低头！

定西侯体会到的是打脸的痛快，小谢氏体会到的则是被打脸的痛。

自从谢家的人进门，她的脸就痛得几乎要中风。

"夫人，这不是老夫人的意思，这不是，这只是大夫人的意思，你千万别生气。"苏妈妈小心地给谢氏顺气，急急地说道。

谢氏深吸几口气，浑身还是止不住地发抖。

"我知道。"她死死地攥住锦帕，面色铁青，"我知道，这是那顾氏故意的。她与其说是感激那贱婢，不如说是给我难堪来了，这么多年了，她终于有这个机会了。"

这个机会……

"都是那个贱婢！"谢氏再也压不住心中的怒火，将面前炕桌上的东西"呼啦"全扫了下去，"她怎么不去死？！她为什么不去死？！"

齐悦在古代过的第一个新年到来了。忙过头三天的各种祭祀、家中人的互相拜年等对齐悦来说相当复杂的仪式后，她终于轻松了一些。

初八是西府那边请世子夫妇过去玩，也算是婶娘招待晚辈，从西府二夫人家出来时，天已经黑透了。

两人回到家，先去定西侯和谢氏那里问安。定西侯心里有鬼，能避免见齐悦就避免见，而谢氏则是根本不想见，于是夫妻二人难得统一口径说歇下了。

"吃得太油了。做些清淡的，我想想啊。"齐悦一边往回走，一边说道。

常云成在她后面跟着，不自觉地露出笑容，又忙收起来，绷着脸，一副浑不在意的神情。

"家里有萝卜腌菜什么的吧？"齐悦对阿如说道。

"有。"阿如笑道，"什么都有，年货齐齐的。"

"那给我准备一些腌酸萝卜、半只鸭子、一些菌菇。"齐悦便掰着手指说道。旁边的仆妇忙应声去了。

"你等着吧。"齐悦冲常云成晃晃头，说道。

说罢，她也向厨房去了。

看着齐悦带着丫头悠然而去，常云成绷了一路的脸终于放松下来。

"倒知道我爱吃鸭子。"他自言自语一句，终于忍不住笑开了。

秋香帮常云成换上家常的衣服，看他进去洗漱了，才拉着鹊枝，好奇地问道："世子爷怎么这么高兴？"

"少夫人给世子爷做夜宵去了。"鹊枝低声笑道。

秋香恍然，掩着嘴笑。"怪不得呢，这是破天荒头一次呢。上一次世子爷特意盼咐给少夫人做了夜宵，这一次少夫人主动给世子爷做夜宵，阿弥陀佛。"她合手念佛，一脸欣慰，"总算是好了，可千万别再闹了。"

齐悦很快就切好了萝卜、香菇，剁好了鸭肉，焯水，开始炖。

"半路不要掀盖子哦。"齐悦嘱咐厨房的仆妇，"开了之后改小火就好了，到时

候我会让人来取的。"

厨房的仆妇忙应声。

齐悦这才带着阿如走出来。

"还没炖好就闻到香味了，世子爷一定很喜欢。"阿如高兴地说道。

"那当然，我的手艺，还真没几个人不喜欢的。那时候，到我家里聚餐，可是我们科室的盛事。"齐悦说到这里，不由得抬头看了眼冬日的夜空。

雪越下越大了，在四周的张灯结彩中显得晶莹亮丽。

酒瓶打开的热闹，不断变换的音乐，厨房里忙碌中不忘偷尝的同事，四溢的饭菜香气……

一切再也不会有了……

一切只会存在于记忆里了……

随着时间的流逝，也许自己再也记不起来了……

正追忆往昔走神时，齐悦听得前面引路的仆妇喊了声。

"什么人躲在那里鬼鬼祟祟的？"

齐悦跟着看去，见从墙边的大树阴影里挪出两个丫头，跪在地上瑟瑟发抖。

两个丫头自有婆子站在一旁询问责罚，其他仆妇依旧引着齐悦继续前行。

走过去时，齐悦不由得看了眼那跪在地上的丫头。

冬日里，家里的仆妇都换上了新棉衣，但这两个丫头穿的依旧是旧衣，几乎是伏在地上，看不清面容。

齐悦不由得想到阿如、阿好以前的样子。

"怎么了？"她问道。

两个丫头更加害怕，不敢说话。

"少夫人问你们话呢。"仆妇呵斥道。

"是……是……"一个丫头哆嗦着开口，却是结结巴巴的。

"是少夫人。请少夫人开恩，让我们出府为三少爷请个大夫。"另一个一咬牙，抬起头，流着泪说道。

齐悦一愣。

常云起？

自从出了周姨娘的事，作为其子女的三少爷以及二小姐都受到了一定程度的牵连，在府里低调了很多。

这么久了，除了祭祖的场合，他们还真没再见过。

"病了？"齐悦忙问道，一面吩咐仆妇去请大夫，一面转了个方向，"我过去看看。"

两个丫头很是意外，又惊又喜，连连叩头道谢。

"三少爷读书太用功了，睡不好伤了神，前几天祭祖又受了凉，今天早上就起不来了。"丫头一边引路一面低声说道。

"没请大夫看吗？"齐悦问道，看着这个丫头，觉得有些面熟，恍惚记得叫彩娟。

"正月里，人说还没出新年呢，不……"旁边的丫头说话了。

彩娟忙打断她。

"原本没想到那么厉害，三少爷说喝点儿热汤发发汗就好了，是奴婢们失职，就没想到去请大夫。"她一脸自责地说道。

齐悦了然地一笑。

"让管事的婆子明日交了差事，到庄子上去吧。"

这话让大家都吓了一跳。

"可是……可是夫人那里……"仆妇愣了下，惶惶地答道。

"少爷病了都不知道请大夫，这样的下人明摆着是在毁夫人的名声，难道夫人还会留她？"齐悦沉着脸说道。

既然齐悦开口了，再想到她如今在府里的地位，仆妇们再不犹豫，应下了。

得知齐悦来了，常云起吓了一跳。

"就说我睡了。"他怔怔地说道。

"少爷是不见？"丫头低声问道。

见？还有什么脸面见？

"不见。"常云起淡淡地说道，闭上了眼。

"不见大嫂，大夫总得见吧？"

门外传来那女子的声音，紧接着，门帘子被掀了起来。

常云起紧紧地闭着眼。

不见……不见……没脸见……

齐悦摆摆手，让惶惶不安的丫头站到一边，看着床上盖着厚厚的被子，似乎睡着了的常云起。

这些日子不见，这个年轻人整个人瘦了一圈，他的床边还放着一本书。

"少爷，你怎么又看书了？你这样，怎么才能养好？"彩娟哭道，过去将书拿在手里，又训斥旁边的丫头："你们怎么照看少爷的？我不是说了不许他看书吗？"

丫头们一脸委屈地低头，嗫嚅道："少爷说县试没多久了……"

古代的科举考试吗？

"身体是革命的本钱，养不好身子，考什么能考好啊？"齐悦说道，伸手摸向常云起的额头，"别装睡了，真睡才好呢。"

女子柔软的手放在额头上，常云起果然吓得睁开眼，慌忙躲开。

"这么烫！"齐悦没让他动，皱眉，"怎么没敷冷毛巾？"

"原本敷着的，可是少爷要看书……"丫头低声说道。

"还不快去拿来。"彩娟喝道。

小丫头忙拧了毛巾给常云起敷好。

"没事的，只是风寒而已，这些丫头沉不住气，惊扰你了。"常云起闭着眼，声音沙哑地说道。

齐悦看着他，自然明白他复杂的心情，叹了口气。

"我是大夫嘛，这是大夫的本分。"

是大夫的本分……常云起放在被子里的手攥起来又松开。

"多谢。"他闭着眼说道，"对不起。"

"虽然说母子连心，但这件事，你是你，她是她，你别多想了。"齐悦说道。

常云起还要说什么，阿如拿着药箱匆匆过来了，常云成自然也跟了过来。

得知是因为读书伤了身子，常云成将常云起训斥了一顿。

"一个小小的县试，你紧张什么？你不是一向自诩学问好吗？一个县试就成这样了？"

齐悦瞪了他一眼。

"好话不能说得好听点吗？"她低声说道。

"不能。"常云成简洁地答道。

二人站得很近，齐悦冲他耸了下鼻头。

常云成来了，常云起不能再不睁眼，便看到了这一幕，他慢慢地又闭上了眼。

齐悦听诊了心肺，阿如也量好了体温，不多时，请的大夫也来了。如今永庆府的大夫们都知道定西侯府有神医，因此被请来诊病的大夫又激动又诚惶诚恐。

"少夫人，你看这药方可能用？"诊了脉，开了药，大夫颤抖着手递上药方请齐悦过目。

她哪里知道？齐悦失笑。

自己真不会用药的话说了无数遍了，却没人信，她也懒得说了，便点点头，嗯了声。

我得到神医的肯定了！大夫欢天喜地地交付了药方。

"三少爷很虚弱，要吃些东西补一补，要不然本是小病也要元气大伤的。"大夫又恭敬地说道。

再次看到齐悦点点头，大夫喜得浑身发痒，这才深一脚浅一脚地退出去了。

"你还不好好吃饭啊？"齐悦问道。

"没有。"常云起在床上答道。

"是，好几顿没吃了。"彩娟却说道，看了眼齐悦，眼泪就要掉下来。

"真是没出息，自己都不爱惜自己。"齐悦瞪眼，转身对丫头说道："去厨房里等着，我煲了汤，再过半个时辰就好了，取来给三少爷吃了。"

煲汤？常云成眉头一跳。那是给我煲的汤……

再三嘱咐常云起好好养身子，不许再熬夜读书，世子夫妇才告辞出来。每日赴宴也是体力活，再加上今日在二夫人那边又高兴地多吃了几杯酒，回到屋子里，齐悦困得已经睁不开眼了。

看着齐悦打着哈欠往外走，常云成唤住她。

"我洗过了，外边冷，别来回走了，你在这里洗吧。"

齐悦扭头看他，毫无形象地再次打哈欠。

"我才不和你用一间净房。"

常云成黑着脸看着她走出去。

洗过澡，齐悦累极了，很快睡了。丫头们熄了灯，小心地退了出去。常云成听那边的呼吸声像是睡着了，犹豫再三，还是披上衣服走出来。

值夜的丫头被叫来。

"去看看三少爷那边的汤喝完没。"常云成低声说道。

丫头不解，但看着世子爷绷着的脸，不敢多问，忙低头去了。

丫头敲开了三少爷的院门，传达了世子爷的话。

屋子里，几个丫头看着还剩了很多的汤，一脸惶恐。

"世子爷如此惦记三少爷，咱们不能让世子爷觉得三少爷不听话。"彩娟一咬牙说道，"一定要让三少爷喝完。"其他丫头也点点头，带着难掩的感动以及坚定。

"都喝完了？"听到丫头的回话，常云成很惊讶，还带着不敢置信：常云起真的饿成这样了？还是那汤真的好喝得不得了？

"都喝完了。"丫头斩钉截铁地说道，"一点儿也没剩。"

常云成"哦"了声。"那就好。"他闷闷地说道，关上门。

两个丫头对视一眼。
世子爷这神情是欣慰吧？
应该是的。

第二日，三少爷病了，一个管事婆子被赶出去的消息便传遍了。
谢氏又砸了几个茶杯，一则是因为齐悦下的命令那些仆妇居然遵从了，二则也是被这管事婆子的行径气的。
对这几个庶子庶女，要说亲，那是绝对亲热不起来，但谢氏也绝不会傻到故意去苛待他们。
苏妈妈安抚了好半天，才服侍谢氏在床上躺下，然后问道："明日大姑娘回来，您看怎么招待？"
定西侯府的黄姨娘生养了庶长子、长女。庶长子几年前外任彭城县令时感染了时疫病死了，也没留下子嗣。庶长女常春兰嫁到了永庆府下黄田县的刘家。刘家亦是官宦人家，不过这一辈官运不是很顺。
小谢氏进门时，这庶长女早已经长大了，也没在她跟前教养，因此没什么感情，亲事什么的也都是老侯夫人安排的。
"还按着往年就是了。"谢氏不在意地说道。
苏妈妈应声"是"，下去了。

千金堂里一片欢腾。
"谢谢师父！"一个弟子从齐悦手里接过红包，躬身施礼，大声说道。
"新年好。"齐悦笑道，再次拿起一个红包递给另外一个弟子："大吉大利。"
"谢谢师父。"那弟子高兴又有些害羞地施礼说道。
刘普成在一旁含笑看着，忽见齐悦笑着走过来。
"怎么？我也有啊？"他笑道。
齐悦冲他一伸手。
"老师，您是我的长辈啊，红包呢？"她笑道。
刘普成哈哈笑了，果真从袖子里掏出一个红包放在齐悦手里。
"新年好，大吉大利。"他学着齐悦说道。
齐悦恭敬地行礼拜谢。
"好了好了，红包发过了，现在检查作业。"齐悦冲乱哄哄说笑的弟子们拍拍手。
弟子们立刻拿出自己做缝合练习的皮子。

齐悦检查完弟子们的练习,狠狠地夸赞了一番,千金堂里的气氛更加欢乐。

"还有个好消息。"待热闹过去,刘普成请齐悦吃茶歇息,说道。

齐悦眼睛一亮,也不说话,伸手指了指两边。

刘普成笑着点头。

齐悦"哇"一声,跳起来欢呼。

"多少钱?"她忙问道。

"正在谈,可能要比常价高一些。"

"没问题没问题。"齐悦笑道,"你们讲好价格了跟我说。"

刘普成点点头。

这个消息让齐悦坐不住了。

"那我先回去了。得弄个草图看怎么布置,那些工具啊,床啊什么的也得快快打制了,最好出了正月就开张。还得培训,急救、急诊护士……哎呀,好多事要做啊,我先回去了。"

刘普成笑着看着这姑娘着急忙慌地走了。

他该做些什么呢?

刘普成想了想,从桌案下拿出针线和皮子,眯着有些昏花的眼,开始慢慢地缝合。

这一日的午宴摆在鞠春阁。齐悦过来时,屋子里已经坐了好些人,其中有两张陌生的面孔,一个年长,一个年轻。这便是因为久病不出门的黄姨娘以及其女儿常春兰吧。齐悦含笑走过去,对上座的谢氏喊了声"母亲"。

谢氏懒得搭理她,只当没看见,继续和穿戴厚实的黄姨娘说话。

无视四周的视线,齐悦淡然地在一旁坐下来,目光落在对面的大小姐身上。

看了一眼,齐悦不由得吓了一跳:这个大小姐不是只有二十四五岁吗?怎么看上去如同三十多岁了?

长得嘛算不上好看,尤其是在美人如云的定西侯府里,不过也不算难看,就是平常人。

"少夫人。"常春兰站了起来,低着头,似乎被齐悦打量得不安。

"快坐。大姐一路累了吧,天也冷,快坐下。"齐悦笑道。

常春兰有些迟疑。身旁的二小姐在下面扯了扯她的衣袖,原本还要说什么的常春兰就坐下了。

"大……"齐悦正要拉家常,刚开口,上边的谢氏先说话了。

"昨日吃得太腻了，我没胃口，就不陪你们吃了。请了戏班子，你们姐妹们好好地热闹一下吧，侯爷不过来，你们正好自在。"她站起身来："这里的饭菜都是给年轻孩子们准备的，你吃惯了药膳，别乱吃东西。"

最后这话是对黄姨娘说的。黄姨娘笑着点点头。

"我也该回去了，还从来没出来过这长时间，身子顶不住了。"她虚弱地说道。

一众人忙起身送了谢氏和黄姨娘。

"还请了戏班子啊？"齐悦笑问道，话音未落，就见刚落座的三个小姐也站起来。

"少夫人，我们早上吃得晚，如今也不饿，想去看看三少爷，先行告退了。"二小姐说道。

齐悦愣了下，旋即笑了。

"去吧。"她痛快地答道。

看着她的笑，大小姐和三小姐有一瞬间的迟疑，被二小姐推了下，只好齐齐再次施礼，退下了。

原本还热闹的屋子一瞬间变得冷清，偌大的屋子和宴席只剩齐悦一个人坐着。

真是……好难堪啊……

侍立的丫头仆妇们不由得都低下头。

"太过分了。"阿好低声说道。

这几位小姐显然是故意的。

"真是浪费啊。"齐悦看着丰盛的菜肴，"啧啧"两声，拿起筷子吃起来，一面让一旁的丫头斟酒。

"不错，不错，母亲还是很疼妹妹们的，这些菜都是上品啊。"她笑道，又问，"戏班子呢？不是说有戏班子吗？不会也走了吧？"

仆妇们愣了一下，忙上前说"没走"。

"那让他们开演吧。"齐悦笑道，又示意仆妇丫头们，"你们也别站着了，阿如一个人伺候就行了。你们都搬个小凳子坐下。阿好，将这些菜分给大家，都一边吃一边看戏吧，大过年的，咱们好好地热闹一下。"

说到这里，她挤眼"嘻嘻"一笑。

"公中出钱，可别浪费哦。"

少夫人的脾气，仆妇丫头们多少了解了，于是纷纷道谢，依言行事。其他听到消息的小丫头也大着胆子跑过来，或站或蹲，运气好的捞到了一盘子菜，运气差的只抓了一把果子。

戏台上锣鼓"锵锵"地开演了，鞠春阁顿时热闹非凡。

三位小姐来到三少爷常云起这里。

常云起已经退烧了，虽然精神还有些不济，但已经没有大碍了。

因为都是在老太太跟前长大的，见到常春兰，他也很高兴。

"怎么熬成这样？"常春兰心疼地说道，"三弟你学问好，县试没问题的，不用这样。"

常云起笑了笑，说声"没事"。

二小姐在一旁冷笑一声。

"单为了县试熬成这样倒也不丢人，只怕是为了那不该有的念头熬的吧。"她淡淡地说道。

"不管为了什么都是我愿意的。"常云起淡淡地说道。

他们两个是同父同母的亲兄妹，关系却一直有些怪异。

"我就不明白了，为了那个女人，你到底想怎么样？考个状元，给她挣个诰命吗？"二小姐冷笑道，"别傻了！你到底在想什么？时时刻刻都要念着那个女人！"

常云起抬起头看了她一眼。

"因为我是她生的。"他淡淡地说道，不急不躁。

此言一出，屋子里安静下来。

大小姐的眼泪忍不住"唰"地流下来。

"少爷，厨房送饭菜来了。"丫头在门外回道，打破了屋子里的尴尬气氛。

两个仆妇各自拎着食盒，一面含笑逐一给几位小姐见礼，一面将饭菜摆上来。

"怎么又是单独做的？我已经好了，还是吃份例吧。"常云起看着桌上的饭菜说道。

"少爷，这是少夫人特意吩咐的，而且是她亲自拟定的菜谱，说这是……是……"一个仆妇满面堆笑地答道，却想不起少夫人说的那个词，只好看向另一个仆妇。

"是考生餐。"另一个仆妇笑道。

常云起忍不住笑了。哪来的这么多稀奇古怪的念头？

他看着桌上的四菜一汤。是她亲自挑选的菜肴……

"是谁？"二小姐没听清，问道。

"少夫人。"仆妇忙答道，将食盒放在一旁，"少夫人说，三少爷要考试了，这

是家里的大事，吃的喝的用的要单独准备，这叫……叫……"

"叫一人备考，全家动员。"另一个仆妇笑着接过话。

什么？什么乱七八糟的？

二小姐惊讶得不知道说什么好。

"我说呢，前几天去花圃，遇到你屋子里的丫头去挑花，那平日仗着少夫人撑腰眼睛长到头顶的花圃婆子亲自陪着。我问了，她说什么备考，什么保持心情愉悦多看花草乱七八糟的话，我还以为她转性了呢。"三小姐想到什么，笑道。

常云起笑了笑，没有说话。

二小姐绷着脸，也没说话。

"三少爷，你可要吃好了，回去人家还要查呢，要不然我们可没法向少夫人交代。"仆妇笑道，施礼退下了。

常云起笑着拿起筷子。

"真是少夫人安排的？"大小姐难掩一脸惊讶，"她不是……不是……"

她不是差点儿被周姨娘害死吗？

怎么……

"她这人就是这样。"常云起手中的筷子顿了顿，淡淡地说道，"得罪了，我先吃了。"

他说完，低头吃起来。

三位小姐各自坐着，愣愣无声。

她这个人……是什么样？

这顿饭，齐悦吃得很痛快，丫头们也玩得很开心。不知道哪个提议击鼓传花，齐悦也来了兴趣要参加，结果几个大胆的丫头故意将花留在她手里好几次，于是她多吃了几杯酒，讲了几个笑话，不过，向来百试百灵的笑话却没让一个人笑起来。

"喂，一颗糖在雪地里走着走着，觉得它好冷，于是变成了冰糖，难道不好笑吗？"齐悦看着僵着脸的丫头们，不服气地说道。

丫头们便"呵呵"地笑了起来，一看就知道笑得很勉强。

齐悦"喊"了声，站起来，将手中的花扔给下一个。

"你们接着玩，我去上个厕所。"

阿如和阿好忙要跟着。

"别跟着我了，就在家里，我又不是三岁的小孩子。"齐悦拦住她们，摆摆手，

"接着玩,给她们多讲几个笑话,把我的面子给争回来。"

阿如和阿好便笑了,听她的话,坐下来接着玩。

齐悦离开了人群,没有去上厕所,而是慢慢地在这小院子里转,突然听得山石后传来"哎呀"一声,紧接着是几声痛呼,一个小身影跌落在眼前。

是个小孩子,四五岁的小孩子,从山石上掉了下来。

"哎呀,你这孩子,怎么爬那么高,还有雪呢。"齐悦忙过去搀扶,一面责怪道。

那小孩子却吓得浑身哆嗦,挣扎着起身要跑,刚爬起来,又摔倒了。

齐悦伸手扶住她。

是个小女孩啊。

"你跑什么?快让我看看摔坏了没有。"她笑道,要将这孩子的身子扳过来。

那孩子抖如筛糠。

"娘,娘,我找娘。"她终于控制不住惊惧,哭道,声音含糊,不知道是因为哭还是摔到了嘴。

"你娘是哪个啊?"齐悦忙说道,这孩子的穿着打扮有些寒酸,想来是家里下人的孩子,"我去帮你叫她来。"

她说话时,将这孩子扶着坐好,看到孩子的脸,不由得愣了下。

孩子的帽子摔掉了,脸上蒙着一块方巾,此时也松了。

那孩子挣扎着要跑,却被拉住胳膊,大大的眼睛里满是惊恐,忽地一伸手扯下方巾。

齐悦不由得瞪大眼,伸手掩住嘴。

你叫吧!叫吧!吓死了吧!

孩子等着眼前的女人像其他看到自己的嘴的人一样惊叫着昏死过去,然后她就可以跑开了。

但让她意外的是,眼前的女人只是瞪大眼。

"天啊,唇腭裂!"齐悦惊讶地说道,伸手按住孩子小小的肩头,"你几岁了?让我看看。"

常春兰心神不宁地走回黄姨娘的院子里。

"小姐,你想好怎么跟夫人说了没?咱们这样留下来,怎么也得找个理由啊。"跟着她的妇人低声说道,带着几分焦急。

"我……我……"常春兰嗫嚅着,说不出话来。

妇人不由得叹息，才要说什么，就见黄姨娘院子里的小丫头迎面跑来。

"大小姐，小小姐可是去找你了？"小丫头喊道。

常春兰大惊。

"没有啊，她不是留在这里的吗？"她忙问道。

"刚才，刚才，小小姐自己跑出去了。"小丫头怯怯地说道。

黄姨娘将院子附近都找遍了也没找到外孙女。

"她能去哪里啊？"常春兰在屋子里掩面哭。

黄姨娘在一旁坐着，因为焦躁，面色更加苍白。

"别吓到人才好……"她喃喃地说道。尤其是侯爷，万一让侯爷看到了……

黄姨娘打了个哆嗦。

"你说你带她来做什么？！"她拍桌子喊道，"你非留着她做什么？！"

常春兰"扑通"就跪在黄姨娘身前。

"娘，女儿知道你是为女儿好，可是，燕儿是我的女儿啊。你为了我事事忧心，我又怎么能对她狠心弃之啊？"她抱着黄姨娘的腿哭道。

黄姨娘也泪如雨下，抱住她的肩头。

"我可怜的儿，这是造的什么孽啊？"

两人正抱头痛哭，门外突然热闹起来。

"小小姐回来了。"

这话让屋内的母女惊得忙起身。

一个娇俏的丫头牵着小女孩走进来。

"你去哪里了？你乱跑什么！"常春兰一把扯过小女孩，抬手就在她背上狠狠地打了几巴掌，哽咽地喊道。

小女孩被打了也不哭。

"我想找娘。"她抱住常春兰的腿说道。

常春兰举起的手便再也落不下去了。

"这是小小姐喜欢吃的果子，少夫人让包了一匣子，我放在这里了。"被忽略的娇俏丫头说道，将一个盒子放在桌子上。

常春兰这才想起去看这个丫头。她嫁出去好久了，家里的丫头几乎都不认识了，看着这丫头，也不知道怎么称呼。

"姐姐是哪个院子的？真是多谢了。"她说道，带着几分感激，又小心地看了眼女儿，见她的口巾围得好好的，心里稍稍松了口气。

"你是少夫人那里的阿好？"黄姨娘忽地问道，从炕上站起来。

阿好冲她们笑了笑。

"是，奴婢告退了。"她说道，再次施礼，退了出去。

屋子里，黄姨娘和常春兰还处于惊讶中。

"难道是跑到少夫人那里了？"黄姨娘喃喃地说道。

"我去找娘，然后那里的戏台上有花脸翻跟头，我就躲在山上看，然后遇到了一个可好看的夫人……"燕儿断断续续地讲述道。

黄姨娘和常春兰对视一眼，确定燕儿是遇到齐月娘了。

"没吓到她就好。"常春兰说道。

燕儿爬上炕，从那食盒里翻出果子，掀起口巾，往嘴里放。

黄姨娘看着吃东西的孩子。虽然燕儿还戴着口巾，但也挡不住那时而露出的恐怖口鼻，她不由得转开视线，又猛地转过头。

"燕儿！"她喊道，"你在少夫人那里吃东西了？"

小女孩一愣，点了点头。

那也就是说，少夫人看到她这副样子了？

黄姨娘和常春兰神情惊惧。

"糟了，你们快些走吧。"黄姨娘说道，"侯爷最听少夫人的话，要是知道她受了惊吓，或者她去说了什么，你这辈子都别想再进定西侯府的门了。"

小女孩忽地伸手扯了扯常春兰的衣袖。

"娘，那个夫人不怕我，她还看我的脸呢。"

口鼻的缘故让她说话漏风，含混不清，但这句话黄姨娘和常春兰听清了，面色更加难看。

"还有，她亲自喂我吃这个。"燕儿将果子举起来给常春兰看，"我说好吃，她就送了我这么多。"

这个倒是她们亲眼看到的。燕儿胆子小，绝对不可能开口跟人要东西，那就只有人主动送了。

"对了，这少夫人是神医啊。"黄姨娘猛地醒悟过来，"她连人的肚子都敢割开，自然不会怕燕儿。"

原来如此啊。常春兰松了口气，低头看着吃得高兴的女儿，心里五味杂陈。

"燕儿，少夫人怎么……怎么对你的啊？"她忍不住问道。

"夫人抱我坐在腿上，问我几岁了，叫什么，喜欢什么……又喂我吃果子。"小女孩立刻高兴地说道，眼睛亮亮的，显然这是她很愉快的经历。因为说得很快，她的声音越发含混不清。

长这么大，除了自己，就没有人肯主动抱这个孩子，就连能容忍女儿的丈夫也没有，没有人敢看着燕儿的脸还那么心平气和地说话，或者说，就没有人肯看燕儿的脸，就连自己也不敢看。

常春兰看着女儿从来没有过的高兴神情，心酸地叹了口气。

"娘，这个少夫人，你看着是怎么样的人啊？"她低声问道。

黄姨娘也叹了口气。

"我看不透啊。"她喃喃地说道，"我从来没见过这样的人。"

对于买下两边的商铺，刘普成说得很保守，其实动作很快，刚过正月初十，胡三就过来说谈妥了。

站在定西侯府世子院子的客厅里，胡三忍不住一边说话一边四下乱看。

常云成端着茶杯，冷着脸看着这个贼眉鼠眼的男人。

胡三在常云成的注视下冷汗直冒，总觉得那边坐着的男人手里端的不是茶杯，而是一把刀，随时都会砍向自己的刀。

齐悦看出胡三的紧张，看了常云成一眼。自己会客，这男人坐在这里做什么？

"你不是去母亲那里吗？"她说道。

"现在还太早，母亲在念经。"常云成淡淡地说道。

齐悦"哦"了声。

"那你去里面看会儿书。"她便说道。

这个臭女人！常云成的脸拉得很长。

"倒茶。"他重重地将茶杯往桌上一放，说道。

这陡然的一声让屋子里的人都吓了一跳，胡三更是差点儿就跪在地上。

哎呀，这个臭男人！

齐悦瞪眼看他。

"给世子爷倒茶。"她说道，站起身来："你跟我来这边说。"

胡三迟疑了一刻。天地君亲师，师父为大，他顶着身后凉飕飕的视线，跟着齐悦迈进了隔间。

常云成吃了三壶茶之后，终于听到那边的男人说出告辞的话。

"师父，图纸我拿去让师父看看。不过我想也不用看，您说怎么来就怎么来好了。"

这个贼兮兮的男人，时时刻刻不忘拍马屁。常云成从鼻子里发出一声冷哼，目光落在桌子上摆的一串葫芦上。小小的葫芦上雕着仙女、花草等图案，涂上漆，再用红绳穿起来，看上去还挺精巧。

这种大街上一串三文钱的货也送得出手！亏那臭女人还拿在手里，稀罕得跟什么似的！没见过世面的，要是看到清河王家里的葫芦，她还不吓死啊？

"阿如，你和他一起去吧。"齐悦说道，"我再赶几张图纸。"

阿如应声"是"。

"师父，你别太累了，慢慢收拾布置就是了。"胡三忙说道。

阿如瞪了他一眼。

"走吧，话怎么那么多？"她低声说道，伸手推了胡三一下。

"是，是，我不会说话，阿如姐姐多教教我。"胡三立刻说道。

这个顺杆爬的谄媚小人！

胡三被常云成看得连施礼都忘了，贴着墙根溜出去了。

常云成觉得屋子里终于清静了。他吐了一口气，起身去净房，走到半路又回来将那串葫芦抓在手里，这才大步进去了。

刘普成那边进展很快，当天就将钱付清了，房契、地契也一鼓作气全部办好了。

因为正月不宜动土，兴奋的齐悦便只能先打制各种器具。

"这些东西是什么？"常云成看着纸上的画，问道。

齐悦还在写写画画。

"哪些？"她听见了探头看，"哦，那些是矫形外科用的锯、凿、锉。"

"什么外科？"常云成没听懂，又问道。

"矫形啦，就是骨科，治疗骨头伤的……的……专科。"

"比如打仗的时候被砍断腿、砸碎骨头那些伤？"

齐悦点点头。

"你可以治好？"常云成忍不住坐正了身子，问道。

"那不一定，我又不是神仙，什么都能治好，能治好的才能治好，不能治好的，就不能强求了。"齐悦咬着笔想了想，"战场上，骨科倒是次要的，最关键的是止血防感染，属于战地急救……哎呀。"

她说到这里，摆摆手。

"你别总是跟我说话，我得快些画完。"她低下头接着写画，"那些专科啊急救啊以后再说，巧妇难为无米之炊，当下最要紧的一是先把器材备好，二就是培训技能，没有器材没有人，我就是说破天，大家也只是听个热闹而已。"

常云成皱了皱眉，还是咽下要说的话，接着低头翻看齐悦画好的那些。

两盏灯照耀着二人，屋内很安静，只有写画和翻动纸张的"沙沙"声。

"世子爷，少夫人，夜宵送来了。"阿如进来说道，捧上两碗甜羹。

吃完夜宵，常云成看看滴漏，伸手盖在桌子上的纸上。

齐悦正拿起笔要写，顿时吓了一跳："干吗？"

"睡觉了。"

"你去睡吧，一晚上都赖在我这里，早该去睡了。"齐悦用手拨他的手。

常云成被她的小手一碰，忍不住伸手握住。

齐悦的脸腾地红了，慌张地收回手。

"白天你又没事，晚上别瞎忙了。"常云成忍住再次伸手的冲动，抬手摸了摸鼻头，说道。

这男人竟然说这种关心人的话，太让人不习惯了。

齐悦有些不自在地"哦"了声。

"你才瞎忙呢。"她反应过来，瞪了他一眼，说道。

常云成干脆抬手熄了灯。

"你这人……"齐悦无奈地说道。

常云成起身走向门口。

算了，成全你的好心。齐悦在黑暗里抿嘴一笑，放下了笔。

虽然还在正月里，但千金堂已经恢复了正常营业，只不过较往日人少了些，他们正好腾出工夫来。

刘普成早已经将工匠找好了，今日齐悦过来，工匠们便跟她说了怎么打通怎么归置。

看到这些人根据自己那潦草的图纸就能想得这样周全，齐悦又高兴又敬佩，便放心地交给工匠们去办，自己则将精力放在拿手的地方。

"我们千金堂呢主要是针对跌打损伤之症，这些症状多数是突发状况造成的，伴有大出血、肢体断裂，就是俗称的'重症创伤'……"

齐悦站在讲台上，手中拿着一根木棍进行讲解。

墙上已经挂起了白板，木炭条也都削好了。

"负责急救的人员接到通知赶到现场，首先要做的是排除致命致伤因素……不同的伤者有不同的移动方式，这一点至关重要……"

"如果心跳停止，应该立刻就地进行心脏复苏和人工呼吸……创伤出血包扎止血……脏器脱落……"

"大家已经大致了解了一些，从今天起，我将逐一详细地讲解怎么判定伤情以及每种伤情怎么处理。我们首先要学的是生命体征观测……"

"好，现在谁有问题？"

屋子里立刻举起许多手。

"师父，师父，瞳孔要是看不到怎么办？"

"师父，师父，您说的判断但不诊断是什么意思？"

齐悦已经被问问题的弟子们围住了。

鹊枝看着热闹的场面，眉眼带笑，吐了口气。

"跟少夫人出来真好，在家可没这么热闹过。"

"家里也很热闹啊。"阿好说道，也看着那边。

"家里那种热闹啊——"鹊枝拉长声调重复道。

二人对视一眼，都明白其中的意思，"嘻嘻"笑了。

"别说话。他们问的时候我们也听着，会的加深一下，不会的正好不用再问了。"站在前边的阿如回头冲她们做了个嘘声的动作，说道。

鹊枝和阿好吐吐舌头，不再说话，专心地听前面的问答。

阿好说得没错，家里也很热闹。此时，就在黄姨娘的院子里，响起了孩子的哭声。

"袁妈妈，袁妈妈，你快放手，你快放手，你吓到燕儿了。"常春兰死死地拉住一个妇人的胳膊，流泪哀求道。

那妇人四十多岁，穿着灰蓝衫，绾着元宝髻，面白皮嫩，乍一看比常春兰还年轻富贵。

"二少奶奶这话说得可夸张了，谁能吓到小姐？小姐这样子……"她嗤笑道，伸手去扯燕儿脸上蒙的口巾，"吓到别人还差不多。"

燕儿哭得越发厉害，死死地用手按着自己的嘴部，只怕口巾被掀开。

"袁妈妈，你就看在我是要死的人了，让姑娘多陪我一天再回去吧。"黄姨娘从屋内追出来，扶着门喊道。

"姨奶奶，这话说的，外嫁的女儿泼出去的水，哪有想回来就回来，想住在娘家就住在娘家的道理？"袁妈妈笑道，松开了燕儿的胳膊，带着几分嫌恶地拍了拍衣裳，"更何况……"

她看着扶着门喘气的黄姨娘。

"你一个姨娘,我们少奶奶是定西侯府的大小姐,哪有陪你的道理?"她带着几分轻蔑笑道,"罢了,二少奶奶身子尊贵,我不好请,还是去跟侯夫人说一声吧。"

她说罢,转身就走了。

常春兰抱着"哇哇"哭的燕儿安抚,看到那妈妈走了出去,忙起身追。

"袁妈妈,袁妈妈,求求你!"她这边去追,燕儿陡然离开了娘,哭声更大,也在后面追。

常春兰左右为难,回身抱住孩子,只觉浑身无力,跪地亦是放声大哭。

这边的热闹惊动了其他人。

二小姐、三小姐闻讯而来,看着这边跪在地上哭的母女和那边几乎晕倒在门边的黄姨娘,惊慌失措,先喊丫头们将黄姨娘搀扶到床上,然后着人去请大夫。

"是要接大姐你回去?"二小姐听了旁边丫头的叙述,跟三小姐对视一眼,还真不知道该怎么说了。

婆家来接,大姐闹着不回去还真说不过去。

"大姐别担心,姨娘我们会照看的。"二小姐轻声说道,"这几日你也看到了,姨娘身子好多了,只要静心好好养着。"

常春兰抱着燕儿,流泪不止。

"是啊大姐,你放心吧。"三小姐跟着说道。

"不是,不是。"常春兰再忍不住,摇头哭道,"他们……他们要把我的燕儿送到庙里去。"

二小姐和三小姐大吃一惊,两人看向躲在常春兰怀里的燕儿,但又都飞快地移开视线。

"怎么突然……突然要这样?"二小姐迟疑了一下,问道。

燕儿刚出生时刘家就闹过,听说那时候是要将孩子溺毙,但常春兰以死相逼,再加上那时候丈夫刘成阳力护妻女,才留下这孩子。

她不由得再次看向那孩子。

因为饮食不便,这孩子长得瘦瘦小小,黄黄的稀疏的头发扎成小辫,神态如同小鼠一般惊恐,此时死死地贴在常春兰怀里大哭,越发令人生厌。

因为这个孩子,常春兰在刘家从来都抬不起头,连个仆妇都敢大声训斥她。

为了这个孩子,值得吗?

要是当初溺毙了的话,大姐今日是不是就不会落得如此境地?

年少的夫妻之情渐渐淡去,曾经着力护她的丈夫连纳了好几个美妾,生养了好几个孩子……

二小姐叹了口气。女人抓不住丈夫的心，那就什么都没有了。

三小姐也叹了口气。

"我拖过了年，实在是被逼得没办法了，只能带着燕儿躲到这里来。"常春兰接着哭道。

"那，躲这儿也不是办法啊。"三小姐皱眉说道，"你能躲一辈子吗？更何况，更何况……"

父亲会让她在家躲一辈子吗？那无疑是要刘家休妻了。

女儿被休，那是定西侯绝对不能容忍的事。

"我去求求母亲。"常春兰站起身来，颤声说道，"求母亲跟刘家说说，不要送燕儿去庙里，我愿意，我愿意带着燕儿躲起来，再不见人。"

她站起来，燕儿跟着起来，死死地抓着她的衣裳，只怕被丢下。

看女儿这样，常春兰更是心碎。

"燕儿，你跟姨姥姥在这里等着，娘一会儿就回来。"她狠心将女儿留下，冲了出去。

二小姐和三小姐追过来时，常春兰已经跪在荣安院里了。

看到袁妈妈带着几分得意出来，常春兰的心瞬时坠入冰窟。

"母亲，母亲，求求你，求求你，这是要害死燕儿啊！"她哭着就往屋子里跑。

两个仆妇上前拦住她，劝道："大姑娘，别闹了，快些回去吧。"

常春兰扭头看向跟过来的二小姐和三小姐，满脸哀求。

三小姐要说什么，被二小姐拉了下。

"大姐，还是听母亲的话吧。"二小姐低声说道。

常春兰看看她们，又看看屋内，嘴唇都咬破了，最后失魂落魄地转身奔了出去。

"我去求父亲。"

二小姐和三小姐大惊。

"大姐不要去啊，父亲知道了就更糟了。"二小姐忙喊道。

常春兰已经跑出去了。

"糊涂啊！"二小姐跺脚道，带着几分恼怒，"大姐这是何必呢？这下好了，以后别想再进门了！"

果然，在书房作画的定西侯见大小姐居然敢闯进来，心里已经相当愤怒。他看着自己因为受惊而滴了一点墨迹的画。那种被毁了心血之作的愤怒，这些庸俗

无知蠢笨的女人是不会了解的！待听到常春兰的哀求，他更是又惊又怒。

"什么？你居然把那个妖孽带到我这里来了？"他喝道，只听到这一句，根本不理会其他的话。

"父亲，父亲，燕儿没地方可去了，求求父亲……"常春兰跪地叩头，哭道。

她刚抬头，一块砚台就迎面砸过来。

常春兰痛呼一声。砚台落地，裂开，而她的额头上也渗出血。

"没地方去就来祸害我吗？"定西侯这座火山爆发了。

不过定西侯才不会如妇人般唾骂。他只是冷冷地看了跪在地上的女人一眼。

"打出去。"

当然不是刘家的人被打出去。

袁妈妈看着被两个仆妇推搡着的常春兰，笑得眼睛变成一条缝。

她一边走，一边"啧啧"两声。

"你说你这是图什么呢？害得咱们也跟着丢人。"袁妈妈说道，不紧不慢地拢了拢头发，"被自己父亲从家里赶出去，咱们刘家都觉得实在是……"

常春兰被人推着，燕儿紧紧地拉着她的衣袖哭着跟着，大人哭，孩子叫，很是凄惨。

"别哭了，你这个扫帚星。"袁妈妈突然没好气地抬手就给了燕儿一巴掌，"哭，哭，哭死算了，大家都清净。"

燕儿本就惊怕，陡然被打，脚下踉跄，"扑通"栽倒在地上。

常春兰忙挣开仆妇，跪地去扶孩子。

"天啊，还是死了干净。"她浑身抖如筛糠，声音已经嘶哑，喃喃地说道。

旁边的妈妈小心地扯了扯袁妈妈的衣角，低声说道："这里毕竟是定西侯府，妈妈说话还是小心点儿……"

袁妈妈嗤地笑了，环视一下四周。

"小心？我有什么好小心的？她的家人都不在意她，咱们还小心什么？"她笑道，毫不掩饰鄙夷地看向抱着孩子哭的常春兰，"早死了也好，喊了这么多年也没死……"

她说着，伸手狠狠地推了下常春兰。

"还不快走，我的奶奶！"

"哎呀，这是哪儿来的奶奶啊，真是吓死人啦。"

忽地，一个声音从前面传来。

袁妈妈循声看去，见不知什么时候二门边上站了几个人。

其中一个被三个丫头拥着的大美人似笑非笑地看着她。

袁妈妈愣了下。她没来过定西侯府，这是头一次，除了侯夫人别的人也不认识。

眼前这个女人真是大美人啊。

常春兰也听到了这一声笑，她泪眼蒙眬地看去，不知怎的，看到这女人的笑脸，她只觉得脑子一热，心跳骤停。

"这位……"袁妈妈一怔之后便回过神，带着几分笑看过去，"我是大小姐夫家刘家的……"

她的话没说完就被人打断了。

"管家。"齐悦猛地大声喊道。

不知道在哪里躲着的管家第一时间跑出来。

"咱们家的人都死了吗？"齐悦沉着脸看着他说道。

管家一哆嗦。人精还能不知道这是什么意思？

"少夫人，这是……侯爷让……"他迟疑了一下，低声解释，话没说完就被啐了一口。

"鹊枝。"她也不看管家了，喊道。

鹊枝应了声，含笑向那位袁妈妈走过去。

"原来是少夫人啊。"袁妈妈听到管家刚才那一句称呼了，满面惊讶。惊讶的是这位少夫人竟然是个如此的美人，旋即她又是一脸不屑。哦，原来这就是那位被这侯府阖府厌弃的乞丐少夫人啊。

她脸上的不屑刚扬起，就见走到面前的娇俏丫头扬起手。

"啪"的一声脆响。

满院的人都呆住了，除了常春兰和燕儿的哭声外别无他声。

紧接着又是"啪啪"两声。

袁妈妈终于被打得回过神，捂着脸，"嗷"地叫了一声。

小姑娘没多大力气，但也打得这袁妈妈的脸上瞬时青紫。

"算你走运。"鹊枝看着自己的手，原本养的长指甲因为要学医都剪了去，要不然，这三巴掌下去肯定要见血的。

打人不见血，她怎么好意思当人家丫头？

"你这个小蹄子！"袁妈妈又惊又怒又羞又痛，哭喊道，"你个小蹄子，我……"

她举手就冲鹊枝甩过去。

鹊枝早几步向齐悦跑去。

"管家，"齐悦冷冷地喊道，"你喘口气让我瞧瞧。"

这位少夫人说话可真是……有意思，果然有当咱们家纨绔大少爷的样子。

管家咽了口口水。

"来人啊。"他喊道，摆摆手。

应和声立刻响起，七八个小厮拥出来。

齐悦看着似乎是突然从地下冒出来的人，很是奇怪：这些人都躲在哪里？既不被人看到，又能随时听从召唤，真是不容易啊。

"大胆奴婢，居然敢冲撞我们少夫人，叉出去！"管家威严地说道。

小厮们齐声应和，凶神恶煞地就冲袁妈妈等人拥过去。

"少夫人，少夫人，"另外一个妈妈急了，忙施礼道，"我们是大姑娘夫家的，是特意来接大姑娘回去的，也向侯爷禀告过了。"

其他仆妇忙附和。

齐悦裹着斗篷，始终没变姿势，嘴角含笑，面色淡淡。

"是吗？"她说道，"是我大姐夫家啊？"

她的视线落在袁妈妈身上。袁妈妈捂着脸，一脸愤愤。

"我还以为家里进了拐子盗贼了。"齐悦笑道，看着两边的丫头和管家，"不过后来一想，不对啊，拐子盗贼也没这么明火执仗的，当咱们家的人都死了呢。"

管家和小厮们挨了这一巴掌，脸上火辣辣的，不敢抬头。

刘家的妇人们终于反应过来了，也是神色惊讶：怎么，听这意思，这位少夫人是要打抱不平了？

"少夫人，你误会了，是你们侯爷亲口要将大姑娘打……"袁妈妈忍不住了，冷笑一声上前说道。

"误会你个头！"齐悦陡然提高声音，脸上也没了笑，抖开斗篷，伸手指着她，"你算个什么东西，居然敢推打自己的主子？"

这突然变脸的美人让所有人都吓呆了。

常春兰停止哭泣，不敢置信地看着齐悦。

她……她说什么？

"打人？躲起来打，我们看不见吃个哑巴亏也就罢了，居然在我们家当着这么多人的面动手打人！没这么欺负人的！理由？误会？少跟我废话！我们家姑娘，再不好，自有我们说教，什么时候轮到你一个下人动手？别说是个仆妇，就是你们刘家的老太爷来了，你让他动我家姑娘半根手指试试！真是是可忍，孰不可忍！这是打脸啊！"齐悦伸手拍了拍自己的脸，又看管家："都被人这样打到脸上了，你们还戳着干什么？等着人家再踹一脚啊？还是不是男人啊？"

管家等人回过神，小厮们凶神恶煞地抓起那些仆妇，一手一个往门外扔，争先恐后地证明自己真是男人。

"少夫人，我们是老太爷派来接人的，你们这样，难道是不想要姑娘回去了吗？"

袁妈妈被一个力图证明自己的小厮推得跌倒在地上，她这辈子都没这么狼狈过，气得跳起来喊道。

"找七八个人送这些人回去，顺便问问刘家的人，是恶奴欺主啊还是别的什么意思。我们家姑娘要是没错呢，这平白无故地受了羞辱，我们实在是不放心让姑娘回去；要是有什么不对，还请刘家指出来，我们也好好好地教导一下，免得在夫家丢了我们侯府的脸面。"齐悦没理会她们，转身对管家吩咐道。

"少夫人放心，我亲自去刘家问。"管家大声说道。

齐悦看着他，似笑非笑。

"哎哟，管家爷胆子真大，吓到我了都。"

管家脸上火辣辣的，低下头，半句话都不敢说，看着齐悦走过去。

"还不快点儿备马。"管家爷男人气十足地吼道，整了整毛袄子。

太好了，以后就算世子爷不在家，家里也有人撑门面了吧！管家欣慰地想。

这边齐悦拉起常春兰，又伸手拉起燕儿。

常春兰还没说话，燕儿一头扑进了齐悦怀里。常春兰吓了一跳，慌忙要扯女儿。

"哎哟我的宝贝，"齐悦立刻蹲下来，与燕儿平视，带着满脸心疼说道，"不怕，不怕，有舅妈在呢，有人打你，舅妈打她。"

经过这一番哭闹，燕儿的口巾已经掉了，常春兰看着自己人人厌弃的女儿就那样被穿着光鲜亮丽的少夫人揽在怀里，鼻涕眼泪沾在她的衣袖上，她丝毫不觉，笑着喊"宝贝"，拿着手帕给女儿擦脸，擦那样恐怖的脸。

宝贝，她从来不知道她的女儿有一天也能被这样称呼一次，就是现在死了，也不白活一场了。

常春兰掩面哭起来。

齐悦将刘家的人扔出去，拦下了常春兰和燕儿，很快满府的人都知道了，除了谢氏等主子们震惊外，其他人倒没什么反应，因为这位少夫人的行事他们都已经麻木了。

"你知不知道你在做什么？"

谢氏的屋子里，谢氏大发雷霆，狠狠地看着齐悦喊道。

定西侯坐在一旁吃茶。

"小声点儿，月娘她不知道是怎么回事。"他忙说道。

德行。谢氏愤愤地看了定西侯一眼。

"嫁出去的女儿泼出去的水，她是刘家的人，不告而归，逾时不归，夫家是能休妻的！"谢氏深吸一口气，继续狠狠地看着齐悦说道，"你安的什么心？你以为是为你大姐好吗？你这是害她！你想出风头想疯了吗？"

"可是他们打人，连一个仆妇都敢那样对大姐，那日常在家，大姐过的什么日子啊？"齐悦说道，一脸不可思议。

"过的什么日子都是自己的日子，轮得到你管？这下好了，你将人赶出去，刘家要是休妻怎么办？"谢氏恨恨地喝道。

"休妻？"齐悦失笑，"我的天，他们还好意思休妻？他们要是不给个说法，就别指望大姐能回去！什么休妻，轮得到他们休妻？"

谢氏被气得笑了，带着满满的嘲讽。

"侯爷，你看她说的什么？这件事，我是不管了，你们看看怎么去跟刘家说吧。"

定西侯一脸不得已地放下茶杯。

"月娘，这件事不该管啊。"他摇头说道，又怕齐悦生气，忙忙地又开口，"没事，也别怕，我这就让人把春兰送回去，再说几句好话，这件事就当没发生过。"

"侯爷，我已经让管家去刘家了，我说了，他们要是不给个说法，就休想接大姐回去。"齐悦说道。

此话一出，定西侯也傻眼了。

"这个兔崽子什么时候走的？怎么也不跟我说一声？"他忍不住喊道。

"齐月娘，你眼里还有没有长辈？这个家你说了算是吧？"谢氏惊怒，喝道。

定西侯急得来回走了两步，口中连称"糟了糟了"。

"刘家那老头正愁找不到借口闹呢，这下咱们送上门了。"他喃喃地说道。

谢氏抓起茶杯就砸过来。

齐悦皱眉躲过，看着谢氏说道："你干什么？"

谢氏被她问得气闷，站起来喝问道："你还问我干什么？你干什么？"

"我知道我在干什么。"齐悦淡淡地说道，"她是刘家的媳妇，她是嫁出去的女儿，但是，她不是泼出去的水，只要她一日姓常，她就是定西侯府常家的人，既然是常家的人，我们就是一家人。什么叫一家人？"

她看看谢氏，又看看定西侯。

"一家人就是看到家人受欺负时，不管理由不问原因不问对错，第一时间站出来护住她。"

屋外廊下三位小姐都在，听到这句话时，常春兰那一直没有停的眼泪更是如雨而下。

她真的也可以是家人吗？

二小姐怔怔地站在原地，只觉得脑子里"轰轰"地响。

家人……

怔怔间，听得身边的哭声大了一些，扭头一看，三小姐竟然也在哭，她不由得低声问道："你哭什么？"

三小姐摇摇头，胡乱地用手帕擦泪，哽咽道："我不知道，我也不知道，我就是想哭……"

原来她就是这样的人……

屋子里齐悦的声音还在继续。

"什么出嫁从夫，什么狗屁规矩！这是打人，这是受气，这是羞辱！打的是大姐，羞的是咱们，还上赶着去求他们？啊呸，自己人都不把自己人当人看，这不是明摆着作践自己吗？休妻？我看他们敢休妻，说不出个一二三来，我砸了他们刘家！"

屋子里谢氏和定西侯都听傻了，呆呆地看着眼前这个女人。

奇怪的是，定西侯突然有些激动："砸"这个粗俗的词，怎么听起来挺……挺带劲的？

"好大的底气！"谢氏冷笑，看着齐悦，坐直身子，"你说得好痛快啊，可是这日子不是说着过的，你是不知道你大姐为什么在刘家如此地位吧？"

齐悦的确不知道。堂堂公侯家的女儿，就算是庶女吧，那也是名门大小姐啊，赶不上公主下嫁，也不至于连一个仆妇都能随意推搡吧？

"因为她不祥。"

看着眼前这女人终于露出惊愕的神情，谢氏冷笑。

"他们说不祥就不祥啊？他们是老天爷啊？"齐悦嗤笑道。

谢氏亦是嗤笑一声。

"他们倒没说，还真是老天爷说的。"她笑道，"你那大姐生了个兔崽子。"

齐悦没忍住，"噗"的一声笑了。

"你笑什么笑！"谢氏被她笑得有些焦躁，不知怎么的，原本笃定的心突然有些不安。

"月娘,你是没看到,说起来真是丢人,我也没脸见刘家的人。"定西侯叹气插话,脸上是真切的懊恼与丧气。

二小姐和三小姐都不由自主地看向大小姐。知道了这个,那个女人便不会再管了吧,还能怎么管啊?

大小姐面上丝毫不见绝望凄然,反而是平静,已经接受了现实的平静。

二小姐叹口气,心里有些复杂,想要看到那个女人自打脸,好证明她其实是哗众取宠,脑子一时发热才做出这事,但同时又不想看到这个结果——物伤其类,虽然笃定自己的命不会像大姐的这么坏,但如果身后有这么一个肯时时刻刻相护的家人,那一定是很安心的吧。

"侯爷,"齐悦笑了,"我当什么大事呢,就这个啊。"

这还不叫大事吗?定西侯和谢氏都看着她。

"这不是什么天谴,不祥,这是病,"她笑道,"很简单的病而已。"

病。

定西侯怔住了,要说话的谢氏也愣住了。

"可这是天生的。"定西侯忍不住说道。

"这个呢就是先天的,病因虽然没有确切的认证,但大多数可以确认为多基因遗传性疾病。说到这个,咱们家没有这样的孩子吧?"

"当然没有。"定西侯没听明白前边的话,但听到后边这一句问话,立刻斩钉截铁地答道。

"那就更对了。这种病多数是遗传的,既然咱们家没有,他们刘家说不定以前有过这个样子的孩子,那就更没理由说是大姐不祥了。"

定西侯猛地从椅子上站起来,神情激动。

"月娘,你说的是真的?"他颤声问道。

齐悦点点头。

"这个孩子我看过了。"

屋里屋外的人都再次大吃一惊。

二小姐看向大小姐。怪不得她如此平静,原来……

"其实不算严重,是单侧一度唇裂,未至鼻底。"齐悦摇头,"真是可惜。"

所有人的心又都提了起来,当然,各自的心情不同。

谢氏放在膝上的手死死地攥起来。

可惜……不能救治了吧。

"要是搁在几个月大时就动手术,现在燕儿就完全没事了。"齐悦说道,"耽搁太久了。"

"那就还是不能治是吧？"谢氏忍不住问出声。

齐悦看着她，笑容绽开。

"很抱歉。"她看着谢氏脸上抑制不住的惊喜，咧嘴一笑，"我能治好。"

谢氏脸上的惊喜顿时僵住，然后如同被砸碎的石块一般落下来。

这个贱婢！这个贱婢！她居然敢故意消遣自己！

"你这孩子，能治好，说什么抱歉啊？"定西侯抹了把脸上的汗，嗔怪道，"吓死我了。"

大小姐再也忍不住了，也不顾父亲不喜，闯进屋子里来，就冲齐悦跪下了。

"少夫人，求求你救救燕儿，我愿意给你做牛做马、结草衔环！"她哭着叩头说道。

齐悦忙伸手拉她起来。

"大姐，快别这样，一家人，就是你不说我也是要给她治疗的。"

"谢谢，谢谢。"常春兰看着齐悦，紧紧地抓住她的手，如同抓住了最后一根救命稻草。

"侯爷，那还去追管家吗？"有小厮在外请示道。

定西侯早没了方才的焦躁，脸上虽然悲愤犹在，但气势变得强硬。

"追？当然要追。"他哼道。

此话让已经走出门的齐悦以及三位小姐都吓了一跳，转过头。

"告诉管家，姓刘的要是不给个说法，这事没完！"定西侯恨恨地说道。

这个姓刘的老不死的，羞辱了自己这么多年，如今要和他好好地算一算账了！

那句话说得真没错啊，不是不报，时候未到啊，他定西侯扬眉吐气的时候终于到了！

算起来，这半年多来，他一直在扬眉吐气啊，这一切都是因为这个儿媳妇。

定西侯看着正被女儿们拥着走出去的儿媳妇，忍不住热泪盈眶。

祖爷爷，爹，你们终于开眼了。

不对，娘，你果然英明，慧眼如炬！

"我去给娘上炷香。"定西侯再忍不住，提脚走了出去。

厚厚的帘子垂下，挡住了室内谢氏僵直独坐的身影。她就那样坐着，一动不动，喜庆的红烛，燃烧的火炉，都不能让这屋子增添热气，从谢氏身上散发的寒气渐渐地弥散了整间屋子，让屋内如同冰窟。

第十九章　练　习

"有什么事咱们明日再说,你现在回去,陪燕儿好好地休息,这个手术呢我还要做些准备,而且燕儿的身子也要调理一下,所以大姐不要着急。"

说了好一时话,才安抚了常春兰,齐悦回到院子里时,已是夜色深深。

"哎?世子爷还没回来?"她看着屋子里,总觉得少了点儿什么。

"还没。"秋香答道,解下她的大斗篷。

"这么晚了,他没说不回来啊。"齐悦皱眉说道,透过窗户向外看去,"会不会喝多了,宿在人家家里了?"

秋香抿嘴笑着摇头。

"奴婢不知道。"

"少夫人,水好了,洗洗吧。"阿好进来说道。

齐悦点点头,洗漱完,阿如已经铺好了床。

"少夫人,不早了,早点儿歇息吧。"她轻声说道。

齐悦看了眼常云成那边的卧房。

"时候还早,我准备一下明日的教案。你们先歇息吧。"

阿如也看了眼常云成的卧室,抿嘴一笑,应声"是",退下了。

齐悦挑亮灯,在桌上铺开纸笔,似乎过了很久,听到院子里热闹起来。

她不由得忙站起来。

"世子爷回来了。"伴着通报,门被推开了,披着一身寒气的常云成大步走进来。

"怎么这么晚啊?"齐悦走过去问道,一面用力嗅了嗅,没有酒味,她松了口气。

常云成看着主动走过来的齐悦，有些惊讶："你怎么还没睡？"

齐悦伸手指了指自己那边："我在看书啊。"

她忙忙地说道："我可不是在等你。"

说完这句话，她愣了，常云成也愣了下，旋即笑了起来，拉长声调"哦"了声。

齐悦的脸腾地红了。

"喂，我真的在看书，我忙着呢，不和你废话了。"她甩了甩手，转身要走。

"少夫人，"两个丫头推门进来，"您给世子爷准备的夜宵送来了。"

齐悦吓了一跳。

"喂喂，你们别瞎说啊，太夸张了。"她忙说道，瞪眼看常云成："我可没给你准备什么夜宵，是哪个打着我的名义……"

常云成伸手抓住她的胳膊，向她那边走去。

"废话真多。"他绷着脸，抿着嘴，看也不看齐悦一眼，就这样轻松随意地将这女人拉过去。

"松开。干什么啊？拉拉扯扯的成什么样子？"齐悦忙拍打他两下，挣开束缚，拉开距离。

两个丫头低着头红着脸将夜宵放下，匆匆地退了出去。

常云成甩掉斗篷、鞋子，盘腿坐上炕，晃了晃脖子。

"喂，给你个小玩意。"他忽地说道，从斗篷下抓出一个盒子放在桌子上。

什么？齐悦看过来，见是一个长方形的锦盒，迟疑了一下，见那男人端着碗在吃夜宵，便挪了过去。

"哇！"她打开，不由得发出一声惊呼，"好漂亮的葫芦啊！"

锦盒里躺着三个小葫芦，上面雕刻着人物、山水，栩栩如生。

"哇，真厉害，这雕工绝了！"齐悦小心地拿起一个翻看，心里狂喊的是"值钱啊"。

看着齐悦毫不掩饰的夸张的惊讶欢喜，常云成忍不住得意。

"那是，这可是清河王的宝贝，我好容易才要来的。"

齐悦愣了下。

"你，是特意去要的？"她疑惑地问道。

"什么啊。"常云成立刻否认，带着几分不自在，"我哪有那闲工夫，人家硬要送的。我不爱这个，花里胡哨的，有什么好的，过年随手给小孩子们玩吧。"

"别呀，你懂什么呀。"齐悦忙小心地将葫芦放好，"这可值钱了。"

我当然知道，要不然怎么会耗了一天那清河王才肯给这三个？常云成微微吐了口气。算你识货。

"哎，对了，胡三那天给我的那几个葫芦呢？"齐悦想到什么，忙扭头去找，"怎么记不起来放哪里了？"

常云成一口气又憋了回去。

"没看到。"他说道，低头又舀了一勺羹，决定待会儿洗澡时将那几个塞在浴桶下的葫芦扔到外边的灶膛里彻底烧掉。

"哎，我和你说，今天可热闹了。"齐悦将葫芦收好，坐下来，带着几分兴奋说道。

"什么？"常云成看着这女人眉飞色舞的面容，只觉得浑身暖和。

"你知道的，你大姐在婆家过的简直不是人过的日子，我从千金堂回来看到，气炸了……"齐悦盘腿坐好，连说带比画。

"真是太过分了！"常云成听完一拍桌子，"明日就去砸了刘家！还用管家去问！问什么问！"

"那可不行，我们做事要有理有据，就是砸也得是对方的错。"齐悦笑道，看常云成吃得香，忍不住伸手，"给我一碗。"

常云成瞪了这女人一眼。使唤起自己来这么随意，却连给自己倒杯茶都不肯！这女人太没规矩了！

他盛了一碗递给齐悦。

"太甜了，你少吃点儿。"

齐悦笑着接过，说了声"谢谢"。

"以后晚了就别回来了。"她说道。

常云成拉下脸。

"赶夜路不好，晚上又冷，你要是吃了酒，被风刺了，更容易头痛。"齐悦接着说道。

常云成瞬时换成笑脸。

"我又不是娇娘。"他哼道，带着几分炫耀拍拍自己的胸膛，"你瞧，结实得很。"

齐悦抬头看了他一眼，笑着"呸"了声。

灯光下，这一笑一瞥格外诱人，里里外外都暖和的常云成别的心思便忍不住了。

"你看看啊。"他干脆解开衣裳,再次说道。

齐悦抬头看见这男人居然真的宽衣展露胸膛,嘴里含着的一口汤羹喷了出来。

"你这个脏女人!"常云成抖着解开的衣裳,气急败坏地喊道。

齐悦放下汤碗,笑着连连道歉,一面起身推他。

"快去洗洗,快去洗洗。"

常云成也只能愤愤地去洗澡了。他洗完澡,摸出胡三那日送的葫芦,打开窗户,后院里守着灶火裹着棉袄正打瞌睡的小丫头吓了一跳。

"把这个烧了。"常云成低声说道。

小丫头不敢多问,忙接过葫芦塞进灶膛。一阵"噼里啪啦"声响起,常云成满意地插上窗户。

齐悦还没吃完早饭,就有丫头来禀报大小姐来了。

"请进来吧。"齐悦笑道。

常春兰拉着燕儿低着头进来了,什么话也不说就给齐悦下跪。

"我也不说那虚假的话,我看出来了,少夫人是个爽快人。我来家时,是故意没来和少夫人见礼,是我不对,我故意给少夫人你难堪,我给你叩头赔个不是,也不是求你原谅,只是给你说声'对不起'。"她一面叩头一面哽咽地说道。

她刚跪下,齐悦就忙起身去搀扶,一面含笑听她说完。

"好,我知道了,大姐,你快起来。"齐悦请她坐下,又问燕儿吃了没。

昨晚回去,常春兰和黄姨娘说了这件事,母女俩激动得一晚上没睡,好容易等到天亮,就急匆匆地过来了,哪里顾得上吃饭。

"吃过了。"常春兰看着齐悦面前摆放的碗筷,知道打扰了她吃饭,忐忑不安。

燕儿看着桌子上的饭菜,一动不动。

齐悦笑了:"吃什么吃,这么早,家里的规矩大姐都忘了?"

家里的规矩是侯爷、夫人、世子、少夫人吃完了才轮到姨娘吃,常春兰住在黄姨娘院里,此时只怕还没摆饭呢。

常春兰有些尴尬地低下头。

阿如摆手示意,两个丫头过来添了碗筷。

常春兰推辞一刻便拘束地接过,齐悦已经把燕儿叫到身旁,一面问她喜欢吃什么,一面给她夹菜。

"把这个解下来,在舅妈这里不用戴这个。"齐悦笑道,准备亲手解下燕儿的口巾。

燕儿看着屋子里的丫头，有些害怕地低头。

阿如摆摆手，丫头们退下了。

燕儿这才大着胆子摘下口巾，大口大口地吃起来。

齐悦没有再吃，开始观察燕儿。

少夫人是嫌弃吗？常春兰低着头不敢看，忽地听齐悦和丫头说话。

"吃饭还是受影响，说话也是。"

"是，少夫人，小小姐吐字不清，发音不准。"

"做好修复手术的话，语音纠正也是必须的。"

吃饭的燕儿听着她们说话，忽地放下筷子看向齐悦。

"少夫人，你真的能把我的嘴缝好吗？"她口齿不清地问道。

齐悦看着她一笑，伸手拍拍她的脸。

"当然能。不过，燕儿怕不怕疼？舅妈要用刀把你的嘴割开，然后重新缝起来。"

燕儿摇摇头。

"不怕，只要能不再是兔子，能变成人，燕儿什么都不怕。只要燕儿好了，别人也不会欺负娘了。"她含混不清地说道，"娘也不会总是哭了。"

常春兰在一旁掩面哭起来。

"好孩子，舅妈一定能治好你的，我们燕儿一定会变得漂漂亮亮的，让别人看了都忌妒死。"齐悦笑道，伸手帮她擦去脸上的饭粒和口水。

吃过饭，齐悦拉着燕儿去做进一步的检查。

阿如习惯性地拿起纸笔在一旁记录，阿好和鹊枝也过来认真地听。

被这么多人围观对常春兰母女来说不是第一次，只是跟以前不同，这些围观女儿的人神情是那样专注，没有丝毫好奇、厌恶以及恶意的兴奋。

"这种病呢，几个月大的时候是最佳的手术时机，因为一次手术是做不好的，必须随着年龄的增长再做两三次修补。"齐悦摘下手套，将燕儿揽在怀里安抚，一面对阿如等人说道。

"那少夫人，需要什么？现在可以做吗？"阿如问道。

齐悦略一沉默。

常春兰的心立刻提到嗓子眼，紧张地看着齐悦。

"能是能，只是还有问题，比如麻醉啊，抗感染啊，还有助手。"齐悦说道。

阿如有些惭愧，想起那两次手术基本上都是齐悦一个人忙，她还是克服不了见血见内脏的恐惧。

齐悦站起身来，笑道："走吧，咱们去千金堂，我和刘大夫好好商议一下。"

她们出门的时候，遇到风尘仆仆归来的管家。

"少夫人，小的从刘家回来了。"他恭敬地冲齐悦施礼。

"哦，怎么说？"齐悦停下脚，饶有兴趣地问道。

管家扶了扶沾满晨霜的帽子，带着几分得意。

"还能怎么说，当着我的面，刘老太爷狠狠地责罚了那几个妇人。"

这辈子他还是头一次在别人家能挺直腰杆说话，那感觉真爽啊。

"我拿侯爷的话问了刘老太爷，刘老太爷当时就变了脸色。"管家接着说道，"他居然说，既然侯爷觉得大小姐在他们家受到苛待，那就让大小姐在咱们家住着吧。"

果然，齐悦哼了声。

"那就住着呗，谁怕谁啊？"

管家"嘿嘿"笑。

"我也是这么说的。"

"这事先这么搁着，等治好燕儿，再跟那老家伙算账。"齐悦冲管家摆摆手，"去吧，辛苦你了，去给侯爷回话吧。"

管家欢快地应声"不辛苦"，高高兴兴地走了。

且不理会家里这些事，齐悦来到千金堂，和刘普成说了兔唇的事。

"《诸病源候论》里说过，人生下来唇缺，好像兔子的嘴唇，所以叫'兔缺'。"刘普成说道，"是因为吃了兔子肉。"

齐悦"哈哈"笑了。

"不是，跟兔子没关系。这是一种病，基因突变引起的病。"

"基因？"刘普成不解地问道。

基因这个东西可不好解释，齐悦搓手笑。

"引起的原因很多，比如药物，比如环境，但是不管哪种原因，肯定是跟兔子无关的。"

刘普成点点头，松了口气。

"那也就是说，孕妇还是可以吃兔子肉的？"

齐悦点点头。

"至于修补，晋书中倒也有记载，'割肉补之，百日食粥，不语不笑'，但是亲

眼见过的不多。"刘普成的面色难掩兴奋，"少夫人，你可以治？"

"当然可以，这不是什么难的手术。"齐悦点头笑道，"只是这孩子耽误的时间太久了，而且药……"

她说到这里，见刘普成露出笑，便也笑了。

"好，没问题，我打算做这个手术。"

对这种手术，刘普成自然很感兴趣，连忙问她都需要准备什么。

"燕儿的唇裂是单侧完全裂，虽然未至鼻底，但上唇开裂，手术时间长，创口大，出血也会多，这孩子的身体发育不良，对于术后感染我有些没底。"齐悦皱眉说道。

"那些没问题。上次给那个猎户清创用的消毒消炎的汤药，我这些日子又研配了一下，大黄、黄芩、黄柏、栀子、银花配制的，清创消毒效果最好。"

齐悦松了口气，对刘普成的药她是百分百放心。

"那么就剩下一个要紧的问题。"

"齐娘子你说。"

"麻醉问题。"齐悦说道，拿出一张纸写下来，"燕儿六岁，小孩子麻醉与大人麻醉不一样。"

刘普成捻须，对这个说法很是不解。

"麻醉还分大人、小孩？"

"我不知道中药分不分，但是西药……哦就是我师父用的那些药，是明确分开的。"齐悦简单地和他讲了儿童麻醉的问题。

刘普成听得似懂非懂，但他点点头。

"好，我会再研究一下这个。"

"那就有劳老师了。"

刘普成点点头。

"哦，对了，这个手术要求很精细，每一步都关系到手术后的整形效果，所以拉钩、缝线等步骤不是我一个人可以完成的。"齐悦有些遗憾地搓搓手，"更何况，我以前没做过这种手术。"

没做过？

刘普成沉吟了一刻。

"虽然没做过，但是齐娘子你会做是不是？"他问道。

齐悦笑了。

"对，我会。"她点点头，很有信心地说道。

刘普成也笑了。

"那这个就不是问题了，我可以做助手。"

齐悦点点头。

"好。"她笑道，"又辛苦老师了。"

"什么话，多少人想要亲自看还没机会呢。"刘普成摇头笑道，"这是我的福气啊。"

说到这个，齐悦眼睛一亮。

"说起来，这是一次很好的临床学习机会，到时候让弟子们跟着看。"

刘普成有些迟疑。

"这……这……没问题吗？不会影响手术吗？"

"这的确是个问题，不过他们必须适应，将来我们要做的手术很多，不能因为惧怕就不参与了。其实，多看多做，克服了心理障碍就不会惧怕了。我上第一堂解剖课时，表现也很丢脸……"

"解剖课？"刘普成抓住她话里的陌生词。

"就是……"齐悦想了想说道，"就是用尸体来熟悉人体、器官等等。"

刘普成看着她，神情惊愕。

这样的事对认为死者为大的古人来说，很难接受吧？

"你，果然是这样练习的？"刘普成忽地压低声音问道，做了个刀割的手势。

齐悦点点头，干笑一下。

没人天生就会这个。

"医生嘛，必须熟悉人体的内脏、肌肤、血管等，虽然书本上有，但是还是要有最直观的了解，"她亦是压低声音说道，"所以，必须……你懂的。"

刘普成看着她，点点头。

真懂啊？齐悦有些惊讶。

"这个练习，"刘普成沉吟一刻，低声道，"我能找到一个地方。"

齐悦瞪大眼。不会吧？不只懂，还……

"你们也有尸体来源？"她压低声音，带着几分兴奋问道。

刘普成看着她，点了点头，齐悦的眼瞬时亮了。

"太好了！这么说，我可以安排解剖课了！"

刘普成冲她做了个噤声的动作，带着几分小心，四下看了眼。

齐悦了解，点点头，也做了个噤声的动作。

"等我去问问，看怎么样。"刘普成低声道。

齐悦点点头。

"尽快啊，我可以先做一个唇腭裂手术的示范。"她低声道，"咱们可以熟悉配合，同时让弟子们先有个心理准备。"

刘普成点点头。

"师父，可以上课了。"胡三从外边探头进来说道。

看屋子里两个师父的神情有些怪异，他好奇地问道："师父，你们说什么呢？"

"多嘴。"刘普成说道，一面看向齐悦："昨日弟子们在议论'娘子今天要教授什么？起死回生之术？'"

齐悦"哈哈"笑了。

"不是，是人工呼吸以及心脏按摩。"

这些弟子也太夸张了，还起死回生之术，不过，从称呼上来说，也的确可算是起死回生之术。

"没错，这个在急诊抢救中很重要，有时候真的是起死回生啊。"她说道。

"那我也去听听。"刘普成忙拿起纸笔说道。

"人工呼吸有两种，分别是口对口、口对鼻……"

"阿如你来做一下示范。"

看着阿如躺在事先准备好的垫子上，弟子们忙挤过来，只怕看不清楚。

齐悦单膝跪下，一边解说，一边亲自示范。看着她俯身和阿如口对口，弟子们面露惊愕。

待齐悦说出那句"大家也练习一下"，弟子们更是"哄"的一声乱了套。

"别动！谁也别动！别乱来啊！"胡三跳出来，如同护小鸡的母鸡似的挡在地上的阿如前面，带着几分警告看着诸位弟子。

齐悦失笑，阿如也坐了起来，面色红红地瞪胡三。

"你们自己结对子，互相练习，先练习手法。"齐悦说道。

胡三的脸腾地红了。

"这样啊。"他摸着头，不好意思地笑了，"吓死我了。"

脸上除了惊吓，似乎还有遗憾。

"看来得做个假人了。"齐悦对刘普成说道，"这样会很方便，我讲解起来也方便。"

"就跟我屋子里的铜人那般？"刘普成问道。

"不行,要真人大小的,材质嘛,用木头吧。"齐悦说道。

"师父交给我吧。"胡三说道。

齐悦点点头。目前为止,所有的器械都是交由胡三来弄,这年轻人在医学上的确没什么天赋,但脑子灵活,动手能力很强。

"这段时间我们要重复今天学的,大家可以抓住休息时间多做练习。我们学医的,没什么捷径,就是多看多练。"齐悦拍拍手,结束了今天的讲课。

"谢谢师父教导。"

看着满室的弟子齐声施礼,齐悦有些不好意思地笑了,心中那异时空带来的寂寞、孤独、恐惧大大地减轻。

其实,不管是古代还是现代,只要知道自己要做什么,怎么去做,就能生活得很好吧。

过了几日,刘普成那边有好消息传来。

"事情已经办好了?"齐悦激动地问道。

刘普成的神色有些复杂。

"倒是办好了,只是只能去那里。"他迟疑了一下,说道。

就是说不能拿到千金堂来,齐悦明白了。这个可以理解,毕竟死人嘛,古代人还是有很多避讳的。再说千金堂不是学校,还要做生意,对生意来说,死尸总是有些晦气。

"那就去那里。"齐悦说道,虽然不知道那里是哪里。

"只是一则那地方……"刘普成神色更加纠结,似乎有难言之隐,"二来还得晚上去……毕竟这种事见不得天日。"

古人讲究身体发肤受之父母,对死后尸体被损的事是绝对无法接受的,这种事自然只能偷偷摸摸。齐悦点点头,表示理解。

"晚上啊。"她略一思索,对如今的身份来说,晚上出门的确是不太方便,"我想想法子啊。"

齐悦回到家时,常云成在屋子里坐得已经不耐烦了。

"你去煲汤。"他直接开口。

"晚饭有汤,我刚才看过了。"齐悦说道,一面在丫头捧着的铜盆里洗手。

"要你做的,当夜宵。"

"这刚要吃晚饭,就说什么夜宵。"齐悦擦手,笑道。

"让你去就去，问那么多干什么？"

自从自己主动求和后，这臭男人的脾气就见长了。

齐悦白了他一眼。

"你想吃什么？"

见她如此顺从，没有再说三说四，常云成有些意外，故作严肃的脸上便忍不住露出笑容，又忙绷住。

"做你最拿手的就是了。"

齐悦"哈"的一声笑了："我拿手的可多了。"

常云成忍不住笑出来："你这女人，真是脸皮厚。"

"瞎说，什么叫脸皮厚，这叫自信。"齐悦笑道，冲他耸耸鼻头，"等着。"

夜色降下来时，常云成迈入谢氏的荣安院，伸手接过身后小丫头手里的食盒。

"知道什么话该说，什么话不该说吗？"他低声说道。

小丫头忙把头点："知道，知道，世子爷在书房里把夜宵都吃了。"

常云成摆摆手。

小丫头忙退下，这边荣安院的丫头仆妇已经闻声迎了出来。

"世子爷来了。"

谢氏放下手里的佛珠，看着常云成笑。

"怎么这时候过来了？"

"这几日常不在家，回来晚了母亲又歇息了，所以今日特来问母亲安。"常云成笑着说道，随意地坐在自己常坐的位子上，把鞋子踢掉。

小丫头捧来脚炉给他垫好。

"这是什么？"谢氏看着摆在桌上的食盒，闻到散出的香气。

"夜宵。"常云成坐好，打开食盒，亲自捧出来，"特意来和母亲吃。"

谢氏笑了。

"我年纪大了，吃不得油腻，你吃吧。"

"母亲，不油腻，是萝卜豆腐。"常云成笑道，给她盛了一碗递过来，"你尝尝。"

萝卜豆腐？这有什么好煲汤的？

谢氏看过去，见大块的豆腐、银丝萝卜，白嫩清淡的汤上漂着几点香菜末儿。

"哎哟，这汤真鲜亮。"苏妈妈笑道，嗅了嗅，"嗯，没萝卜的浊气。"

"我尝尝。"谢氏拿起汤勺，慢慢地吃了口。

常云成有些紧张地看着她。

谢氏点点头，对他赞叹一笑："不错。"

常云成如释重负地笑了，端起碗就往嘴里倒。

"你这孩子！慢点儿吃。"谢氏笑道。

母子两个一边说话一边吃，竟然将常云成带来的夜宵都吃完了。

"哎呦，今儿晚上可是吃多了。"谢氏笑道，自己也很意外，"这汤不错，问是哪个厨娘做的，回头有赏。"

苏妈妈应声"是"，看向常云成。

"母亲别管了，我赏就是了，算是儿子的孝心，不让母亲出钱。"常云成笑道。

谢氏和苏妈妈都笑了。

丫头收拾了食盒退了下去。

"那女人最近又烦你了吧？"谢氏问道。

那女人？常云成愣了下。

"没有，她挺好的。"他忙说道。

谢氏看了苏妈妈一眼，用眼神说：看吧，儿子就不让我担心，不肯说实话。苏妈妈点点头。

"别理会她。"谢氏说道，略一沉吟，"云成啊，你还记得年前来咱家的那个你婶娘家的饶姑娘吗？"

常云成皱眉。

"哪个？"他一时没想起来。

"就是世子爷去外祖母老夫人家顺路送的山东饶家的姑娘。"苏妈妈补充道。

常云成"哦"了声，想起来了。

"你觉得那姑娘怎么样？"谢氏含笑说道，拿出一旁放着的鞋样子，"你瞧，她送我的。"

这些夫人小姐之间都爱送这个，来展示自己的女红。

同样是做针线活，那女人最拿手的针线活竟然是在人的身上做，真是……惊悚刺激。

常云成的嘴边浮起笑容。

看着常云成露出笑容，谢氏大喜，和苏妈妈对视一眼。

"那姑娘……"谢氏说道。

"侯爷来了。"外边丫头传道。

谢氏等人忙起身迎接，定西侯已经搓着手披着大斗篷进来了。

"怎么这时候过来了？"谢氏问道。

常云成冲定西侯施礼。

"我怎么不能过来了？"定西侯瞪眼说道，"这是我家，我想去哪儿就去哪儿。"

谢氏撇撇嘴。

"朱姨娘这几天就要生了，你不过去看看？"

"我看那个做什么，女人家的事。"定西侯说道，接过丫头捧来的茶，看着常云成："你别总出去跑，好容易回来，多陪陪月娘。"

"成哥儿才不出去呢，都是那女人一天到晚往外跑。"谢氏立刻说道。

"月娘要开药铺呢，忙些也是正常的。"定西侯说道。

看到这两人又要拌嘴，常云成再次施礼，走了出来。

常云成走进屋子时，齐悦还在写写画画，桌子上放了一堆纸。见他回来，齐悦打了声招呼。

"这什么啊？这么吓人。"常云成走过去，拿起一张纸，皱眉说道。

齐悦探头看了眼："哦，口轮匝肌裂开示意图。"

口轮杂技？什么东西？

"这个呢？"常云成又拿起一张纸。

"牙槽沟黏膜切开图。"

她从哪里学来的这些听不懂的话？

常云成扔下那张纸，又去桌上翻。

"哎呀，别看了，小心吓得晚上不敢睡。"齐悦笑道。

"吓到？"常云成嗤笑，"死人堆里睡过觉的人，你这几张图就吓到我了？"

"那可不一样。"齐悦笑道，将桌上的图纸整理好，"我们面对的这种血肉，跟直观的死人可不一样。"

常云成将手中的图纸抖了抖，还是饶有兴趣地看着。

"竟然能缝起来……这么简单啊，怎么别人没想到呢？"

齐悦笑了。

"哪有那么简单？你想想啊，缝衣服缝不好会是什么样？"

弯弯曲曲、歪歪扭扭……

"对啊，人的皮肤缝不好的话……"齐悦摊手。

"直接说你自己很厉害不就行了，绕这么多弯子。"常云成哼道，将图纸扔在桌子上。

"少夫人。"门外忽地响起阿如焦急的声音,"千金堂来人,说有个重症急诊。"

刚要歇下的定西侯和谢氏被叫起来。
"你瞧瞧,好好的一个少夫人,这都成什么了?"谢氏冷冷地嘲讽。
"人命关天嘛。"定西侯说道,皱眉看齐悦:"这大晚上的有什么急诊,还得出门?来咱们家不行吗?"
"父亲,是重症创伤,不能移动的。"齐悦笑着解释道。
定西侯这才点点头:"去吧,多带些人。"

二门外,护卫们已经站好了,举着的火把燃起熊熊火焰。
"你不用去,这么多人跟着我呢。"齐悦看着披斗篷而来的常云成,忙说道,"你去了也是在外边坐着,千金堂的人还不自在。"
常云成站着没动。
"那样,我心里也不自在。"齐悦又说道。
常云成这才抬手摸了下鼻头,闷声闷气地"嗯"了声。
齐悦转过身,轻轻地拍了拍胸口,松了口气。
定西侯府的角门打开,一队人护着马车驶出,在夜色里向街上而去。

"你们在大堂里等着,我在后边要做个手术,千万不要让人打扰了。"齐悦说道。
护卫们齐声应"是"。
齐悦又看了他们一眼,带着阿如跟随千金堂的弟子进内堂去了。
"这边。"一进内堂,站在墙角的胡三就冲她们小声地招呼。
齐悦和阿如忙过去,穿过一扇小门,就来到了后街上,刘普成及四个弟子已经等在那里了,谁都没说话,只是摆摆手。刘普成、齐悦、阿如坐上一旁的驴车,一行人消失在后街上。
因为没出正月,新年的气氛依旧很浓,但眼前这处地方没有丝毫喜庆之气,黑夜里,两盏白纸糊的灯笼在寒风中摇晃,显得格外瘆人。
走到这里,几个弟子明显紧张起来,一个个互相挨着缩着头抱着手快速地走着。
阿如也不由自主地贴近齐悦。
胡三走在几个弟子最中间,忽地伸手捅了捅前边的弟子,吓得那弟子叫了一

声,结果吓得其他人也一阵乱跳。

刘普成回头瞪他们一眼,弟子们忙重新挤在一起。

"你干什么?"弟子们回头,低声训斥罪魁祸首。

胡三缩着头四下乱看。

"我总觉得听到有人在哭。"他低声说道。

几个弟子顿时汗毛倒竖。

"你闭嘴,闭嘴。"他们纷纷低声呵斥道。

胡三用手捂住嘴。

驴车停下来,齐悦从车上下来。

"这里不让驴靠近,齐娘子受累走过去。"刘普成说道。

"为什么不让驴车靠近?"胡三忍不住问道。

刘普成还没说话,齐悦看着他,一笑。

"因为驴啊牛啊什么的眼睛能看到人看不到的东西,所以怕它们惊扰了这些……"她低声说道,忽地停下脚,"那是什么?"

她这一声喊,吓得胡三一声怪叫,就扑到旁边一个弟子身上,那弟子也吓得叫了声。

几个弟子缩在一起。

"齐娘子。"刘普成回头,带着几分嗔怪说道。

齐悦用手捂着嘴轻轻地笑,加快脚步跟上刘普成,阿如也忙跟上去。

胡三抬手打了自己一嘴巴。

"该,让你多问。"他自言自语,看前边师父走远了,忙跟上。

刘普成站在门前,轻轻地敲门,齐悦则好奇地打量四周,感觉身后阿如呼吸急促,便笑着回头安慰她。

"别怕……啊。"齐悦才张口,就发出一声低呼。

"师父,你又逗我!"胡三这次不上当了。

齐悦看着左边,手放在嘴边,屋檐下的白灯笼照着她瞪大的眼,表明她的确受到了惊吓。

胡三只觉得脊背发寒,僵硬地转动脖子顺着齐悦的视线看去。

黑漆漆的夜里,一件白袍子飘飘荡荡地过来了。

"娘啊!"胡三大喊一声就钻到刘普成身后去了。

"女人?"

白袍子这边传来一个男声,抖了抖,露出后边的黑衣男人。

一身黑衣在夜色中本就不明显，再加上手里撑着一件显眼的白袍子，让后边的人更被人忽略。

"小棺哥。"刘普成冲来人点头打招呼。

来人在灯笼下站定，齐悦看到这是一个年轻的男子，身材修长，五官清秀，手里拿着一件白袍子还在抖啊抖。

齐悦看着来人的同时，来人也正打量她。

因为要避人耳目，齐悦将头脸用黑巾裹上，只露出一双眼，裹在大大的斗篷里，反而更显娇媚。

"女人？"棺材仔再次说道，确定自己没看错，面露惊愕。

棺材仔看着这女人，然后看到这女人的眼睛弯了弯。

她是在对自己笑？

棺材仔惊愕不已。不，不，她是在笑，在笑而已，但是不是对自己笑。

这世上那个敢对自己笑的女人早死了。

他的视线从齐悦身上移开，看向刘普成。

"刘大夫，你干什么呢？"他皱眉问道，"还来了这么多人，大晚上来这里逛景看戏吗？"他的视线扫过那群缩在一起跟小鸡崽似的男人。

"是让他们来学习一下的。"刘普成说道，"小棺，可准备好了？"

学习？

女人也有学医的了？

棺材仔再次看向齐悦。开什么玩笑？

"娘子，这位是守义庄的，姓袁。"刘普成看出棺材仔的疑惑，低声对齐悦说道，却没有向棺材仔介绍齐悦，甚至特意省略了"齐"姓，只称呼"娘子"。

"什么姓不姓的，他们都叫我'棺材仔'。"棺材仔说道，带着几分挑衅。

棺材仔？齐悦眼睛一亮。自己好像在哪里听过？

她不由得盯着棺材仔。

见她如此看自己，棺材仔淡淡地笑了笑。

齐悦想起来了。

"哦，你就是那个棺材仔啊！"她激动地说道，下意识地伸出手，"你好你好，久闻大名久闻大名！"

看她的神情，久闻大名不稀罕，但是这态度好像是……很高兴？

棺材仔愣了下，看着这女人伸出来的手。

柔白细长。

她想干什么？伸手做什么？

刘普成轻轻地咳了一下。

齐悦回过神，有些尴尬地收回手。

"你好。"齐悦含笑说道，"我以前听说过你，你很厉害。"

刘普成刻意隐瞒她的身份，她自然不能说自己在哪里听过他的名字。

没错，她还在笑，而且是对自己笑。

棺材仔忍不住回头看了眼，没有别人，只有自己。

胡三等人被他这突然的动作吓得又起了一身鸡皮疙瘩。

"他……他……看什么？"胡三贴在一个弟子的背上，结结巴巴地低声说道，"师父，师父明明在和他说话……他回头看什么？"牙关发出"嗒嗒"的响声。

"闭上……你的嘴。"那弟子也磕磕巴巴地说道。

这还没进门呢就吓成这样，刘普成没好气地瞪了弟子们一眼。

"小棺，你看……"他提醒道。

棺材仔不再看齐悦，迈步上前。

"进来吧。"他说道，伸手推开门。

一股阴寒外加尸臭味扑面而来，棺材仔听到一成不变的倒吸凉气及干呕声，这是每一次有新来者时都会发生的事。

他带着笑回头看了眼，见那几个年轻弟子都捂着嘴扭头，那女人……

"老师，你给我也带了衣服吧？我从家里出来，没敢带。"齐悦说道，跟着刘普成迈进来，同时摘下斗篷，就那样轻松随意地从棺材仔身旁走过，走过那一溜蒙着白布草席的尸体，如入无人之境，就好像她才是一直住在这里的那个。

又一个女人脚步匆匆地从棺材仔身边而过，虽然露在外边的眼中满是慌张，但还是紧跟着那女人。

棺材仔回头看着从门外挪进来的五个男人。他们一个挨着一个往前挪，吓得眼睛都直了，根本不敢往别处看一下。

到底谁是男人？棺材仔皱眉。

"就是这个吧？"刘普成问道。

棺材仔看过去，见他们已经站在一张长桌前，上面摆着一具盖着白布的尸体。

"是，很新鲜的。"他答道。

胡三觉得自己这辈子都不会对"新鲜"这个词有好感了。他用手捂着嘴，好容易站到师父后边。

"怕什么啊，别怕。"齐悦笑道，利索地打开药箱，取出手套戴上。

刘普成亦是如此。胡三等人这才哆嗦着开始穿戴。

以往棺材仔将人引进来后就懒得看他们，但这次他竟然没走，看着这几人的奇怪打扮。

"喂，刘大夫，你们这是什么啊？"

刘普成没答话。齐悦一面帮阿如系上罩衫，一面对他一笑。

"隔离服。"她答道，"手术衣，手套，口罩，免得沾上污迹……"

果然是女人，这种时候还这么讲究。

棺材仔撇了撇嘴角。

"以及自身污染了病人。"齐悦接着说道。

棺材仔嘴角僵了僵。

齐悦看着大家穿戴好。刘普成将一个布包展开，露出解剖用的刀剪。

没什么稀奇的，棺材仔对这个不陌生，但他还是站着没动，带着满满的兴趣看着。

不知道落刀割开尸体后，这女人会是什么样？

哈哈，那样子一定很好玩。

"今天呢因为时间关系，我们就先不学习人体了，只做面部唇腭手术练习。"齐悦一面说话，一面掀开蒙着尸体头部的白布。

屋子里响起胡三等弟子的惊呼。

这一次阿如再也控制不住，也转过头，不敢看了。

"好了好了，别怕别怕。"齐悦笑道，伸手拿起手术巾，将尸体的上半部分盖上，只余下口鼻部分，"我盖上了，大家可以看了。"

阿如这才大着胆子转过头，看着还哆嗦着不敢看的胡三，抬脚踢了他一下。

"快点儿，师父还有事呢，别耽误时间。"她低声喝道。

胡三等人这才大着胆子看过来，看到只露出口鼻部分，心里舒服了点儿。

"老师已经给你们说过了，我们接下来会有一个口鼻部分的手术。因为这部分手术要求精细，手术术野小，稍有不慎就会影响患者的说话、咀嚼、面部容貌，那样的话，不但起不到效果，还会造成二次伤害，所以我需要助手。现在大家跟我来熟悉一下，看一看这种手术是怎么做的。"齐悦看他们都平静些了，便说道，一面从刘普成铺开的器械中捡起刀剪，"这个手术第一步是定点。现在定点不需要大家做，我们直接跳到第二步分离……"

她说着话，伸手翻开唇，在牙槽沟部切开黏膜。

屋子里再次响起低呼,这一次夹杂着"吭吭哧哧"要哭的声音,胡三等人又转过头挤在一起了。

齐悦不理会他们,一面接着操作,一面进行讲解。

棺材仔已经完全呆滞了,耳边回荡着男人的哽咽声和女人的说话声。

"我一定是把钱输光太悲伤了,所以出现了幻觉。"棺材仔伸手拍了拍额头,闭上眼,转过身,"我去睡觉,睡一觉就好了。"

棺材仔果真去睡了,醒来时,天已经蒙蒙亮了。他侧耳听,那边已经没有了声响。

门边放着一袋钱,这表明人已经走了。棺材仔伸手拿起钱袋,随意地抛到屋内。

他想起自己昨晚好像做了个梦,梦里有个女人来看尸体,还在尸体上动刀子……

棺材仔甩甩头,他是想女人想疯了吗?

他习惯性地从床下拉出针线包,夹在胳膊下。

"我来帮你修一修。这些大夫啊说是治病,可是对你们就只管破坏不管修复,其实说起来都是人嘛……"他嘴里嘟嘟囔囔,走进屋内,眼前的景象让他愣了下。

摆放尸体的桌子上整齐干净,白布蒙住尸体,和他最初摆好的一样,完全没有以前那些大夫来过之后的杂乱。

他不由得快走几步,伸手掀开白布。血迹被擦拭干净,被割裂的口鼻已经恢复完整,只有上边弯弯曲曲的缝线证明昨夜曾经发生的事。

棺材仔看着这缝线,忽地忍不住伸手抚摸,眼中闪闪发光,就如同见到了奇珍异宝。

"看啊,好完美的缝线啊。"他喃喃地说道,"这是怎么缝起来的?"

齐悦回到家的时候天色已经微明,她的屋子那边还亮着灯。她轻手轻脚地走进屋,却见常云成坐在里边。

"天啊,你难道没睡吗?"她惊愕地问道。

常云成眼睛看着书,似乎很入神,听到她说话,"嗯"了一声。

齐悦看着他,抿了抿嘴,几步走过去,一把拿过他的书。

"好了,别装了,多谢你关心我,我回来了,你快去休息吧。"她含笑说道。

常云成的脸顿时红了。

"你这女人自……"他瞪眼,话没说完,齐悦伸手抱住了他。

常云成陡然僵住，舌头打结，余下的话便说不出来了。

"谢谢你有心，我都知道，别不好意思啦，大家都是成年人，不要玩这种你猜我猜的游戏啦。"齐悦笑道，抱了抱便松开手。

我才没有，才没有！

常云成脸红脖子粗，却始终说不出话来，干脆一提脚走了。

这女人真是太……讨厌了！

一点儿也没个女人样！

太可恨了！

常云成一头倒在床上，觉得浑身燥热，一股痒意从心里弥散至全身。他说不上这到底是什么感觉，反正就是不舒服，只想在床上打滚乱蹭。他扯过被子盖住头。

这臭女人！刚才竟然抱了自己！

这是……非礼！

常云成猛地掀开被子站起来。这可怪不得他了！

他又匆匆地向齐悦那边走去，却见那女人已经躺在床上睡着了。

常云成在床边站着看，看了一刻，伸手小心地将被齐悦搂在怀里的被子拽出来，将她的胳膊在身侧放好，仔细地给她盖好被子，吹灭了灯。

屋子里陷入了黎明前的黑暗。

家里除了考生还多了一个待手术的病号，齐悦又通知厨房加了一个病号餐。待产的朱姨娘听说了，跟定西侯说了，定西侯便来问有没有孕妇餐。

"少夫人，这个可千万不能应承。"常春兰低声说道。

齐悦正在教燕儿做日常口腔护理，便随口问了句"为什么"。

"女人生孩子就是过鬼门关，凶险得很。"常春兰看了眼外边，将声音压得更低，"万一大人或者孩子出个什么意外，这吃的喝的被牵扯上就麻烦了。"

齐悦"哦"了声。这种事她见过，书上、小说里以及电视里。

"多谢大姐了。"她笑道，叫来阿如："你去和侯爷说，快要生了，不用特意再大补什么的，就清清淡淡的，想吃什么就吃什么，吃饭其实是人的本能，身体里缺什么了就会想吃什么，顺从本能便是大补。"

阿如应声"是"，转身去了。

"那燕儿想吃糖糕，是身体里缺糖糕了。"燕儿忙拽着齐悦的衣袖说道。

齐悦摇头。

"那可不行。"她说道,"不是有'发乎情止乎礼'这句话吗?人要是想做什么就做什么,那岂不是乱了套?"

燕儿被说得一愣一愣的。

常春兰忍不住笑起来。

"我不管,我不管我要吃我要吃。"燕儿回过神,摇着齐悦的袖子说道。

没想到自己女儿还有跟人撒娇的那一天,常春兰笑着笑着,眼眶又有点儿湿。

"好吧好吧。"齐悦对小孩子一向没有抵抗力,只好举手说道,"吃,吃,我们去吃。所以还有一句话是,'世界是属于孩子们的,什么真理在他们面前都没用'。"

这都是哪里来的话?常春兰又笑了,用手帕轻轻地擦拭眼角。

"世子爷回来了。"门外,丫头们打起帘子。

常春兰忙站起来,燕儿比正常孩子还要敏感,立刻安静下来,还慌乱地要找口巾。

"你怕什么?你舅舅胆子可大了,他什么都不怕。"齐悦拉住燕儿,笑道。

常云成已经迈进来。清早从演武场归来,他的头上还冒着汗。

"别刚运动完就回来,好歹在那边落落汗。虽然是在家里,大冬天一路走来也是冷飕飕的。"齐悦说道。

燕儿安静地站在齐悦身后。常春兰没有走过来,看着他们说话,面上的疑惑退去,换上欣慰的笑。

"哪有那么多事?"常云成说道,看到这边的常春兰。

"世子爷。"常春兰施礼。

"大姐过来了。"常云成点头招呼,看了眼燕儿:"的确瘦小,多吃点儿多补补。"

燕儿站在齐悦身后,低着头,像模像样地施礼。

"谢谢舅父教诲。"她口齿不清地低声说道。

常春兰拉着燕儿告辞了。常云成进去洗了澡,换了家常衣裳出来:"跟我去母亲那里问安。"

齐悦皱皱眉。

"我还是不去了。"她说道,"你看上次我去了她多不高兴。还是你自己去,你们母子好……"

她的话没说完就被常云成没好气地打断了。

"那次是母亲歇息了,你这女人乱想什么?"

齐悦看着他,耐着性子说道:"常云成,你不要装糊涂。你母亲不喜欢我,这是事实，不是我跟你去问安说好话她就会喜欢我的，反而会觉得我更讨厌。"

常云成的脸色沉下来。

"你既然知道这是事实，为什么不肯去让母亲喜欢你？"他喝问道，"你这种态度，母亲怎么可能喜欢你？"

"她不喜欢我不是因为我的态度！"齐悦也不由得拔高声音。

"你这什么态度？"常云成也拔高声音，竖眉喝道，"你这种态度谁会喜欢你？"

齐悦吐了口气。

"不喜欢我，没关系啊，我没求你们喜欢我。"她说道，抓起收拾好的图纸走出去。

常云成一把抓住她的手将她拉回来。

"所以其实你根本不在乎是不是？"他咬牙问道。

"我有在乎的，也有不在乎的。"齐悦看着他说道，"常云成，我不想和你吵，我们心平气和地好好说一说……"

常云成一把甩开她，大步走了出去。

门帘重重地扬开又垂下，发出一声闷响。

齐悦叹口气。

常云成生气对她没什么影响，正如她自己所说，这里的人喜不喜欢她，跟她有什么干系呢？

来到千金堂，齐悦便问今晚能不能早一些去义庄。

刘普成一脸惊讶。

"今晚去不了。"

齐悦也惊讶。

"为什么？"

"那个，找一具……尸体不是很容易。"刘普成压低声音说道。

"那里有那么多尸体呢，不是让随便用的啊？"齐悦问道。

刘普成哭笑不得。怎么听这意思，这姑娘以前尸体都是随便用的？不过也许正因为如此，她才能练出那样娴熟的技艺吧。

"那当然，那些尸首都是有主的。"刘普成低声解释，"只有遇到无主的死尸，才有可能被我们借来用用，还要偷偷的，要是被告到官府，那是盗尸的大罪。"

齐悦恍然，"哦"了声，又叹口气。

"我去找小棺，让他帮帮忙，尽快给咱们再安排一具。"刘普成低声说道。

也只能这样了。齐悦点点头。

"那就只有再等等了。"她打起精神，"不过，也好，我们先解决别的问题吧。通过昨晚的试验，我们还有很多问题要讨论一下。"

刘普成点点头，拿起纸笔。

"没有美蓝和碘酒，我做不好定点设计。"

"美蓝和碘酒是什么？"

"就是一种定点上色画线的工具，这样我能准确地做好缝合。还有缝线，昨晚用的线太粗糙了……"

和刘普成商量完，因为一时半会儿做不了实体试验，齐悦只好接着讲课。

"胡三呢？"阿如一眼看到没有胡三，忙问道。

阿好和鹊枝这才四下乱看。

对啊，这个人好像没在啊，往常她们一进门，他第一个就迎上来了。

"师兄去取……模型了。"一个弟子说道。

人体模型是用来做急救练习的。齐悦"哦"了声，很高兴："这么快就做好了？"

"是啊，师兄说那木匠已经做得差不多了，今日拿来让师父你看看怎么样，如果可以，就让他再做两个。"弟子答道。

万能的古代工匠。齐悦握了握拳头。

"那我们就先上课吧，一边讲一边等他。"她说道。

一堂课很快讲完了，但胡三还是没回来。

"少夫人，不好了，胡三被人抓走了！"

齐悦等人跑到街上时，围观的人还没散去，聚在一起议论纷纷。

"到底怎么回事？发生什么事了？"

"难道师兄又见钱眼开，逞能治病了？"

弟子们忙抓着围观的人询问。

"我们也不知道。"

围观的人被问到时，都慌忙地躲开了。

难道胡三惹到的人很厉害？齐悦一把褪下手上戴的银镯子，举起来。

"谁告诉我怎么回事，这个就归谁了。"她喊道。

正要散开的围观众人一愣，看着那个被女子举起来的银镯子。日光下，镯子很是耀眼。

552

"我知道。"重赏之下必有勇夫,一个老妇跳出来喊道,"你们要找的那个小哥,当街非礼一个贵公子,人家把他抓起来,说要带回去打死。"

此言一出,齐悦等人都愣住了。

齐悦惊愕地张大嘴,手里的银镯子掉了下来,那老妇眼明手快一把捡起,喊了声"谢娘子赏"撒腿跑了。

范艺林觉得今天是黄道吉日。跟着媳妇回娘家的第三天,他终于得到自由了,不用再陪着岳母等一群老妇人摸牌看戏,也不用陪着岳父、大舅子等老男人喝茶聊书。没办法,谁让他娶的媳妇是家里的老小,岳父岳母老来得女,大舅子的年纪都赶上他爹了,年纪小的又是差着辈分,跟他也说不到一起,这对风流倜傥斗鸡遛狗样样精通的他来说,真是寂寞如雪啊。多亏媳妇明智,知道他的惆怅,今日开了金口,许他在永庆府随意游玩,只要晚上回家睡觉就可以。

范公子风流,手下随从亦是倜傥,趁着他在酒楼吃个痛快的时候,打听了这永庆府的第一等脂粉地,并且定下了头牌姑娘。

范艺林骑在马上,恨不得插翅膀飞过去,越发觉得身下这马儿跑得慢,不由得狠狠地抽了两鞭子。

马儿受了惊,扬蹄向前冲去,范艺林只顾着想一会儿如何销魂,骨头都酥了,结果没抓好缰绳,人叫了一声,从马上栽了下去,身子还没着地,又被炸蹶子的马正对着胸口来了那么一下。

随从们只听到一声惊叫,叫声短促,好似还没喊出来就没了,然后就见自家公子趴在地上不动了。

随从们慌乱地叫着下马围过去,却没见自己家少爷如同往日那样鲤鱼打挺站起来,而是依旧面向下趴着不动。

几个随从慌了神,将人翻过来一看,得,这次是吓晕了。

"少爷,少爷。"随从们慌忙地喊着,又是拍脸又是掐人中。

终于有个随从看出不对劲了。

"少爷的脸!"他猛地喊了声,指着地上躺着的范艺林的脸。

发绀!胡三从人群外看过来,第一眼就闪过这个念头。

"让开!"他大喊一声,同时举起手,"我是大夫!"

这一声喊盖过了周围人的议论声,"大夫"二字也震慑了众人,胡三很容易就站到了范艺林身前,推开小厮,半跪下去。

检查生命体征。

"喂，你怎么了？你听到我说话没？"胡三贴到范艺林耳边，大声喊道。
没有反应。
摆正体位，压头，抬颌，开放气道，贴近口鼻查看呼吸，眼看，耳听，面感。
没有呼吸。
胡三深吸一口气，张开嘴贴上范艺林的嘴，缓缓地吐出气。
四周的人愣住了，他们看到了什么？
就在这一愣神间，胡三已经连续俯身口对口了好几次，然后他重重地伸手压住范艺林的胸口。
"两次有效呼吸，五次按压，除颤一次，轮回……"胡三口中念念有词，逐一完成动作。
四周的人终于回过神了，顿时哗然。
"小子！你干什么？"范艺林的随从们终于回神了，大喊着就冲胡三挥起了拳头。
"他没呼吸了，我在帮助他呼吸……"胡三大声说道，偏头躲过一击，开始下一轮人工呼吸。
范艺林"喀喀"两声，缓缓地睁开眼，然后看到一张男人的脸贴了过来，臭烘烘的血盆大口吻上了自己的嘴……
范艺林眼一翻，真的晕了过去。
"少爷！"
最近的随从看到了。天啊，自己少爷生生被这人的非礼吓晕了！他们再不迟疑，三两下按住这个大胆的登徒子。
"打死他这个兔儿爷！"

齐悦急得团团转。
"没见过啊，真没见过。"四周被问到的店铺都给出这样的回答。
看到齐悦又要悬赏，几个店铺老板忙阻拦。
"真没见过，听口音不是咱们永庆府的。"一个年长的说道。
齐悦冷静下来："现在是正月里，走亲访友的多，那就是谁家来的亲戚了。"
这要是查的话，可就是大海捞针了。
"阿如你回家叫人。"她摆手说道，又吩咐弟子们："我们一路问，人往哪里走了总能问到的。"
黄子乔从酒楼上冲下去，这让一群还在举杯豪饮的公子哥们很惊讶，以为出

· 554 ·

了什么大事，呼啦啦地全跟下来，却见黄子乔站在酒楼门口望天。

天上有什么好看的？

一群人跟着看去。

那个女人已经走近了，自己是主动过去打招呼还是装作没看见？黄子乔纠结的心都要跳出嗓子眼了。

小爷主动打招呼太跌份了。当然，如果她主动叫住自己打招呼的话，小爷我就勉为其难地应付她两句。

下定决心，黄子乔整了整衣衫，深吸一口气，迈出门，到门口又停下了。

那我是和她迎面走，还是顺着走？

"小爷，你到底要干什么啊？"有人实在忍不住了，问道。

还有人小声地去问黄子乔的随从："你家小爷除了肚子被割开过，脑子没事吧？"

"滚。"黄子乔没好气地瞪他们一眼，"我要买点儿东西去。"

他说罢，不理会他们，迈步出去了。

他晃晃悠悠地走着，走了好几步，除了身后那些"叽叽喳喳"胡言乱语的朋友，并没有女声叫住他。

"去去，你们站开点儿，挡住了。"黄子乔回头挥手。

大家们低头看看自己。

"挡住什么了？"他们不解地问道，扭头四下乱看。

"挡着路了！"黄子乔瞪眼说道，看到那女人停下来，拉着几个路人在说什么，神情有些焦急，问了几句又匆匆地向这边过来。

黄子乔猛地转过头，接着迈步。

那女人一阵风似的从他身边过去了。

黄子乔瞪眼看着，却见那女人在几步外停下，叫住一个店铺伙计。

"你有没有见几个人绑着一个人，绑着千金堂的胡三，过去了？"齐悦问道，一面和他比画胡三的个头、长相。

千金堂如今很有名了，店铺伙计摇头，齐悦又急忙叫住其他人问。

"街上人多，真没注意。"最终的结果很遗憾。

齐悦吐口气，心中焦急。

她转过头，忽地眼睛一亮："小乔。"

伴着这声喊，朋友们发现他们正准备扛着去找大夫的黄子乔终于动了。

黄子乔浑身僵硬，看着这几步站到他面前的女人，只觉得耳根子发热。

他"嗯嗯啊啊"几声，带着"这女人谁啊我可不认识你"的神态。

齐悦没理会这小屁孩的别扭神情。

"你知不知道最近谁家来了外地的亲戚，是个年轻公子？"她忙问道，一面和他比画围观群众描述的贵公子的个头、形象。

黄子乔收起别扭，认真地听她说完。

"过年来的人多了。"他皱眉说道。

"他们刚刚把胡三抓走了。"齐悦说道，"因为在街上突发疾病，胡三给他做人工呼吸心脏复苏，可能被误会了。"

胡三？黄子乔还有印象，那个贱兮兮的男人，就他那贼样，早晚有这一天。

"你们快想想，这几天都有哪家有亲戚来了？"他忙回头对一群狐朋狗友问道。

结果，一群人你说我说，说了半天也说不出个一二三。

"算了，别瞎问了，我回去叫衙门派人，挨家挨户地搜！"黄子乔小手一挥说道，"反了天了，打大夫的教训还没过去几天呢，就又敢绑架大夫了！找出这孙子，扔出永庆府！"

知府公子开口了，这比他老子说话还管用，其他公子自然不会放过这个展现弟兄情义顺便巴结神医的机会，于是各自招呼人马。

呼啦啦的，街上不断跑过一群又一群拿着棍棒的家丁。

百姓见多识广，看到这帮人的架势，就知道又是谁家的公子哥要去打架了。不管为什么，打架自来是民众喜闻乐见的场面，何况正月里闲人更多，起哄看热闹的人跟着这些人从东跑到西，又从西跑到东，人越跑越多，乍一看还以为闹民乱了。

永庆府的衙门都听到动静，派出差役要驱赶，结果各自在其中看到自己大人的公子，于是不仅没驱散人群，反而也被呵斥着加入，理由是城里来了狂徒，不速速查明，保证民众的人身财产安全，还好意思当差吗。

一时间，店铺纷纷关门，行人们也纷纷避让，正月里永庆府的气氛瞬时变得凝重起来。

范艺林不会想到，自己下人随手抓了一个明显是穷酸的登徒子居然引起了这么大的动静。

胡三是被扔进柴房的时候醒过来的。

在街上刚被下人们按住时，他也是很气愤的。

他胡三已经多久没有再受到这种待遇了!

胡三气势汹汹地跟这些没眼力见儿的下人们争执了几句,回应他的是更凶猛的老拳,忙于工作,疏于锻炼的胡三被打晕了,所以一路上被拖着走,连个求救也没机会发出。

"我是大夫!"他扑到门上,喊住要走的下人,"我是在给你们家公子救治,急救。"

下人回头啐了他一口。

"你个兔儿爷,等我们少爷压了惊,就阉了你。"他们恶狠狠地说道。

胡三觉得双腿之间一凉,不由得夹紧腿,出了一身冷汗。

"告诉你们少爷,我是千金堂的人,我是定西侯少夫人的第一大弟子,你们敢动我,我师父是不会放过你们的!"他这时候知道说好话不管用了,干脆撂狠话了。

"呸,不仅是个兔儿爷,还是个疯子。"

下人们哄笑起来,再没人看他一眼,说笑着走开了。

胡三一把抓住柴房的门,哪里还有半点儿气势,鼻涕眼泪齐流。

"师父啊,你可快点儿来救我啊!"

他转念又想起自己被抓的时候昏迷着,只怕没人知道,更别提去报信,自己又常去匠人铺子里,一时半会儿不回去,千金堂里也没人在意,真察觉不对,估计都到明日了,那时候,只怕自己已经被人阉了……

被人阉了,就算事后师父帮自己出了气,那也无济于事了!

天啊,难道他胡三的命就到此为止了?

胡三抓着门,软倒在柴房里。

此时,范艺林也正在诉苦。

"还说什么永庆府人杰地灵,养的都是什么人啊,当街就……"他说到这里啐了口,不说话了。

"小姑父,当街就什么?"一个和他年纪差不多大的公子好奇地问道。

"当街抢劫。"范艺林黑着脸说道。

那种丢人的事,他打定主意烂到肚子里。

当然,那些下人也都被他下了封口令。

"疼死我了。"范艺林揉了揉胸口,说道。羞恼气愤过后,他才发觉浑身疼,该不会是被那兔儿爷压的……

呸！范艺林狠狠地摇头，甩去这可怕的想象。

"又出去胡闹什么了？"门外传来老者威严的声音。

看着岳丈王同业走进来，范艺林和其他人忙站起来，一个个神情恭敬。

前吏部尚书王同业致仕后就搬离京城，回到老家永庆府。他为人低调，每日以养花钓鱼为乐，一多半时间都住在乡下的老宅里，到过年了才被请回来。他在乡下散漫惯了，越发像个田舍翁，但没人真敢把他当田舍翁。王同业为官多年，弟子遍地，六部九卿中也不乏他的门生。

"父亲大人，没……有什么，就是路上遇到个小贼，差点儿被抢了。"范艺林恭敬地说道，哪里还有半点吊儿郎当的样子。

王同业看了一眼这个小女婿，心里有些不满意。

"你都这么大了，还没想到要去做什么吗？"

范艺林心里哀呼一声：这个岳丈真的跟自己爷爷一般，年纪相似，说的话也相似。

"我……"他张口要说话，就见门外有人急匆匆地进来了。

"老爷，不好了，外边好些人把门给围上了，管家也被打了！"下人神情慌张地进来说道。

这话让王同业吃了一惊。

"你说什么？"他问道，以为自己听错了。

第二十章　释　嫌

其实一开始事情不是这样的。

通过拉网似的询问，终于有人说出看到胡三被人架进这家了。齐悦是第一个到这里的，只带着八个护卫。

她抬起头看着高悬的门匾，上书古朴苍劲的"王宅"二字。

"王家！"护卫首领微微色变。

"王家是什么家？"齐悦问道。

"是……是先吏部尚书大人。"护卫的声音有点儿发抖。

要是京城那些正经皇亲国戚的勋贵，见了这些朝中大臣，也不至于多在意，但对定西侯这样几乎已经边缘化的勋贵来说，这样的朝中大臣，哪怕是先大臣，也是不能随意惹的。

阿如回去叫人后，管家立刻集合了八个护卫。想到打架的主要目的是震慑，不是闹出人命，因此他们体贴地卸下了刀枪，配备的依旧是棍棒。

"出去了机灵点儿，别丢了定西侯府的脸。"管家临行前再三嘱咐，毕竟这种事不多见，家里的护卫们还是缺少经验，"当然也别重了，不然到时候不好交代。"

护卫们带着几分轻松几分兴奋过来了，到了此时才知道事情比想象中的要大得多。

既然如此有地位，齐悦忙整了整衣衫，恭敬和善地叫门，说明了来意。

因为有定西侯府的名头，门房不敢慢待，立刻报告给管家。

"女的？"因为过年，又因为天黑了，比往日清闲的管家多吃了几杯酒，有了些醉意，"咱们家素来与定西侯府没什么来往，怎么会有女眷黑夜上门？我去

看看。"

他裹着大毛袄子，戴着帽子走出门，看到灯下站着的女子，不由得呆了呆。

鹊枝、阿如护着齐悦后退几步，看着眼前带着醉意的男人，皱起眉。

"你们什么人？"管家问道，醉眼蒙眬。

"我们是定西侯府的。"鹊枝说道，一面用手掩着鼻子，"你们今天抓了一个大夫，快点儿把人放出来，这件事就罢了。"

管家听得一头雾水，但看眼前这小丫头态度不善，心里便没好气。

"不知好歹的臭丫头片子！"管家怒从心头起，瞪眼喝骂道，"滚一边去。"

鹊枝被骂得瞪大眼。

"你这个糟老头子，没听见我的话吗？我们是定西侯府的，你快去通报，把人交出来！"鹊枝竖眉叉腰喊道。

齐悦皱眉，伸手拉住鹊枝。

"鹊枝，怎么说话呢？这位大爷，对不住，请听我说……"她一面将鹊枝推回去，一面上前一步，刚转过身开口，就见一巴掌迎面打来。

清脆的巴掌声在门前响起，瞬时一片静谧。

糟老头子！这句话彻底刺激了管家。这个臭丫头片子！

管家狠狠的一巴掌打出去，只觉得积攒了几日的闷气终于吐了出来。

"少夫人！"鹊枝一声尖叫，阿如、阿好慌忙地围过来。

这糟老头子还挺有力气。

齐悦只感觉眼冒金星，左耳嗡鸣，鼻子一热，有东西流下来。

她抬手摸了摸，借着灯光看。

"血啊！"鹊枝再次尖叫，看到那边仰着头一脸得意的糟老头子，张手就扑了上去。

管家痛呼一声，脸上热辣辣的，原来是被抓挠出好几道口子。

"小蹄子！"他虽然老了点儿，但毕竟是男人，一脚踹开了在身前扑打的丫头。

此时齐悦她们站在台阶上，这一踹，鹊枝便从台阶上滚了下去。

阿如吓得脸都白了，忙喊着"鹊枝"跑下去。

"敢到我王家门前闹事，不想活了！"管家大声喊道，重重地啐了口，"关门！再敢来闹，打断你们的腿！"

齐悦一手摸着自己的脸，被打得有些蒙。

这是她来到这里之后第一次被人打吧……

"你姥姥。"她喃喃地说道，抬腿就冲那转过身的男人狠狠地踹去。

管家没料到这些人居然敢动手，再加上醉酒脚步虚浮，居然被一脚踹得趴在地上。

"哪里来的狂徒，竟敢……"他羞怒交加，顾不得起身，大声喊道，"给我抓起来！"

就在他喊的同时，在台阶下静候的定西侯府的护卫们终于回过神了。

天啊，少夫人被打了都见血了，丫头也被踹下去了！不管什么高官门庭，他们做护卫做到这样，今日要是不捞回面子，是没脸见人了。

"动手打人了！"他们齐声呼喝，棍棒一挥，冲了过去。为了争回一张脸，每个人下手皆狠。

但王家的门房也不是吃素的，更何况这是人家的地盘，短暂的措手不及之后，王家的护院们也赶了过来，此时此刻也问不清是谁、为了什么，反正人家都打上门了，他们必须还击了。

于是王家门前陷入一片混战。

在城中扰得鸡飞狗跳的黄子乔等人也得知消息赶了过来，远远地就听见鬼哭狼嚎混战在一起的声音。

"打起来了！"少年公子们用变调的声音齐声喊道。

"快上啊！"黄子乔只觉得浑身发热，用处在变声期的公鸭嗓子喊道，"还愣着干什么？"

打架永远是最令少年们热血沸腾的运动，一时间，这些公子哥都叫喊着冲了上去。

"不行，不行，不能去，这是王家，王家！"

各家的家丁护卫反应过来，慌忙阻拦各自的主子。

跟着黄子乔来的还有衙役，此时他们死死地拖住了黄子乔的马。

"小爷，这可不是开玩笑的，不能去不能去。"差役头子一脸汗，说道。

黄子乔一脚踹开他。

"去你的，没看到齐娘子被打了吗？"他骂道，催马举着棍棒吆喝着冲上去。

有他带头，其他少年自然不敢落后，纷纷怪叫着冲上去。

自己的主子已经冲上去了，那边又打得热闹，棍棒无眼，得罪了王家自有主子们兜着，少爷被打伤了，可就要他们这些下人兜着了。家丁们一咬牙，"呼啦啦"全拥了过去。

王家的人也不知道怎么突然又来了这么多人，虽然基本上都是半大的孩子，

但是乱拳也能打死老师父，眼瞧顶不住了，王家的人纷纷退了进去关上门。动静闹大，消息也被报到内院去了。

其他人听到消息，也都赶过来了，一脸不敢置信。

尚在家休假的几个老爷也都以为自己听错了，待真的去门外看了，才确认是真的。

"真的，好些人，有官府的人，还有好些家丁。"其中一个护院擦着汗说道。

此时天色已晚，家里正在逐一掌灯，院子里的火把烧得"噼里啪啦"响，更显得气氛凝重。

"有知府衙门的人，还有东街刘家的人，十字胡同王总旗家的人……"

听几位老爷一气报上这么多有名有姓的人家，屋子里的人脸色都变了。

这些人可不是一般的平民百姓，虽然不敢说能和他们王家平起平坐，但也是见面打招呼王家还礼也得客客气气的那种。

"他们要干什么？"王同业问道。

"他们说，说要咱们把人交出来。"二老爷说道。

大家一头雾水。

"什么人？"王同业问道。

"不知道，乱哄哄的，我也没敢露面。"二老爷低声说道。

这么大的动静，可不是小事。

"你们谁在外边惹事了？"王同业沉声喝道。

家大业大，家里出现骄纵的子弟也是难免的。

屋子里的后辈们都你看我我看你。

"爷爷，我们不敢啊，这几天不是走亲就是在家待客，根本就没去街上。"一个后辈站出来说道，"更别提抓什么人了。"

那倒是，自己家家教严，家里的孩子们都本分守礼，从来不去惹是生非，也不会傻到明目张胆地仗势欺人。

王同业点点头，目光落在范艺林身上。

范艺林一惊。

"父亲，我来这里几天可一直都在家呢。"他忙说道，"再说，我是在永庆府，不是在京城。"

他还没那么傻，来别人的地盘上闹事。

虎落平阳要装犬，这个道理他还是知道的。

"你们谁都没出去惹事，也没有抓什么不该抓的人？"王同业再次问道。

屋子里的人都重重地点头。

范艺林自然跟着点头。点到一半的时候，他迟疑了一下，不知怎么的想到那个兔儿爷……

要说抓人的话，好像只抓了他吧？

不会吧？那穿着打扮，明明就是一个穷酸，怎么可能有人为他闹出这种阵仗？

"没有。"范艺林跟着再次重重地点头。

王同业的脸沉了下来。不管什么人，不管有什么事，敢拿着家伙来围住王家的大门，这就是太过分了！

"去告诉他们，速速退去，念在同乡的分上，我就只当孩子们过年玩闹，不往心里去了，否则就别怪咱们不客气了。"他缓缓地说道。

王家的大门缓缓地打开，躁动的人群更加热闹。

十几个一身黑绸布短打扮，护腕皮靴都齐全的家丁拥着一个神情肃穆、裹着裘皮大衣的男人走出来。

"是王大公子。"有人惊呼道。

外边瞬时安静下来。

王大公子，王同业的嫡长孙，名谦，字宜修，年二十七岁，二十岁便高中探花，是远近有名的神童，如今在湖广青州府任同知，深具祖父之风，将来必担重任。

成年人又是已经官场历练的王大公子气势果然慑人，目光扫过门前这些聒噪的人，神色不动，聒噪的人很快便安静下来。

待门前安静了，王大公子缓缓地将祖父的话一字不改地传达了。人群一阵骚动，这些公子虽然日常胡闹，但也知道分寸。

"喂，你是能拿主意的人吗？"

震慑这些孩子没什么成就感，王大公子说完，转身就要走，一个女声在后响起，他回头看去，见一个裹着红斗篷的女人走出来，用手捂着半边脸。

犹抱琵琶半遮面。

只读圣贤书的王大公子脑海中突然冒出一句诗词。

"这位公子？"齐悦又唤了声，这次学聪明了，没敢靠太近。

王大公子缓缓地点头，让向往成为大人的半大孩子们无比艳羡：这才叫气度呢，瞧这一举手一投足。

黄子乔心里呸了声。王大公子这神情、这动作他很熟悉，明明就是看美人看

怔了!

伪君子!黄子乔愤愤地在心中咒骂,甚至已经想好,待会儿再开打,一定要找机会用泥巴砸这老小子一脸。

"我也不说什么了,事情已经闹成这样了,让王老爷受惊了,只要你们把人交出来,日后怎么算账都行,该赔礼我来赔礼,该道歉我来道歉。"齐悦说道。

这都是她的错,如果不是她教授人工呼吸,胡三怎么会出这样的事?人工呼吸这种急救方式,对忌讳肌肤相亲的古人来说实在是太惊悚了,也难怪人家误会,但愿胡三不会受伤。

自始至终,她的手都没有放下,因为脸疼,眼睛不由得蒙上一层水汽。

妖媚之色!

王大公子收回视线。

"便是你鼓动这些人来的吗?"他缓缓地问道。

"是我。"齐悦点头说道,"与他们无关,这些孩子不懂事,跟来看热闹的。"

王大公子不再说话,转身进去了。

"哎喂。"齐悦还以为能多说两句,没想到这人只说了两句话就走了。事情怎么办呢?得解决啊。她忙跟上。

十几个家丁立刻站出来发出威胁的呼喝声挡住了门。

"你这女人,哪里来的?胡闹什么?交人?交什么人?凭什么交人?"一个管事没好气地说道,脸色很难看。

他的意思是没有这个人,自然不交,但听在齐悦等人耳内就成了人在他们手里,但是不交。

齐悦真急了。

现在看来,摆名头已经没用了,没见方才报过名,只出来个醉醺醺的管家,这明摆着就是不把她放在眼里,那就只能讲道理了。

"喂,真是误会,你们听我解释。他不是故意的,是在救人,你把人放出来,我亲自给你们家公子解释。"她急急地说道。

话没说完,那早已忍不住的暴躁管事一巴掌打过来。

"你这妇人,也不看看这是什么地方,竟敢如此肆意妄为!"他厉声喝道。

很明显,是这妇人带头。看穿着打扮倒也富贵,但哪个富贵人家会让女子这么晚出来行走?长得妖里妖气的,说不定是哪家青楼的红姑娘,指不定打的什么心思来闹。家里的少爷们自然免不了去那种地方取乐,难免有些不开眼的女人起了不该起的心思。

这女人好手段，居然能笼络这么多家公子少爷为她出头。

于是齐悦再次倒霉，被这带着气要给些教训的一胳膊给重重地抡开了。此时天又黑，齐悦踉跄地后退，脚踩空了，整个人仰着倒了下去。紧跟在其后的阿如、阿好慌忙搀扶，但架不住齐悦倒得凶猛，两人反而也被带着倒下去。

黄子乔正被又偷偷摸摸过来的差役头子劝说。他虽然骄纵，但毕竟是官宦人家子弟，知道什么能做，什么不能做，正在面子与现实中纠结，就看到齐悦被人打得跌下台阶，这一下什么纠结都没了，只觉得脑子里"轰"的一声。

"小妇养的又动手了！"他大喊，从马上跳下来，"还不抄家伙？"

他的声音还没落，就听后边有急促的马蹄声传来。

"让开。"响亮急促的呼喝声响起。

这呼喝声慑人，听到的人不由自主地让开了。

那打了人的管事见女人摔倒了，没有丝毫惊慌，还回头"呸"了声。

惊慌？这有什么惊慌的？今日过后，才有更叫人惊慌的事等着你们这些不知天高地厚的小兔崽子呢。

他这"呸"声才落地，就见有一人疾步如风迈上台阶。

"什么人？"那管事张口要呵斥，话未出口，就觉得肚子一疼，人跌了出去，砸在挡着门的家丁身上。

"大胆！你知道这是什么地方……"其他人大吃一惊，齐齐厉声喝道，这才看清面前站着的是一个披着黑金斗篷的高大男人。

"世子爷。"三个丫头并底下的护卫们喊道。

常云成没有理会他们，而是再次一抬腿，踢向围过来的家丁们。

三两脚便将家丁们踢散了，常云成不再理会他们，一脚踹开半边门，大步走进去。

见他进去了，紧跟其后的黄子乔也一脚踹开另一边的门。

随着黄子乔的进去，更多人拥了进去，王家的家丁们被七手八脚地推搡到一边。

门内严阵以待的家丁看着这些一拥而进的人，这一次是"唰啦"亮出了兵器。

不是棍棒，而是刀枪。

"都出去。"常云成冷冷地喝道。

紧跟在他身后的人都愣了下。

"都出去，谁让你们进来的？"常云成又喝道。

随着他的呵斥，拥进来的人又乱哄哄地退了出去，王家的大门口便只剩下常云成和黄子乔，齐悦也跑了进来。

"我来跟他们解释。"她大声喊道,这次松开了捂着脸的手,明亮的火光下,肿了半边的脸露了出来。

看到她的脸,常云成一怔,旋即暴怒。

齐悦被他的神情吓了一跳。

"我知道我这次又惹麻烦了,"她忙说道,带着几分歉意,"所以我来解释。"

他们说话时,从屋内传来一个苍老的声音。

"原来是世子爷大驾光临,有失远迎。不知道世子爷深夜来访,踢门而入,可有什么要和老夫我解释解释的?"王同业负手漫步而出,脸上带着笑,眼中却是半点儿笑意也无,冷冷地看着站在门口的这几人,眼睛微微地眯了眯。

常云成从齐悦的脸上收回视线,转过来看着他,同样半点儿笑意也无,连面子上的客气也懒得做。

"把人交出来,我自会给王老爷一个解释。"他淡淡地说道。

又是人?王同业难掩怒意。

"不知道我王家有什么人如此尊贵,居然引得世子爷大张旗鼓来围门?"

"今天你们家公子从街上带回来的人。"齐悦忙说道,"这位老爷,这是误会。那人是我的弟子,或许是见到贵公子突发急症,才进行人工呼吸急救。他还没出师,只是学徒,如有不妥,还请千万担待,但是,他真不是唐突公子,而是真的一心救人,这一点我可以用性命担保。"

王同业看着这个脸上有伤的女人,再听了她的话,忽地怔住了。

他虽然老了,但久历官场,什么阵仗没见过,泰山崩于眼前也能不色变,立刻就了解了事情的大概。

跟出来随时准备上阵在老岳丈面前表现一把的范艺林也听到了这女子说的话,头上猛地冒出一层汗。

街上,施救,大夫,人工呼吸,带回来的人,几个词串联在一起,勾勒出一个人。

不……不会吧?

"三儿,"他僵硬地转头看身旁的小厮,声音颤抖地问道,"带回来的那个人,可有说过自己是大夫?"

他一脸期盼地看着小厮,热情几乎能把小厮融化。

你快说不是快说没有。

但小厮挤出一个比哭还难看的笑。

"公子,他……说……了……还说什么是……定西侯府少夫人的第一大弟子。"

小厮结结巴巴地说道。

范艺林只觉得汗如雨下。

他一定是在做梦吧？一定是吧？

就在此时，前方响起老岳丈的喝声。

"范艺林！"王同业脑子里灵光闪过，猛地回头，一字一顿地厉声喊道。

范艺林被这声呼喝喊得腿一软。

娘，我要回家，这里太可怕了！

就在这边闹得欢的时候，参与打探的几位公子家里也都接到了消息。

当听到自己儿子带人围了王家大院，所有人都倒吸了一口凉气，第一个反应就是：做梦吧？

自己的孩子他们自己知道，偷鸡摸狗打架喝酒聚赌寻欢什么的都正常，只是围攻王家大院，这是脑子抽了吧？

待回来报信的下人再三保证后，这几家立刻忙得鸡飞狗跳，一面催人快把混账小子们抓回来，一面召集家人共同商议善后事宜。事情已经发生了，接下来要做的就是推卸责任，所有人一致咬定自己的孩子没这么大胆子，肯定是被人教唆的，问来问去，教唆的人居然是定西侯府的少夫人。

天啊，定西侯府的子孙终于出现在纨绔子弟行列了！

不过，为什么是少夫人，不是少爷？

定西侯此时也是如此念头，他家的子孙终于加入惹是生非的不肖子孙行列了。

他记得小时候，祖父嘲笑一个同僚，那家的孙子怎么惹祸，今天打了某某某，昨天骂了谁谁谁，那同僚"哈哈"笑着拍拍祖父的肩头，说不顽劣的孙子算什么孙子，当姑娘养吗？就是姑娘，某某家的姑娘也是上的马舞的刀，当时祖父的脸色很是难看，最后那些同僚谈起自己家孩子的顽劣，神情丝毫不见恼怒，反而带着几分炫耀，炫耀的同时还说，你们老常家真好，孩子们都安静文雅得像姑娘。

这不是羡慕，这是嘲笑。

"老常家可是转了种了。"这句话传开后，祖父再也不去同僚聚会了，到最后，连那些老交情的兄弟也干脆不见了。

定西侯还记得，那时候，在一群粗老爷们的说笑声中，祖父看了自己一眼，那一眼竟是满满的失落。

他是个废物，是个不能让祖父引以为傲的废物。

好容易常云成长大了，他以为终于要迎来祖父期盼的那种替儿子收拾祸事，

嫌恶中又带着得意的日子了，结果这小子居然是个孤胆英雄，打架从来不叫帮手，不管赢了还是输了，一次也不告诉家人，更别提招呼随从一起上了。

当年马上征战得功勋的老常家真的转了种了，那就认命吧。

没想到，竟然还有这么一天，下人连滚带爬地进来回禀：因为千金堂一个大夫被抓了，少夫人去和人打架了，打的场面还不小……

"反了反了！"谢氏还在怒骂，气得在屋子里来回走，"这贱婢，这贱婢，是断断不能留了，我们定西侯府的脸面就要被她丢尽了！"

脸面……

"谁赢了？"定西侯忽地问道。

这问话让屋子里的人都愣了下。

"暂时算是少夫人赢了吧，王家的人关门跑了。但是，少夫人也吃了亏，脸上被打了。"回来报信的下人结结巴巴地说道。

定西侯看着门外，神情越来越激动。

"侯爷，写休书吧，等明日王家追究起来……"谢氏恨恨地说道。

"他们追究个屁！"定西侯猛地喊道，一拍桌子站起来。

这突然的动静让所有人大吃一惊。

"抓了我家药铺的人，去要人，还被打了，这事没这么简单就完了！他们追究？我还没追究呢！"定西侯扯着嗓子喊道。可惜因为是第一次，他的声音激动颤抖还破了音，听上去气势不够。

所有人都呆呆地看着他。侯爷说的每一个字他们都懂，但合在一起怎么就听不懂了呢？

"来人，抄家伙，去王家！"定西侯袖子一甩，大步走了出去。

这人疯了！

谢氏看着大步而去出门还被绊了下以至身形踉跄的定西侯，唯一的念头就是这个。

引发各家喧闹的王家此时反而安静得很。

胡三被人叫醒的时候，正流着哈喇子睡得香，看得小厮们一脸嫌恶。

这种人会是定西侯府少夫人的第一大弟子？！

但现在他们可是半点儿不敢再莽撞了。

"胡少爷，请吧。"他们含笑恭敬地说道。

这一声"请"，喊得胡三三魂掉了两魄，伸手捂住下身。

"你们要干什么？"他扯着嗓子喊道。

小厮们再次黑脸。

"胡少爷，你快请吧，有人接你来了。"

这一次胡三听清楚了，猛地站直身子。

"你们喊我什么？"

"胡少爷。"小厮们再次喊道。

胡三看着他们，忽地"哈哈"大笑起来。

"再喊几声我听听。"

小厮们忍着脾气低着头又喊了一遍。

胡三还没踏入厅堂的大门，就忍不住扯着嗓子喊了声"师父"，三两步奔了进去，一眼就看到坐在椅子上正被阿如、阿好围着不知道在做什么的齐悦。

"师父。"胡三的眼圈忍不住红了，想起这半日受的惊吓，又是委屈，又是后怕，直接就冲齐悦过去了。

常云成从一旁站起来，挡住了胡三的路，冷冷地看了他一眼。

胡三收起要抱住齐悦的腿诉苦的心思，老老实实地站好。

看到胡三进来，范艺林顿时觉得反胃，垂头丧气的他再也忍不住，从椅子上站起来。

"我不信！哪有那样治病的，也太有伤风化了！"他喊道。

齐悦拿开敷脸的冰块，对着这位公子再次解释。

"要说的我刚才都说过了，我已经两次用到这个法子了，你可以去打听下。一次是在我家的庄子上，一个小孩子溺水，没了呼吸，我就是用这种法子把人抢救回来的。还有一次，就是我自己。"她笑道，指了指阿如，"因为意外，我一时窒息，是我这个丫头按我曾经教过的法子，对我进行了人工呼吸。"

范艺林还想说什么，王同业开口呵斥道："闭嘴，坐下。"

范艺林立刻再次老实地坐下来。

"齐娘子神医圣手，老夫早有耳闻，此技无须解释。"王同业看向齐悦说道。

方才子孙已经低声告诉他这位定西侯府的少夫人是大夫，且颇有名气。

王同业虽然不知道此事，但自己子孙的话他还是很相信的。

齐悦冲他点头道谢，又看向范艺林，说道："这位公子，我想你身上一定有伤，要不然不会突然昏厥窒息。"

范艺林没好气地耷拉着头："没有，我什么伤也没有。"

"起来。"王同业喝道。

范艺林一个激灵就站起来了。

"去,让齐娘子看看,不知道福气的孽障。"王同业喝道。

范艺林挪过去,看着眼前这个肿了半边脸,一只眼大一只眼小的女人,带着几分嫌弃扭开头,将胳膊一伸。

"我不看脉的。"齐悦站起身来,"解开衣裳我看看。"

范艺林下意识地用手护在身前,瞪大眼看着这个丑女人。

果然师父弟子一路货色。

他范艺林真是倒霉到家了,天妒美颜,居然先后被这无耻的师徒二人亵渎!

齐悦等得不耐烦,干脆自己伸手,一把扯开他的衣裳。

范艺林发出一声惊叫。

这女人也太……

屋子里王家的人都忍不住瞪眼。

齐悦一撕得手,将范艺林一转,面向众人。

"看吧。"她淡淡地说道。

王同业站得近,清晰地看到范艺林的心口有片瘀青,他忍不住走近几步,伸手将范艺林余下的衣裳扯开。

范艺林的眼泪都快掉下来了。娘,我要回家,这里太可怕了!

这一下,所有人都看清了。

最后翻盘的机会也没了,王家的人神色有些复杂。

"这个伤导致了他的急性昏厥窒息,要不是我的弟子发现及时,抢救及时,现在贵公子已经不可能站在这里了。"齐悦说道。

"许是旧伤呢。"有家人不死心地嘀咕道。

当然,这话没人理会。不管是新伤还是旧伤,就凭人家如此笃定地一眼指出有伤,这弟子治病的说法他们就无法反驳了。

"你们找个别的大夫看看吧,窒息我弟子已经解决了,虽然代价有点儿大。"齐悦伸手摸着脸,"告辞了。"

她说罢就走。

常云成却不动脚,伸手拉住她。

"误会是解决了,王老爷子你要我给你的解释也给了。"他看着神色阴沉的王同业,问道,"但是,你们还欠我的解释呢?"

他的视线落在齐悦的脸上,只看得心头的火气"噌噌"直冒。

他以前不觉得这女人推一下打一下有什么,但此时看到别人打了她,就心疼得像是自己被剜了一块肉一般，不，比皮肉伤还要疼。

王同业自然知道他说的是什么，看着常云成，笑了。

"世子爷，抓人的误会是解释了，但是，我王家的大门被人围攻的事，你打算怎么解释？你要解释了，我自然也给你解释。"他缓缓地说道，面上带着笑，可眼中没有笑。

再看屋子里的其他王家人，神情亦是冰冷愤怒。

"这位老爷，"齐悦开口了，将手从脸上拿开，"你的意思是，别人打了我，我还不能还手了？"

她指了指自己的脸。

"妇道人家，居然聚众闹事，你这脸说到底是你自己打的。"王同业冷哼一声说道，"你要是好说好了的，又怎么……"

齐悦再忍不住火气，她都是已经死了的人，还有什么可怕的？

"呸！"她一口打断了王同业的话。

王同业立刻变了脸色。这大胆后辈！

"你的意思是，我的脸被你们打了，我还得伸出这半边脸好声好气地跟你们说话好求着你们再打这边啊？"齐悦竖眉喊道，"这位老爷子，你们好涵养做得到，我可做不到那么贱！"

这意思就是骂他们贱。

几个年轻王家后辈忍不住就要跳出来。

"我再三表明身份，要见你们，要好好地解释，结果呢，你们派出来一个醉鬼，一句正经话没说，倒把我和我的丫头打了，都这样了，还要我好说好了，我告诉你，好不了！"齐悦竖眉喝道。

这还没完，齐悦目光扫过屋子里的王家人。

"老爷子，别说得那么清高，你不就是仗势欺人吗？你要是一个平民百姓家，敢这样吗？"她一笑，说道，"你能仗势欺人，我怎么就不能了？还我自己打自己的脸，你们被我围攻了，才是自己打自己的脸呢！"

王同业面色铁青，身子颤抖，已经很久没有人敢这样和他说话了。

"祖父，"王大公子忽地开口了，"只怕其中真有误会。"

"什么误会？"王同业声音僵硬，显然已经怒极。

"少夫人，你的意思是你的脸是先被我们打了？"王大公子看着齐悦问道，"不是你打我们的时候被打的？"

"你们不打我我能打你们吗？我是那么不讲理的人吗？"齐悦哼道，鄙视地看

着他。

王大公子被她问得神情僵了下。虽然初次见面，她看起来的确有那么点儿不讲理……

"祖父，叫管家来问一问吧。"他看向王同业，低声说道。

王同业从齐悦这句话中也听出了什么，深吸几口气，压下火气，摆摆手。

一众人这才发现管家不见了。

好一阵忙碌，他们才在门房那里找到了睡在角落里的管家。

"就是他。"鹊枝一见这糟老头子，立刻喊道，"就是他打我们少夫人！还打我！"

看到被架进来的管家浑身酒气，被扔在地上还不醒，王同业心里已经明白大致是怎么回事了。

这一次可真是倒霉透顶！

可见子孙、手下不肖，是要累及全家的。

"浇醒他。"王同业喝道。

大冬天的，一桶冷水泼过去，管家惊叫着跳起来。

"怎么了？谁？"他喊道，"小丫头片子，小贱人，老子打死你！"

鹊枝很及时地站到他面前，管家也很配合地喊出这句话。

"世子爷。"鹊枝如同受惊的小兔子一般就冲常云成去了。

阿好伸手拦住她。

"别怕，我们都在这里呢，看他还敢打。"阿好哼道，非常体贴地将鹊枝揽在怀里。

王家的人都在心里叹了口气。

"孽障！"王同业喝道，"惹出这等事端！跪下！"

管家被这一桶水浇得酒醒了一半，再加上老爷这一声喝，跪下的同时瞄了眼室内，看到几个面熟的女人，顿时一惊，醉后的模糊记忆让他出了一身冷汗。

"老太爷，小的糊涂啊，不该贪杯啊！"他抬手就"噼里啪啦"地打自己耳光。

"你认得这是谁吗？为什么人来了不进来回禀？"王同业喝道，指了指齐悦等人。

管家惊慌失措地看了眼齐悦。

"小的在门上见了，可是醉糊涂了，没听清也不记得是哪位夫人。"他颤声说道，冲齐悦"咚咚"叩头："小的罪该万死，冲撞了夫人！小的该死，醉糊涂了没有传报！"

齐悦微微皱眉。

"如果知道是定西侯府少夫人您来了,我们怎么会不理会?"王大公子在一旁说道,"少夫人,你不是不讲理的人,我们也不是不讲理的人哪。"

说这话时,他意味深长地看了眼齐悦。

意思就是,你不傻,我们也不傻,在这种事上落人口实。

那的确是,看来这次纯属自己倒霉。

"那这次可真是误会加误会再加误会了。"她摊手苦笑。

她这一笑,让肿了的脸更加难看。

常云成只觉得心中郁气难平。

"误会?误会也是打了。"他冷冷地说道。

王同业正待缓和的神情瞬时又沉下来。

"那么世子爷想要如何?"他淡淡地问道。

"哪只手打的就要哪只手。"常云成亦是淡淡地答道。

此话一出,屋子里的人都神色微变。

齐悦也吓了一跳。

管家更是脸色发白,但他毕竟活了这么大年纪,从一个喂马的到今天的外院管家,靠的可不是狗屎运。

"老太爷,都是小的惹的祸,别说手了,就是这条命,小的也没脸要了。"他哽咽地说道,一面叩头,"小的这就去给自己个痛快。"

"算了,既然是误会……"齐悦忙去拉常云成,低声说道。

王同业已经站起来,先是喝住起身掩面冲出去的管家,然后冷冷地看着常云成。

"既然这个误会世子爷要如此解决,那么,你们煽动众人围攻我王家大门的误会打算怎么解决呢?"他缓缓地说道,"我家的大门虽然比不上你们定西侯府的门庭,但那'王宅'二字,却是皇上在我荣归故里时钦赐的。"

皇帝赐字啊,齐悦大吃一惊,这放在古代可是了不得的殊荣,要是搬出来,别看只是两个字,再大的官到跟前,说让你跪你就得跪!

糟了,这次硬碰硬了。

管家掩面跪在一旁,看似哭泣的脸上带着一丝奸诈的笑。

王同业这种身份的人怎么可能让一个后辈这样打脸?

要是定西侯来还差不多,不过只可惜啊……

管家脸上的笑意更浓。定西侯是什么人,整个永庆府乃至朝廷上下都再清楚不过了。

常云成神色不变，依旧冷冷地看着王同业，才要开口说话，就听见外边有人喊："定西侯到。"

话喊了一半，七八个侍卫拥着定西侯迈进来了，在他们身后，王家的家丁们狼狈地跟随，试图拦截。

定西侯居然也来了，所有人再次惊讶，管家也惊讶得忘了哭。

"怎么解决？"定西侯来了也不看常云成和齐悦，直接就冲王同业过去了，几乎站到他面前，"怎么解决？"

他高声喊道，不知道是因为激动还是别的什么，声音颤抖。

"姓王的，你家的门匾是皇帝赐的，就砸不得冲不得，我家的媳妇还是皇帝赐婚呢，你就打得骂得？"

此话一出，王同业的面色也变了。

糟了，他倒真忘了这茬，或者说，这种事他根本就没在意过。

"侯爷，这件事是误会。"他缓和了面色，说道。

"误会？"定西侯打断他，面色涨红，"好办，咱们两个都上折子，说说这误会，看看皇上怎么判！"

定西侯不要脸，他们王家还丢不起这个人呢。

"侯爷，这种孩子们玩闹的事，怎么能摆到陛下面前去说？"王同业断然说道，伸手拉住定西侯的胳膊，"孩子们的事，让孩子们解决，咱们做长辈的还是别跟着闹了。"

定西侯"呸"了声。

果然祖父说得对，有些人就是外强中干，你要是硬了，他就软了。

"孩子们的事？"他气愤不已，甩开王同业的手，"那你刚才恐吓我两个孩子做什么？王老爷，人说老还小老还小，你如今是还小把自己当孩子了？"

王同业恨不得一口啐在定西侯的脸上，同时心里又很惊讶。

对定西侯，王同业不算陌生，知道这人就是个酒囊饭袋，按道理他不是应该躲在家里装不知道吗？怎么今天跟打了鸡血似的，不依不饶，非要把事情闹大？

"侯爷，你是没看到，大晚上的，我家突然被人围攻了，也没个交代，总不能连问都不能问，气也不能生吧？"一个后辈实在是忍不住了，站出来说道。

他一站出来，王同业和王大公子心里同时喊了声"不好"，还没开口阻止，定西侯已经开口了。

"交代？"他一把甩开王同业，就冲这年轻人来了，抬手就是一巴掌，"真是笑话！你们王家先是抓了我的人，然后又打了我家少夫人，还来找我要交代？杀人偿命，要什么交代？现在，你一个白丁后辈，对我出言不逊，我给你这一巴掌，就是交代，你可明白了？"

屋子里所有人都看傻了，包括常云成和齐悦。

这……这真的还是那个以文雅为荣，以粗鄙为耻，事不关己高高挂起，事若关己蒙头躲起的定西侯吗？

他不会也被谁穿越了吧？齐悦脑中闪过这个念头。

王家的人自然不会想到什么穿越附身，他们彻底被这一巴掌震撼到了，也清醒了。

定西侯再无能，也是朝廷封的公侯，别说王同业现在无官身，就是依旧在任，礼节上也不能慢待对方。

这个年轻人在定西侯眼里还真是什么也不算，两人的地位、实力完全不对等。

年轻人自然也知道，但一则自己家世在此；二来定西侯好歹是个侯爷，怎么也不能自降身份，谁能想到今天的定西侯完全变了个人，似乎豁了出去，脸都不要了。

一个脸都不要的人，谁还能把他怎么样？

更何况王家的人还想要脸。

"滚下去。"王同业忍着心肝疼，呵斥道。

那后辈捂着脸道歉退下了。

"亏得我祖父不在了。"定西侯得理不饶人，一脸气愤地说道，"要是我祖父还在，知道家里的孩子们被你们这样欺负，哪里会像我这样多话，直接带人砸了你们王家了。"

对第一代定西侯，王同业还是有印象的，那个出身低贱，马背上杀敌不要命的老头，还真敢这么干！

"是，是，侯爷到底是读书多了，人也儒雅多了。"王同业再次伸手拉住他，脸上带着和蔼的笑，"这事毕竟是误会，说开了就好了，大过年的动什么肝火？快，跟我来，我新得了一把好茶壶，侯爷你来帮我鉴赏鉴赏。"

"不是我说你，老王，你也太过分了，哪有这样欺负孩子的？想当初，你小时候还不是常常跟人打架？说我家孩子堵了你家的门，当初你还不是在西城高家门前埋了一串爆竹，差点儿吓死人家的娘。当然，后来你被高家那小子按到马尿里……"

"哈哈哈，侯爷说笑了，哪有这样的事，当着孩子们的面，快别乱说。这茶壶

是富金春做的，侯爷不嫌弃的话就拿去把玩吧。"

"既然这样，我就勉为其难收下吧。紫砂壶一把孤单，两把一起养才好啊，看来老王你还是不懂行啊。"

"喀喀喀喀……是，还是侯爷知道得多。正好有两把，侯爷都拿去吧。"

见两人说笑着走了出去，大厅里剩下的人面面相觑。

这事……就算过去了？

"带下去吧。"王大公子忽地说道，看了眼地上瘫坐的管家。

立刻有小厮架起他。事到如今，管家知道，说什么都没用了。

"算了，他说到底是失职，失职之罪，按你们的规矩该怎么罚就怎么罚，千万别砍手。"齐悦说道。

小厮们停下脚，看着王大公子。

"少夫人这是施恩喽？其实没必要。"王大公子淡淡一笑。

齐悦也笑了，不过笑得有些不屑。

"我是个大夫，以救死扶伤为己任，不过是不愿意损伤好好的肢体罢了。"

王家的子弟露出不以为然的神情。

"再说，我有必要施恩吗？一个知错知恩的人，是绝对不会做出这样的事，自然也不会有今日的冲突，这个管家既然能做出这样的事，想来也不是什么知错知恩的人。你们心里怎么想的我也明白。"齐悦含笑看着他说道，接着，目光扫过诸位王家人。

"但是那又怎么样呢？为了你们舒服，我就要让自己不舒服吗？我没错，非要低声下气吗？今日我把话撂这里，你我打过了，误会也说开了，反正我对你们是没什么想法了。当然，你们要是对我，对我定西侯府，有什么想法，我也不介意，就跟方才我父亲说的那样，你们老爷当初炸了人家的门，人家就把他按到马尿里……"

说到这里，她看了眼一旁的常云成。

常云成心里有不好的预感。

"闭嘴。"他低声喝道。

但齐悦已经笑嘻嘻地开口了："今日世子爷踢了你们的门，你们日后要是想报仇，就把世子爷按到马尿里，不就扯平了？"

这话说出来，大厅里的人都忍不住哄然大笑，就连一向严肃的王大公子面上都浮现出一丝笑，他毕竟克制，很快恢复了平日的神情。

"当然，你们也得有那本事。"齐悦也笑，看了常云成一眼，带着几分骄傲，

"我家男人可是很厉害的,到时候谁把谁按到马尿里还不一定呢。"

王家的人又笑起来。

"不一定哦。"还有年轻的王家子弟大着胆子起哄道。

大厅里沉闷紧张的气氛至此消散了。

常云成看着这女人,又是气,又是好笑,还有些莫名的激动。

她说,我家男人……她的男人……那样骄傲、得意、炫耀地说出来……

这是他第一次见到有人说起自己时,那样毫不掩饰地得意、炫耀,那是发自内心毫不做作虚假的引以为傲。母亲也常常以自己为傲,但那种傲多是出于溺爱以及为了和那些人作对。

原来他也可以让别人引以为傲。

原来被自己在乎的人引以为傲是这样幸福。

原来,护短的感觉这么好。

听到大厅里的笑声,借着两把紫砂壶达成表面和气的定西侯和王同业忽地对视一眼。

"看,我就说吧,孩子们的事,你瞎操什么心?"定西侯带着几分得意说道。

这一定是自己那宝贝儿媳妇做的,围攻了王家的大门,竟然还能让王家的人在这么短的时间内笑起来!

王同业也很惊讶,但也明白这也有自己的缘故——自己已经低头了,孩子们自然不会再强硬。

"侯爷,我二十四岁离家外出为官,几十年没有回来,都要不认得侯爷了。"他看着定西侯说道,脸上没了那种刻意堆出的欢笑,神色中带着几分探究、好奇、不解,"平心而论,不管是谁有错在先,你家这次做得实在是过分了。"

"我那儿媳妇是半点儿委屈受不得,何况是被你们家一个下人打了,她不闹才怪呢。"定西侯撇撇嘴,"上次城里大夫打赌的事你知道吧?"

大夫在王同业眼里算什么,他哪里会关心这个?

"我在乡下,没听说。"他答道。

没听说太好了。

"这么好玩的事你都没听说,我说老王,你过得也太无趣了。"定西侯立刻眉飞色舞地说道。

王同业微微黑脸。好吧,他没看错这个定西侯。

听定西侯添油加醋地讲完齐悦和王庆春打赌跪城门的事,王同业也觉得有趣:

"艺高人胆大啊。"

定西侯冲他一笑。

"其实，后来我问过那孩子，结果她告诉我，其实她心里根本没底。"

王同业惊讶。

"也就是说，她不知道自己能不能治好？"他一脸怀疑，"不可能吧，那她为什么还敢这样做？"

"谁知道呢？"定西侯摸了摸头，带着几分不解、几分后怕，"不怕王大人你笑话，我当时也吓死了，现在想起来还后怕，这孩子胆子就是大。"

王同业沉默不语，看着大厅的方向。

"置之死地而后生。"他喃喃地说道，"好爽利。原来如此啊，那这次的事也就不足为奇了。"

说到这里，王同业眉间的郁结以及阴沉终于烟消云散。

"不过，侯爷，你这次是为什么？"他忽地一笑，问道。

定西侯被他问得一愣。

"什么为什么？"他挺直身子说道，"本侯就是这样的性子。别忘了我们常家的勋爵是怎么来的，那时候我祖父连皇帝都敢打……"

王同业"哈哈"大笑，一巴掌拍在定西侯的背上。

他虽然年纪大，但力气不小，一巴掌拍得定西侯差点儿栽出去。

这老小子一定是故意的！定西侯愤愤。

"行了，你爷爷是你爷爷，你什么性子你心里明白，我心里也明白。"王同业说着，凑过来，带着几分戏谑，"说吧，是不是吃了什么熊心豹子胆？"

说罢，他还用力地嗅了嗅："不对啊，没酒味啊，不像是喝多了。"

定西侯老脸一红，一把推开他。

"什么乱七八糟的！我家孩子受欺负了，连那群小毛孩子都敢摇旗呐喊，我这当爹的不出来说话还算是爹吗？"他哼道。

"没错，自己的孩子受欺负，当爹的都不站出来维护，那还叫什么当爹的。"王同业看着他，再次"哈哈"大笑，同时伸手。

定西侯这次机灵地躲开了。

大厅里的笑声才停下，就听到外边传来王同业的笑声，王家的子弟又互相对视一眼。

他们自然听得出，这次爷爷的笑跟方才完全不一样了。

这次的笑是真心实意、毫无芥蒂的。

发生了什么事？

王大公子的眼中也闪过一丝疑惑，不由得看了眼那边站着的女人。

外边王同业和定西侯的说话声紧接着传来。

"既然这样，我也没错，都是为了孩子嘛。说起来，这次还是我们吃的亏大啊，所以，这紫砂壶我不能给你了。"

"老王，你还是不是个男人？这说出的话怎么能收回去？"

"嗯，为了紫砂壶，不是男人一次也值得。"

"老王，不是，王大人，王老爷，一把，给我一把。别走啊！我用唐大家的画跟你换，唐大家的画啊！"

…………

从王家大院出来时，天已经很晚了，原本围在王家门外的那些半大孩子已经一个不剩了，夜风卷过门前，气氛安静祥和，就像什么也没发生过。

定西侯一行人回到定西侯府时，所有人都焦急地等在门口，管家更是召集了全部护卫，全副武装。当看到他们出现在街口时，府内外顿时一阵骚动。

"都在这里站着做什么？"定西侯高高地昂着头，努力要严肃淡定一点儿，但那不由自主咧开的嘴破坏了那故作的云淡风轻。

除了嘴里说的话，定西侯的一举手、一投足、每一个神情都在狂喊："快来崇拜我、迎接我吧，我好得意啊！"

管家自然明白自己老爷的心情，几步就扑过来。

"侯爷，您太冲动了，怎么能这样啊？"他大声喊着，似乎定西侯是去斩妖除魔一般，同时冲身后做了个手势。

顿时，所有的仆从护卫跟着喊起来，不外乎"侯爷您太厉害了""侯爷这太危险了""侯爷以后可别这样"。

"侯爷，以后这种事让小的们来。您是一家之主，只要您站在这里，就足以为我们挡风遮雨了。要是再让您亲自出面，就是要折杀我们了。"管家哽咽地说道。

"说什么呢这是？我不过是去和王家交涉一下。那王家算什么？又不是什么恶虎猛兽。哈哈哈哈哈哈——"

定西侯摆着手，终于抑制不住大笑，一摇三晃地进了。

跟在后面的常云成和齐悦不由得低头。

谢氏站在院子里，看着他们进来，心情复杂。儿子平安，侯府无碍，都是她念佛祈祷的，但那个女人……

谢氏紧紧地攥着手，迎向常云成。

"先吃饭吧。"她关切地说道。

定西侯"哈哈"笑。

"不用了，已经在王大人家吃过了。"他带着几分炫耀说道。

谢氏等人听了，更是大吃一惊。

定西侯就是等着看大家惊讶的神情，见状，浑身的毛孔都张开了，舒坦得不得了。

齐悦站在后面，第一次看到定西侯那种滑稽的得意表情没有想笑。她又转头去看被谢氏拉住的常云成。当常云成赶到，定西侯也突然出现的时候，她的心底同样震惊，震惊之余还有一种酸涩的感觉，这种酸涩的感觉并不让人难受，反而很温暖。

他们把自己当家人了吗？

自己在这里也有家人了吗？

"父亲。"常云成忽地喊了声。

正享受闻讯而来的通房俏婢安慰的定西侯被儿子这一声喊得一愣。

当然，常云成喊他父亲没什么奇怪的，只是今日这一声"父亲"，怎么感觉有些不一样？

常云成却没有说什么，只是低头施礼。

"父亲受累了，早些休息吧。"他低声说道。

定西侯正忙着享受美人们的恭维，闻言随意地摆摆手，示意他可以告退了。

"父亲。"又一个人喊道。

这次是齐悦。

才抬起头的常云成看过去，微怔。

这是那次打赌后，这女人第一次用"父亲"这个称呼。

定西侯看过去。他可没注意过儿媳妇对他称呼的变化，但对儿子严肃，对儿媳妇可不能摆着臭脸。

"你也快去休息吧，脸上的伤……"他关切地说道。

"谢谢父亲。"齐悦冲他一笑，只不过此时的笑可算不上沉鱼落雁。

"说什么话呢？"定西侯"哈哈"笑道，"一家人，说什么谢？快去吧快去吧。"

齐悦再次低头施礼，然后又冲谢氏施礼。

"你可知错?"谢氏没有让她起身,而是冷冷地问道。

常云成张口要说什么,齐悦已经先开口了。

"我知道错了。"

这回答让已经积攒了无数斥责话的谢氏一口气憋了回去。

常云成看着齐悦,神情更加缓和。

"我不该贸然行事,当时应该回来找父亲、母亲和世子爷,要不然也不会闹成这样。"齐悦又说道。

谢氏那句"你错在哪里"只得再次憋回去。

"只是这个?这都是你不守妇道……"她沉声喝道。

"行了,知道错了就行了,还带着伤呢,快下去吧。"定西侯在一旁打断谢氏的话。

"侯爷。"谢氏回身看着定西侯,皱眉。

定西侯"哈哈"笑了。

"今日都累了,有什么话明日再说。"他一摆手,说道。

既然定西侯发话了,谢氏便不能再反驳,常云成和齐悦低头施礼告退了。

谢氏看着儿子和那女人一起退去,只觉得心里烦躁无比。

齐悦和常云成回到院子里,自然又是一阵混乱。

"不用忙,过两天就消肿了。"齐悦笑着说道,"哭什么啊?"

阿如、阿好、鹊枝擦眼泪。

"行了,下去吧。"常云成洗完出来,看到屋子里还挤着一堆丫头,皱眉说道。

很快,屋子里陷入安静。

"今天……"

齐悦思忖一刻,抬头看向常云成,刚开口,不料常云成也在此时开口。

二人一愣,旋即都停下。

"今天谢谢你。"齐悦便笑了。

常云成看到她肿脸笑的样子就没好气。

"谢什么谢?对不起没用,谢谢就有用?"他没好气地说道,在一旁坐下来,"下次聪明点儿。"

齐悦"哦"了声。

二人又是一阵沉默。

"反正你和父亲能赶过去,我……嗯……我心里很……"齐悦又开口了,下定

了什么决心似的站到常云成跟前,"我齐悦……娘,不是那种揣着明白装糊涂的人,你们的情义,我记下了,来日必定……"

常云成看着眼前的女人颇有拍胸脯表决心发誓的迹象,不由得嘴角抽了抽。

"你还是在揣着明白装糊涂!"他伸手攥住齐悦的胳膊,"我们护着你是为什么?要你的情义?你是我的女人,你是定西侯府的少夫人,有什么可思来想去的?是个男人都不会让自己的女人被人欺负!"

齐悦看着他。这男人紧紧地抓着自己胳膊的双手充满力量。

她怔怔地"哦"了声。

好吧,她豁出去了,死都死了,还有什么可怕的?

"好吧,那,我们睡觉吧。"她一咬牙说道,伸手搭上常云成的肩头。

一个坐着,一个站着,四目相对。

"什么?"常云成一时没反应过来,问道。

"睡觉!"齐悦粗声答道,干脆抬腿坐在他腿上。

常云成看着面前肿着半边脸、大小眼、露出吃人般神情的女人,不知道是错愕还是惊吓,居然张口结舌。

二人保持这个姿势呆滞了一刻。

"你……你现在这鬼样子,谁……谁跟你睡觉!"常云成先反应过来,涨红了脸说道。

齐悦触电般从他腿上站起来,虽然脸也涨红了,但还是松了口气,"呸"了一声。

"不睡拉倒。"她逃也似的进了自己的屋子,顺手熄灭了灯。

常云成还保持原样坐在椅子上,似乎还没从这突发的事情中回过神。

这臭女人是什么意思?戏词里说的"救命之恩,以身相报"吗?

这臭女人,她把自己当成什么了?

他黑着脸看着那边黑了的屋子。

要不就……

他站起身来回走了几步,最终还是收住脚,转身回自己那边去了。

听得脚步声最终离开,咬着被子的齐悦松了口气,同时忍不住抿嘴一笑,缩进被子里,找了个舒服的姿势,闭上眼,安心地睡去。

作为事件主角的王家和定西侯家这一夜都安心地睡了,但城中有无数家不得入眠。

王同业是天不亮就听到传报说知府大人来了,虽然不想见,但不能不见。

大厅里，明显一夜未睡的知府大人神色憔悴，忙冲王同业施礼。

"这么早，有什么事？"王同业看着他，皱眉说道。

虽然是知府大人，但在王同业面前还是毕恭毕敬的。

"老师，"他恭敬地喊道，"昨天逆子的事，学生特来向老师请罪。"他说着，就深深地施礼。

王同业"哦"了声，看了知府大人一眼，想起昨晚冲进自家大院的人中是有个孩子，且面容与他的相似。

"你家孩子也来了？"

因为已经和定西侯府没有芥蒂，昨晚的事对王同业来说已经揭过去了，所以他没让人去查昨晚都有谁来闹。

王同业这轻松的随口一说，却让知府大人汗如雨下。

"老师，"他"扑通"就跪下了，"逆子我已经惩罚过了，今日特地来向老师请罪。"

王同业摇摇头，伸手要扶他。

"无妨，都过……"王同业正要说下去，知府大人却拉着他的衣袖，接着说话了。

"老师，逆子年幼无知，才会受人蛊惑做出这等荒唐事。"

王同业要搀扶他的手一顿。

"受人蛊惑？"他皱眉反问道。

"是是。"知府大人如同抓住最后一根救命稻草，点头，急忙说道，"都是定西侯府的少夫人。当初她医治过犬子，犬子年幼，受其蛊惑，才如此胆大妄为。"

王同业看着他，面色沉下来，站直身子。

"当初，那位齐少夫人是救了你儿子的命吧？"

知府大人迟疑了一下。

"当初有好几位大夫医治呢，学生不懂医，不太清楚是谁的功劳。"

王同业冷笑一声打断他的话，将袖子一甩，淡淡地说道："你儿子的确受了她的蛊惑。"

知府大人大喜，看着王同业。

"你知道他是受了什么蛊惑吗？"王同业看着他，问道。

知府大人一愣。这……这是什么问题？

王同业看着他，再次冷哼一声。

"都说子肖父，虎父无犬子，如今看来，此话也不尽然。"

知府大人更愣了。

直到被毫不客气地送出王家大门，知府大人还是没明白恩师说的话是什么意思。

那自己儿子这次惹的祸事是择清了还是没择清呢？

知府大人呆呆地向自己的轿子走去，刚要上轿，见王家门里走出一个管事，对着门房吩咐："这是昨晚那些人的名单，老爷说了，只要是这上面写的人来了，一概不许进门。"管事对门房吩咐道。

门房恭敬地接过名单。

知府大人在一旁听了，吓了一跳。万幸万幸自己早早地来了。他松了口气，坐上轿子，安心地回去，一路上见好几家人急匆匆地向王家这边赶来。他还特意让轿子停在路边，果然，不一会儿，那些人就垂头丧气地回来了。

"我这老师的脾气我再清楚不过，那可是记仇得很。"知府大人回到内宅，带着几分得意捻着胡须说道，"当初李长史不过是酒后说了句老师性傲目无尊长，老师得知了，面上没什么，过了三年，到底寻了个机会将他贬出京城。"

知府夫人提了一晚上的心总算放下了，同时不忘得意一笑。

"什么你清楚，还不是我催你快去的？"

"你说，这定西侯府怎么出了这么个少夫人？"知府大人感叹道。

"这有什么稀奇？原本就出身卑贱，又运气好诊治了咱们子乔，名气大了，那骄纵的本性自然压不住了。"知府夫人叹息道，带着满满的不屑厌恶，"真是的，一个已婚妇人，偏偏鼓动咱们子乔做出这样的事，太不自重了！"

她说着，又忙伸手拉住知府大人的衣袖。

"去王大人家道歉还不行，你还得去趟定西侯府，告诉他们，让那女人自重些！"

知府大人面带犹豫。

"这个，不好吧。"

"怎么不好？一则让定西侯府好好管管那女人，二来让王大人更加知道咱们的诚意。"

知府大人点点头，又说道："还有，你管着点儿子乔。"

"这可不是咱们子乔的错，都是那女人蛊惑的。"知府夫人立刻说道，见不得说自己儿子半点儿不好，"再说，咱们子乔重情义知恩图报才听那女人的话。"

这句话传入知府大人耳内，他不由得愣了下。

如果说儿子这是重情义知恩图报，那么他这老子现在做的算什么？

他不由得打了个激灵，王同业说的话再次在耳边响起。

不会吧……

就在知府夫妇纠结时，东街的刘家也正在纠结。

刘家算不上高门大户，刘家的老爷刘长青如今为永庆县县丞。这个正八品的小官是靠他自己寒窗十年读书读来的，因为没什么背景，没有亲戚相助，虽然为官清正，在百姓中颇有好评，但至今没有机会升迁。除了仕途不顺外，刘长青又遇上了这件麻烦事。

自己的小儿子居然带着家丁围攻了王家大宅，得知这个消息，刘长青大怒，当即就家法伺候。

不过，他也知道，小儿子虽然顽劣，但不会这么不知轻重，所以将人胖揍一顿之后，刘长青半呵斥半询问，才得知原委。

"本来就是那王家人不对，抓了人家的人，还打了上门要人的定西侯少夫人。"

"少夫人救过黄公子的命，救命之恩就当涌泉相报，管什么王家赵家！"

"好兄弟讲义气，黄公子既然要帮忙，咱们自然不能袖手旁观。"

小儿子梗着脖子，任棍子打在身上，就是不肯认错。

"傻儿子，人家爹是知府，出了事有爹担着，咱们可担不起啊。"刘长青的妻子抹泪说道，心疼儿子，也心疼丈夫。

"我自己担着。"小儿子依旧硬气地说道。

刘长青反而放下棍棒。

"你是说那位神医少夫人？"他问道。

小儿子点点头。

"那位少夫人是为了那个被抓走的大夫去的。我听人说了，这个少夫人可护短了，谁要是动了她的人，她决不罢休。"

想起当时的场景，再想到自己以前打的那些架简直是不值一提，小儿子又忍不住激动起来。

"傻儿子，人家神仙打架，咱们凡人可掺和不起。"刘长青的妻子说道。

"反正，一则为了兄弟，二则那王家也不占理。"小儿子梗着脖子说道。

刘长青没有再举起棒子。

"老爷，先别说这个，还是先去王大人家赔礼道歉吧。"妻子催促道。

刘长青来回走了几步，忽地扔下棍子。

"不去。做了就做了，这世上没有两全的事，既然儿子要保全情义，那就只能

失了规矩。"

刘长青的妻子愣住了。

这意思是，不认错？

"老爷，这……这王家可惹不起啊。"她慌了神，忙劝道。

"有些事惹不起也得惹，惹不起也惹了。既然走上了这条路，就没有回头的道理，是福是祸咱们都认了。"刘长青沉声说道。

小儿子反应过来，欢呼一声跳起来。

"我就知道父亲大人最厉害！"他喊道，看着父亲，一脸崇拜。

刘长青虽然仕途不顺，但看着儿子崇拜的神情，还是忍不住得意。

"但是，你外出打架总归是错，还是要罚！"他咳了一下，肃容说道。

小儿子瞬时又耷拉下头。

"父亲，不要罚写字好不好？"他嘟囔道。

看着丈夫和儿子，刘妻最终也笑了。

不管什么吧，丈夫读过那么多书，说的一定没错。

当其他几家来商议时，他们夫妻一口拒绝上王家去道歉。

那些人家得知了，少不得一阵嘲讽。

刘长青夫妇对于外边的话一概不予理会。

一夜就这样乱哄哄地过去了。第二日天刚亮，刘家一家人正在吃饭，有下人惊慌失措地进来禀报："王家……王家的人来了。"

一家人顿时惊了下。王家，还能是哪个王家！

这是上门来问罪了吧？

虽然嘴上说不怕，但心里到底忐忑，看着妻儿的神情，刘长青整了整衣衫。

"请进来。"他肃容说道。

一家人都来到客厅，深吸一口气，等着即将到来的结果。

门外传来脚步声……以及欢悦的笑声。

"打扰刘大人一家了。"

一个身穿青棉袍，明显管事模样的人迈进来。

刘长青一家人愣了下，不只是因为这管事脸上那可掬的笑容，还因为他身后跟着的两个小厮……手中捧着的两个礼盒。

"我们老爷说了，小少爷前天受惊了。"那管事笑道，对刘家人愣住没反应丝毫不生气，反而笑得更开心了。

其实，看到人对自己敬畏恭敬不算什么值得得意的事，那些本来等着你宣判死刑的人突然看到你来给他免罪，那种惊喜、震惊、措手不及之下的反应，才是最让人得意的。

现在管事老爷就如愿在刘家人的脸上看到了这种神情，他不由得舒坦得浑身发痒。

刘长青一家完全傻了，已经听不到这管事在说什么了，直到人家告辞走了还是木木的。回过身看着客厅里摆着的两个礼盒，刘长青忍不住失态地掐了自己一把。

疼！

"王大人要给小少爷压惊……"他喃喃地重复着从那管事嘴里听到的这句话，还是有些搞不懂。

这还没完，第二日，县衙里一个与他交好的官吏急匆匆地冲来，告诉他一个好消息。

"老哥，东阳县的补缺下来了！老哥，是你啊！"那官吏抓着刘长青的手，激动地摇着。

刘长青还没恢复过来的脑子再次糊涂了。

这补缺他不是没动过心，但上头说了竞争的人太多，怎么也轮不到他。

这……这是为什么？

"什么为什么，我告诉你啊，是王老大人给你说了句话。"那官吏压低声音说道。

刘长青完全不能思考了。

这到底是怎么回事啊？

"儿子，我没记错吧？"他拉着小儿子问道，"是你们围攻了王家，不是王家打了咱们吧？"

发出这样疑问的不止刘长青一家，这次没有去王家的还有三家，他们同时也收到了王家送来的号称给孩子压惊的礼物，而参与这件事的其他人家要疯了。

与此同时，定西侯府也送出了压惊的礼物，不过比王老爷家周到，那当晚所有参与打架的人家都收到了礼物。

谢谢他们仗义相助。

仗义……

是因为这个吗？

得知王家和定西侯府当时就握手言和的消息后，这些人家都明白了。

谁知道事情会这样啊？

内宅里，知府夫妇失魂落魄，相对无言。

怎么会这样呢？这两家到底是闹哪样啊？！

"原来老师是这个意思啊。"知府大人喃喃地说道。

"你说王老大人是什么意思？是故意的吧？是给那定西侯府难堪？老爷，要不你再去王大人那儿……"知府夫人在一旁喋喋不休地说道。

"够了！无知的妇人！"知府大人猛地吼道。

这是他第一次对妻子如此态度，知府夫人吓了一跳，怔怔地看着丈夫，不敢说话。

"都是你这无知妇人！"知府大人想到这次的事，又是气，又是羞恼，"我还有什么脸再上老师面前去？你怎么……你怎么……你怎么就不学学那定西侯府的少夫人呢？看看人家！再看看你！"

他的意思是看看人家的胆识、气魄、运气，但知府夫人愣了下，眼前浮现出那女子娇媚的面容。

儿子被蛊惑，老子也被迷得五迷三道了……

"你这个负心人，我和你拼了！"她尖叫着起身，伸手就冲知府大人端庄的脸去了。

引起知府大人内宅混乱以及很多人家纠结的罪魁祸首齐悦却并不知道这一切。

虽然有定西侯相护，谢氏还是惩罚了她：在家关禁闭，不许出门，每日在佛前罚跪。

不出门齐悦很乐意执行，正好养养脸上的伤，至于罚跪嘛，自己院子里，谁敢管她跪不跪？

"我觉得还是有点儿肿。"鹊枝端详着齐悦的脸，说道。

齐悦对着镜子左看右看："没呀，好了呀。"

阿好仔细地给她上妆，鹊枝在一旁指点这边补点儿粉，那边擦点儿胭脂，齐悦笑着任她们折腾。

常云成进来了。

阿如忙挥挥手，阿好立刻施礼告退，鹊枝有些不舍得，看了常云成好几眼，见世子爷看都不看自己，只得悻悻地出去了。

常云成看着盛装的齐悦，忍不住伸手，一把将她拉过来。

齐悦猝不及防地跌坐在他怀里，顿时脸色通红。

"干吗？"她慌张地要起身。

但她的力气在常云成面前就如同挠痒痒。

"你不是说想和我……"常云成看着近在咫尺的齐悦，声音低沉地说道。

"我什么都没想！"齐悦断然否认，撑着他的胸膛要起来。

虽然嘴上依旧强硬，但这红着脸的模样实在是比以前那张牙舞爪的样子要诱人得多。

常云成才不肯松手。

门外响起低低的咳嗽声。

常云成怔了下，一脸不悦。

齐悦趁机挣开了，红着脸整理自己的衣裳。

"世子爷，少夫人，侯爷请你们过去。"阿如的声音在外响起。

"什么事啊？"齐悦一边走一边问道。

"是王老大人来了。"阿如答道。

齐悦"哦"了声。

"走快点儿，有什么好说的？"常云成在前面放慢脚步。

齐悦对阿如撇撇嘴，加快脚步跟上去。

管家正带着两三个人一边查看花圃一边说着什么，看到他们过来，忙热情地施礼。

"少夫人，那几个护卫我已经好好地教训过了。"他想到什么，说道，神情肃然。

"教训什么？"齐悦不解地问道。

"他们没用，让少夫人受了这等折辱！"管家面色激动。

齐悦"哦"了声，笑了。

"没事，没事，事情太突然了。"

"不，不，这是他们失职。不过少夫人放心，下次绝对不会再有这种事发生了。"管家大声说道。

常云成回头看他一眼。

"还想有下次？"

管家立刻抬手打自己的嘴。

"看我这嘴。"他连啐了几口。

齐悦笑着摆手。

"还有啊，真是奇怪，咱们门前多了好些人探来探去的。"管家想到什么又说道，带着笑，"少夫人，您猜他们是做什么的？"

我怎么知道？齐悦笑眯眯地看着管家。

"做什么的？"她问道。

管家越发精神。

"他们都是城里大户人家的下人。"他压低声音说道，"门房揪住几个问了，您猜他们怎么说？"

齐悦是个很好的听众。

"怎么说？"她继续笑眯眯地问道。

"他们是在看少夫人您什么时候出去打架。"管家"哈哈"笑道。

齐悦也"哈哈"笑了。

"看我打架做什么？"

"给少夫人您做帮手啊。"管家意气风发地答道。

齐悦更是大笑。

"少夫人您不知道吧，我听那些人说，上一次的架打的，已经打出一个知县了。"管家看她不信，忙说道，然后讲了外间流传的永庆县县丞的儿子跟着定西侯少夫人打架，给父亲打出一个候补实缺东阳县县令来。

"天啊，打架还有这种好事？"齐悦大笑，"那可了不得，城里还不乱了套啊？"

"哎，那得看跟着谁去打了。"管家带着几分得意说道。

齐悦摇头笑。

前边的常云成再也忍不住了。

笑，笑，说，说，有什么好笑好说的？！

"管家，"他回头冷冷地说道，"我让你修整的演武场地面，你修整了没？"

正跟少夫人笑得开心的管家一愣。

"世子爷，您什么时候说要修整地面？"

"我现在说不行吗？"常云成看着他，沉着脸说道。

管家嘴角抽搐。行，当然行。"是，我这就去。"他恭敬地说道。

"你亲自看着，别让那些人弄坏了。"常云成沉声说道。

管家再次应声"是"，匆匆地去了。

常云成这才满意地转过身，接着迈步。

齐悦走在他身旁，只是抿着嘴笑，不知道在想什么。

说啊，刚才不是说得挺热闹的？

常云成看了她一眼："刚才说什么呢？"

"没什么。"齐悦笑道，看着不远处的定西侯的会客厅，"快些走吧，别让父亲和客人久等了。"

她说罢，加快脚步。

刚才你为什么不怕让父亲和客人久等？这臭女人，是故意不想和自己说话吧？

常云成咬牙，提脚跟上去。

"刚才在说什么？是不是打架？

"不许出去打架！你还像个女人吗？

"那天你是怎么找到黄子乔的？为什么找那小孩子？我不在家吗？

"你要是直接回来找我，还会有这种事吗？

"黄子乔这个小孩子除了添乱，能有什么用？

"我问你话呢，你……"

常云成说到这里，突然停了，因为齐悦拉住了他的手。

齐悦抿嘴，侧头看了他一眼，也不说话，只是握住他的手，脚步轻快地向前走去。

这臭女人，青天白日的，又是在院子里，干什么呢这是？

常云成面色涨红，忍不住看四周，所幸来往的仆妇不多，跟随他们的丫头又很机灵地低头走路，没看到。

我就……就给你个面子。

他迟疑了一刻，没有抽回手，有些僵硬地被齐悦拉着向前走。

第二十一章 尊　重

范艺林坐在定西侯的会客厅里，心情很郁闷，甚至都没心情对岳父保持尊敬，拉着脸，毫不掩饰自己的不高兴。

更可怕的是，他待会儿还要被那个又丑又凶的女人诊治。

想到这里，范艺林不由得伸手掩住衣衫。当年卫玠被看杀，他不会也是如此下场吧？

"艺林。"王同业喊道。

范艺林呆呆地坐在椅子上，没听到。

看着小女婿那呆傻的样子，王同业很是不高兴。

"你瞧，肯定是身体不好。"他没有再喊，而是对定西侯说道，"他闹着要走，但是家里人都不放心，觉得还是让少夫人给看看才放心。"

别家的孩子不争气，是定西侯最乐意看到的事。

"小事嘛，你还亲自上门。"他"哈哈"笑道，得意扬扬，"这孩子看着是单薄了点儿。"

王同业翻了个白眼。

如果我不亲自上门，你老小子会痛快地让你儿媳妇去诊治？

再说我家艺林哪里是单薄，那是俊秀好不好？你是生不出来这样俊秀的儿子羡慕忌妒恨吧？看看你家那粗蠢世子。

"世子爷、少夫人来了。"门外小厮传报。

王同业正了正神情。他不能和定西侯这样的草包一般见识，一定会赞美别人家的粗蠢孩子，哪怕只是表面上。

范艺林呆呆地看着门外，想到将要发生的事就不由得悲从中来，然后忽地眼前一亮。有两人并肩而来，男人自动被范艺林忽略，他的视线落在那个女人身上。

冬日里，那女人穿着粉蓝五彩褙子、月白绣梅花百褶裙，绾着单髻，上面插着一支玉簪，边走边笑，款款而来。

翩若惊鸿，婉若游龙！范艺林猛地坐直了身子，眼睛亮亮地盯着这个逐渐走近的女人，待看清面容，更是激动不已：好个美人！

这才像是传言中的定西侯府嘛，美人遍地，那个丑女是个意外！

那美人迈进大厅。

"父亲，王大人。"她笑着施礼。

范艺林受惊之下跳了起来。

王同业看着眼前的女子，也愣了下，旋即反应过来。

可不是吗？能让定西侯府老夫人不怕丢脸不顾出身非要娶进门的女人，怎么也得有过人之处。

"月娘啊，王大人还是不放心，想要让你看看范公子的身体是否有恙。"定西侯说道。

齐悦便看向王同业。

"这个，其实你们去找个大夫看比较好。"她笑道，"比如千金堂的刘大夫，比我厉害。"

王同业一愣，旋即笑了。

"好，没问题，等少夫人看过了，我们自然会去的。"他说道，意味深长。

齐悦倒是被他这意味深长弄得一愣，旋即回过神，"哈哈"笑了。

"王大人，不用这样，你误会了，我和刘大夫是各有所长，并非要您老给面子。"她这里冲王同业施礼，"不过，我还是要谢谢大人给我的大大的面子！"

这两个"面子"说的是两件事，定西侯没听懂，王同业听懂了。

他之所以不给上门道歉的人面子，而给那些不来道歉的人家面子，说到底都是助长齐悦的面子。

王同业也笑了，冲齐悦点点头。

"这孩子就是实诚，很老实的，有什么说什么。"定西侯虽然听不懂他们说的是什么，但还是很及时地补充赞扬自己家的孩子。

老实，老实的孩子会带着下人去围攻人家的大门？

王同业"哈哈"笑。

"那我先看看吧，父亲，借您这边的隔间一用。"齐悦说道，一面喊阿如去拿

医药包。

定西侯点点头。

齐悦这才看向大厅里站着的年轻公子。

"范……范公子，这边请。"她含笑说道，却见那年轻公子只是呆呆地看着自己。

莫非他真病了？

齐悦皱眉。一直站在一旁的常云成忽地几步过来，站在范艺林身前，挡住了他的视线。

"哎？"眼前的美人陡然消失，取而代之的是一堵黑墙，范艺林顿时急了。

"范公子，"那"黑墙"冷冷地说道，"这边请。"

范艺林回过神，看到"黑墙"不善地盯着自己。

"还愣着干吗？快跟少夫人去。"王同业越发觉得丢脸，低声喝道。

齐悦已经走向隔间，范艺林忙深一脚浅一脚地跟过去，常云成沉着脸，迟疑了一下，也跟了过去。

范艺林呆呆的，让他坐就坐下了。

"你……是那天的那个少夫人？"

齐悦笑着点头。

"对啊，范公子，我们见过的。"

"是啊是啊，我们见过的，我姓范，名艺林，字茂竹。"范艺林忙说道。

齐悦笑着"哦"了声。

"那范公子，我要看看……"她说道，挽起衣袖。

话没说完，范艺林一惊，动作流畅地解开了衣裳，三下两下就将白嫩的上身展露出来。

"少夫人，来吧。"他冲齐悦柔声说道，俊目蒙眬，一副任君采撷的神态。

齐悦举着手，目瞪口呆。这人太……太配合了吧。

常云成再忍不住，站起来。

"穿上。"他低声喝道。

范艺林被这男声喊得回过神，这才看到屋子里还有一个男人，吓得"啊"了声，慌忙掩住衣衫。

"你……你什么人？你进来干什么？"他瞪眼喊道。

合着这男人一直没看到自己？

常云成黑脸，不由得咬牙。

范艺林喊出来也反应过来了。

"世子爷啊。"他忙又堆上笑,"您也过来了,真是有劳了。"

"我看范公子没事,不用看了。"常云成淡淡地说道。

"别,别,我有事,很有事。"范艺林慌忙说道,扶着头就坐在椅子上,"不行了,站了这一会儿就头晕。"

不多时,阿如拿着听诊器过来了,齐悦笑着接过。

"我看看。"她走近,看范艺林又要解衣,忙笑着制止,"这样就行了。"

范艺林很是遗憾。

"这样看得清楚吗?"他关心地问道。

齐悦笑了,用听诊器在他身上听来听去。

范艺林眼睛都不舍得眨一下,这么近的距离看女人,他忍不住深吸一口气。

"娘子用的什么香?好香啊。"他"嘻嘻"笑道。

常云成往前迈了一步,极力控制,才没伸手将这男人扔出去。

"是吗?多谢,是我丫头做的,我也不知道是什么香。"齐悦笑道,摘下听诊器。

"好了,没事。"齐悦笑道,"估计那天就是胸口猛受一击,再加上落地的惊恐,才导致突发性窒息。"

范艺林一脸遗憾。

"没事?怎么可能?我这浑身都不舒服啊。"他皱眉说道,坐在椅子上似乎起不来,"少夫人还是再详细地看看吧,我把衣服脱……"

这浑球儿当我是死的吗?

常云成一步过去,将坐在椅子上的范艺林拎起来。

"范公子,你是说内人误诊了?"他一字一顿地说道,在"内人"二字上加重语气。

范艺林终于从美色诱惑中清醒过来。

"没有,没有。"他神情严肃地说道,站直身子退开几步,冲齐悦躬身施礼:"多谢少夫人。"

齐悦笑着还礼。

"既然没事,你先回去吧。"常云成说道,依旧挡在齐悦身前。

齐悦"哦"了声,淡然地走出去。

范艺林视线都没斜一下,只是看着常云成。

"多谢世子爷,上次的事真是对不住了。"他认真地说道。

常云成看着他，神色不动，听得那边齐悦和王同业说完诊断结果告退了，才转身走出去，范艺林自然也跟出去。

这边又说了些什么齐悦就不知道了，她回到院子便准备去千金堂了。至于谢氏说的禁足的事，随着脸好，已经被她自动忘掉了。

她才要走，常云成回来了。

"哎，王大人他们走了？"齐悦有些惊讶地问道。

常云成"嗯"了声，不知道是走了还是没走。

"你去干吗？"他皱眉问道。

去问问做练习的尸体找好了没。

"去千金堂看看，好几天没讲课了。"

常云成"嗯"了声，站着没动。

"要一起去吗？"齐悦又随口问道。

她就是客气一下，那种地方常云成怎么会去，多无聊。

"好。"常云成答道，郁闷的心情好了点儿。既然这女人开口了，自己就勉为其难地陪陪她好了。

齐悦愣在原地。

"其实，你不用为难的……"她忙说道。

常云成没理会她，拿起大斗篷，先走出去了。

"该！"齐悦自言自语一句，看着那男人大步而去的背影，又想到什么，抿嘴一笑，跟了上去。

常云成的到来让激动的胡三没能尽情地表达自己的感激，但并没有影响上课。

"所以这个人工呼吸以后还能用吗？"弟子们眼巴巴地看着齐悦问道。

齐悦吐了口气。

"用，这是最有效、最常用的急救方法之一。"她说道，"经过这件事，想必民众已经多少知道些了，下次再遇到这种紧急情况，在不影响急救的前提下和家属解释清楚，就算当时承受了误会，只要把人救回来了，那就可以回答一切质疑。"

弟子们点点头。

"还有，"齐悦看着大家又笑道，"有我呢。吃了亏，我去替你们讨回来。"

弟子们笑起来，笑过之后，不知在哪个的带领下齐齐冲齐悦施礼："多谢师父。"

时时刻刻有这么一个人毫无畏惧地站在他们背后，挡在他们身前，他们何其幸也。

趁着弟子们做课堂练习，齐悦和刘普成低声说话。

"那件事……？"齐悦低声问道。

刘普成知道她问的是什么。

"差不多了，我明日就去问问。"他低声说道，"那边……一般一个月才能有一具……这次我想法子求他多弄几具……"

"别怕花钱。"齐悦说道，"有我呢。"

刘普成笑着点头。

"哦对了，还有那个染色定点画线的问题，你看看我找的这几样草药怎么样？"他又说道。

齐悦高兴得眼睛发亮。

"肯定没问题，老师你出马，万无一失。"

刘普成再次笑了。

"不过，麻醉的问题，还得再等等。"

齐悦点点头。

"磨刀不误砍柴工，我们不急。"她说道，"一定要考虑周全，这个手术本就不是一次就能完成的，我们要有耐心。"

齐悦出千金堂时，已经到了饭点。

"我们出去吃饭？"齐悦听到常云成的话，很是高兴，"太好了，我来到这里后还没去过……咯咯，我是说我从来没去过酒楼吃饭呢。"

看着这女人如同小孩子般雀跃，常云成绷着的脸再忍不住，缓和下来。

"你要是想吃，我天天带你来。"他忽地蹦出一句。

齐悦看着他笑。

"好啊。"她说道，"说话算话？"

常云成哼了声，不理会她这种无知的问话，先行一步。

齐悦笑着跟上去。

吃过饭，两人又逛了夜市，等回到家时，天已经黑透了。

常云成洗漱出来，见齐悦已经晾干了头发，正在收拾笔墨，灯光下，她的模样慵懒诱人。

"好了，唇弓的问题解决了，最重要的就剩下疤痕问题了。"齐悦自言自语，忽地看到常云成走过来。

"还不睡？累了吧？"她含笑问道。

常云成看着她，咽了口口水。
"不累。"他说道，目光幽深，走近齐悦，"你累不累？"
暗夜里，这男人用低哑的声音说出这句话，齐悦不由得起了一身鸡皮疙瘩。
"累，累。"她忙说道，面色涨红，"你快歇歇吧，我也睡了。"
常云成浑身燥热，也不知道该说什么，干脆伸手将这女人拉住，往床边扯。
"那……那睡吧。"
"睡什么睡！"齐悦抬手打他，"快走快走！"
这臭女人，怎么总是动手动脚的？
"你不是想了吗？"常云成瞪眼，闷声道。
"现在又不想了！"齐悦"呸"了声，甩开他，"快出去！"
这臭女人！常云成瞪眼看了这女人一刻，愤愤地甩手走开了。
一会儿想一会儿不想的，什么人啊！惯的你！太过分了！

天刚蒙蒙亮，千金堂就开门了。
千金堂一向开门早，但莫道君行早，更有早行人，两个弟子打着哈欠卸下门板，陡然看到一个人贴过来。
"刘大夫在不在？"他带着几分迫切问道。
这么早上门求诊也不稀奇，弟子揉着眼正要回答，忽地看清眼前的人，吓得跳开几步。
"喂喂，棺材仔，谁让你来的？快，快站远点儿！"
两个伙计手忙脚乱地轰他。
对于这种待遇，棺材仔习惯了，城里除了赌场以及桥头那家王婆婆开的茶寮外，没有任何店铺肯让他靠近。
所以他一般也不会到这些店铺来，这一次实在是等不及了。
"刘大夫在不在？"他再次问道。
"没有，没有，师父昨晚回家了。"两个弟子没好气地答道。任谁一大早睁开眼就看到棺材仔，也不会有好心情。
"那我再等等。"棺材仔再往一旁退了退，说道。
"去找找松柏枝煮水洒一洒。"
"我觉得待会儿还是去庙里拜一拜，真是晦气。"
两个弟子唠唠叨叨，而站在不远处的棺材仔没有什么表情，这一切对他来说，是再习惯不过的事了，从他生下来的那一刻起就开始了，会伴随到他死去的那一刻吧。

随着店铺开门越来越多，街上的行人也越多，棺材仔不时被驱赶，到最后只得站在千金堂的墙角。冬日里就算太阳出来了也还是很冷，贴着墙更冷，只穿着破旧袍子的他不得不不停地跺脚搓手来取暖。

刘普成急匆匆地过来，根本没看到墙角的棺材仔，幸好棺材仔忙忙地招呼了一声。

"小棺？"刘普成很意外。

"我正要找你说……"

两个声音同时响起，刘普成和棺材仔都愣了下。

"我先说。"棺材仔迫不及待地开口，又想起是在大街上，就这一停顿，四周的路人纷纷看过来，眼中带着戒备以及回避。

"你……你跟我去赌场。"棺材仔低声说道。

那是第二个他能随意出入而不被人关注又安全自在的地方。

第一个自然是义庄。

刘普成点点头，低声说道："你先去，我稍后就来。"

棺材仔点点头，立刻走了。

刘普成站了一刻，四下看了看，装作无事的样子掸了掸衣裳，这才迈进药铺，过了一刻，提着个药箱出去了。

刘普成作为大夫，进的自然是下等人的赌场。一进门，光线昏暗，气味腥臭，嘈杂满耳，他一时分不清哪是哪儿，好在一只手从一旁伸过来拽住他。

"怎么才来？"棺材仔带着几分不耐烦说道。

刘普成张口要说话。

"我说你怎么不来了？"棺材仔又说道。

"我正要找你呢，小棺。"刘普成只听到他说"不来"，忙凑近说道，"你看能不能再给找一具？"

"我都给你找好了，你怎么不来啊？"棺材仔听清他的话，带着几分抱怨说道。

刘普成这次听清了他的话，却有些不明白。

"你怎么这么多天都不来呢？"棺材仔再次抱怨道，带着毫不掩饰的不满。

刘普成听明白了，但是有些不相信。

"小棺哥，你是说，你给我准备好了？"

"当然。"棺材仔说道，"随便用，要多少有多少。"

刘普成惊讶得说不出话来。

这是见不得人的事，会被官府定为盗尸大罪，所以不管是对大夫还是对提供尸体的一方来说，都是风险很大的事，一个月能有一次机会就算是好运气了。

更何况棺材仔脾气又怪，肯不肯帮忙完全看心情以及看钱。

平常一次就花费不少了，这样的价钱一定更贵。

"钱……"刘普成回过神，忙问道。

虽然齐娘子不缺钱，但他也不能不问。

"什么钱不钱的！刘大夫，咱们什么关系啊，生分了不是？"棺材仔一拍刘普成的肩头，说道。

咱们……没什么关系啊？

刘普成被他说得更加糊涂了，一直到回到千金堂都没想明白是怎么回事。

但想不明白就不想了，刘普成立刻高兴地让人去通知齐悦。

齐悦今天没去千金堂，也没在家，而是又被常云成拉着上街了。

昨晚虽然又一次不欢而散，但这次常云成第二天没有甩脸色。

"这次去吃什么？"坐在马车上，齐悦好奇地问道。

"肉。"常云成简单地答道。

"什么肉啊？多说几个字会累死你啊？"齐悦踢了踢他。

此时在车上，她脱掉了鞋子，只穿着白袜子，软软地踹了常云成几下。

常云成伸手扒开那软软的小脚。

"别碰我。"他冷淡地说道。

哎哟喂，还摆上谱儿了。齐悦抿嘴笑，依言坐好。

马车出了城门，在一家店铺前停下，齐悦下车打量，觉得看起来很普通。

"羊肉？"她看到幌子上的字，问道。

常云成"嗯"了声，刚要迈进去，就听见从二楼传来一个惊喜的招呼声。

"哎呀，世子爷。"范艺林又惊又喜地喊道，从窗户里探出半个身子，吓得里面的小厮忙抓住他的腿，只怕他掉下去。

常云成听见声音就脸色微变，根本不抬头，想要当作没听见，但齐悦已经抬头去看了。

"范公子。"她笑着招招手。

"原本是要走的，可还是觉得不舒服，岳父大人就留我再住几日。少夫人，世

600

子爷，你们也来这里吃饭啊，听说这里是你们永庆府最好的羊肉馆……"

大大的包间被范艺林的说笑声填满了——因为来了贵客，范艺林扔给店家一袋子钱，将其他吃饭的客人都轰走了。

"范公子，你吃你的，不要麻烦了。"常云成打断他的喋喋不休。

"不麻烦，怎么能说麻烦呢？"范艺林一副受惊的神情，"世子爷、少夫人可是我的救命恩人，恩情一辈子都还不完呢。"

他正想着怎么找机会跟定西侯府搭上关系，没想到就遇上了，真是缘分啊。

既然是缘分，他怎么能错过呢？

范艺林热情地看着美人迈过门槛。

常云成停下脚，回头。

"你先回去吧。"他说道。

齐悦和范艺林都愣了下。

别呀！范艺林心里喊道。

"我还没吃呢。"齐悦说道，皱眉。

这女人总是回嘴话多！丈夫说什么她就不能乖乖地听话执行吗？没有一次是自己说什么她就听什么！

常云成皱眉。

"那好吧。"齐悦看着他的神情，还是答应了。这个时代的有些规则她还是会遵守的，当然前提是无伤自己的根本。

她冲范艺林含笑施礼告辞。

"少夫人，旁边有隔间。"范艺林急道。

已经转身走开的齐悦回头冲他笑了笑，摆摆手，没有说话，走了。

范艺林怔怔地看着美人摇曳生姿而去，脸上忽地闪过一丝疑惑，不由自主地"咦"了声，转头去看已经在屋子里安然而坐的常云成。

常云成自斟自饮，就着这浑小子由惊喜到失望的神情下酒，真是美味至极。

范艺林又从门口冲到窗边，探身向下看去。

这也太过分了！常云成"啪"地捏碎酒杯。

"范公子，"他开口，声音冷淡，"适可而止吧。"

范艺林收回身子，看了眼常云成，欲言又止。

"是是，世子爷，小弟冒犯了，给你赔罪。"他最终说道，端起酒杯一饮而尽。

"知道就好。"常云成哼道，说着起身，"话也说过了，酒也吃过了，告辞了。"

范艺林忙跟着站起来。

"世子爷。"他喊道，要说什么又很为难。

常云成已经走向门口，对范艺林那奇怪的神情没什么感觉——被戳穿了心思，他是该为难羞愧。

"世子爷。"范艺林再次喊道，看常云成已经伸手拉门，便一狠心，"你……你是不是，不行啊？"

常云成的手停在门上。

"什么？"他皱眉，回头问道。

既然最难的开头已经有了，范艺林也就说得顺畅了。

"就是……就是，"他看着常云成，压低声音，"就是，不能人道。"

常云成只觉得脑子里"轰"的一声。

这混账东西！

屋子里，闷响以及压抑的痛呼声接连不断地响起，外间的伙计们眼观鼻鼻观心，或者研究这个桌角擦得干不干净，或者研究账房的算筹数量对不对，总之都如同天聋地哑一般仿佛什么都没看到也没听到，气氛一片祥和。

"世……子……爷……听我说……"范艺林被常云成按在地上，软得如同面条一般，难为他脸着地还能挤出一句完整的话，"误会……误会……"

屋子里的小厮滚到四周，别说出去叫人，连起都起不来。

"误会？"常云成手上用力，手下捏着的骨头"嘎巴"作响，"小混账，你以为我是瞎子还是傻子啊？你那点儿烂心思我还不知道？"

范艺林"哎哟哎哟"连声呼痛。

"我知道错了，我知道错了，世子爷，我只是爱看美人而已，并没有动别的心思啊。"他喊道，"不信你去问我岳丈，他也知道的。我就是爱看，就跟看花看美景一样，别的心思不敢的。要是敢，哪里还轮得到你，早被人打死了。"

"看？我的女人你也敢看！"常云成低声喝道，"再敢来我眼前晃，我才不管你是王家的女婿还是光禄寺大夫家的公子，打瞎你的狗眼！"

"世子爷，我是为了你好啊！"范艺林喊道。

这臭小子居然还在嘴硬。

"世子爷，我难道不知道说出这句话会有什么下场吗？但是为了你，为了你们对我的救命之恩，就算得罪你，惹恼你，我也要说。"范艺林接着喊道，难为他侧脸挨地还能说得这样连贯顺畅。

常云成给了他脑袋上一下，才松开手。方才一番拳打脚踢，心中的郁闷已经散去,他警告了这小混账,懒得再跟他多说,站起身就要走。

范艺林不怕死地又拉住他。

"世子爷。"他一脸真诚地看着常云成,"你想想,我说出这种话难道不知道会有什么后果吗?但我还是要说,忠言逆耳啊。"

常云成还是头一次见这样厚脸皮的人,有些哭笑不得。

"你到底要说什么?"他皱眉问道。

范艺林顾不得整理自己的衣衫,摆摆手。

屋子里的小厮们艰难地爬起来,互相搀扶着,一瘸一拐地退了出去。

"世子爷,我知道这是难言之隐,但是我又不得不言,因为我正好有一味祖传的药方,所以才忍不住急着问世子爷。"范艺林拉着常云成,丝毫不在乎这男人刚才揍了自己一顿。对他来说,为了美人,吃苦也比蜜甜。

"我有什么难言之隐?"常云成一把甩开范艺林,嗤笑道。

范艺林一副"你看你就难言了吧,我了解"的神情。

他再次伸手搭住常云成的肩头。

"世子爷,大家都是男人,这种事虽然羞于启齿,但还是要说的。"他语重心长地说道,"你,是从什么时候开始不行的?是一开始还是后来?"

常云成深吸一口气,忍住一拳将这混账打死的冲动。

"你怎么就认为我不行呢?"他转头看着近在眼前的男人。虽然他已经手下留情注意分寸,但还是难免在这男人的脸上留下些印记,嘴角微肿,一只眼大一只眼小,看上去很是滑稽。

"这个……这个……我自然一眼就看出……"范艺林笑道。

"你是打算让我试给你看?"常云成皱眉说道,"你才不胡言乱语?"

范艺林猛地跳开了。

"你……你……你不会是断袖吧?"他惊恐地问道,"断袖"这个词冒出来,这事便有了解释,他心里为美人悲哀的同时又惊恐,慌忙摆手,"你……你不用试给我看,我不看。你可别误会,虽然你长得也不错,但是,我只喜欢女人……"

常云成已经没有什么神情可以表达心情了。

精明一辈子的王同业怎么会找这么个傻儿当女婿?奸诈的光禄寺大夫家怎么会生出这样的蠢儿子?

"你是断袖!"常云成看着范艺林,一字一顿地说道,"所以看别人都是断袖吗?"

"我不是断袖!"范艺林依旧带着防备说道,"你要不是断袖,你的妻子为什

么还是黄花闺女？"

常云成一怔。

这一怔落在范艺林眼里，更加印证了他的判断。

"守着那么个美人，还是你的妻子，你要不是断袖，怎么会……"

话没说完，常云成一步迈过来，掐住他的脖子。

范艺林惊恐地叫了声。

"世子爷，你……你别动怒，这……这不是什么……什么见不得人的事……我没……没瞧不起你的意思……"他"喀喀"地说道。

都怪自己太聪明，才惹来这等祸事！

"你怎么知道她……她还是……"常云成低声吼道，到底说不出那个字，"是她告诉你的？"

这句话说出，他更是气血上涌。

她居然敢将这种事说给外人听！

"你疯了啊？"范艺林这才反应过来这男人突然发怒是为什么，瞪眼喊道，"这种事少夫人怎么会和别人说？再说，我倒是想让她跟我说，可是我总共才见了她两回，还都是那么多人的场合！好容易有缘遇到一起吃顿饭吧，你这个小气男人还把她赶走了。"

常云成喊出那句话后也清醒了。他当然知道那个女人不会，因为根本就是她的关系，她才不会四处宣扬呢。

他完全是被这个混账男人毫不掩饰的色眯眯的眼神气到了。

一想到这个男人看自己女人的眼神，他就忍不住火气直冒！

"谁和你说的？"他收起暴躁，但冷气不减，接着问道。

"大哥，没人和我说，我自己有眼睛啊，这女人和姑娘，那是不一样的啊！"范艺林哭笑不得地说道。

这事能看出来？

这个常云成倒是不知道。

"当然能看出来啦。"范艺林叹息道，"妇人和姑娘家的身子完全不一样嘛，谁看不出来啊？"

谁看不出来啊？那就是谁都能看出来了？除了自己。

常云成顿时愣住了。

也就是说，大家都知道……

也就是说，大家都会觉得他……

范艺林还要说什么，常云成猛地推开他，转身走了。

"我是不是说错什么话了？"范艺林摸着脖子，"喀喀"地咳了好几下，说道，这才发现自己浑身疼，顿时哀号起来。

"你当然说错话啦！"

回到家躺在床上享受小娇妻伺候的范艺林的额头被重重地戳了下。

这一下正好戳在伤口上，范艺林发出一声哀号。

"你怎么能那样说人家啊？"娇妻恨恨地说道。

屋外，听到原委的王同业愤愤地起身。

"活该！打得还轻了！"他扔下一句，走了。

那些原本要去为范艺林讨公道的后辈们也没了义愤，反而"扑哧"笑着散去了。

"夫人，我真是为了他们夫妻好嘛，咱们家有这味良药，我这不是好心吗？"范艺林依旧委屈地说道。

"你一向自诩聪明，这次可是看错了。"娇妻说道，倚在床上，"人家夫妻两个，可不是不行的缘故，而是，不想。"

"不想？"范艺林捂着头坐起来，一脸惊讶，"谁不想？"

常云成沉着脸迈进屋子时，齐悦已经吃过午饭了，正坐在床上翻看自己写的手术章程。

"你回来了，吃得怎么样啊？"她高兴地冲常云成打招呼。

常云成解下大斗篷扔到一边。

"都出去。"他喝道。

看着常云成那难看的脸色，跟进来的丫头们忙退了出去。

齐悦也吓了一跳，冲阿如等人摆手，阿如这才带着人退出去。

"你又怎么了？"她上前问道。

常云成沉着脸看着她。

"有话好好说，别乱找事啊，这天大的事，只要说开了，就不算事。"齐悦忙说道，"你可别又犯浑……"

她的话没说完，就被常云成打断了。

"睡觉。"他说道。

齐悦愣了下，没听清。

"什么?"她问道,话音未落就陡然"啊"地喊了一声,"你干什么?"

常云成将这女人一把抱起来,向卧房大步走去。

屋子里低低的说话声突然断了,旋即就是拔高的喊声,屋檐下的阿如和秋香立刻冲院子里的丫头们打了个手势,丫头们迅速退下。

这一次闹得比以往要厉害些。

阿如和秋香对视一眼,屋子里除了说话声和骂声,还有瓷器碎裂的声音,两人的神情都焦急起来。

"阿如。"屋内传来齐悦的喊声。

阿如立刻推门进去了,秋香迟疑了一刻,跟了进去。

两个丫头都没敢抬头,看着卧房那边地上破碎的花瓶以及歪倒的桌凳。

齐悦的白裙子出现在两个丫头的视线里。

"拿东西来给世子爷包扎一下。"她说道。

阿如和秋香吓了一跳,抬起头,果然看到那边坐着的常云成额头上有血流下来。

秋香惊叫一声,慌忙上前。

阿如则忙转身去对面屋子里拿了医药包。

常云成不待丫头走近就起身。

"喂,你这样出去,不怕丢人啊?"齐悦喊道。

常云成停下脚。

"丢人已经丢得够多了,还在乎这一次吗?"他吼道,转身摔帘子走了。

阿如拿着医药包,站在那里,不知所措。

"别管他。"齐悦咬牙说道,用手掩着被撕坏的领口,"给我找衣裳。"

阿如应声"是",给那边的秋香打了个眼色。

秋香领会忙出去了。

"少夫人,您这是干什么啊?"阿如这次也急了,跟上进了她们丫头卧房的齐悦。

"自卫!"齐悦挑眉说道。

"您跟自己的丈夫自卫什么?"阿如跺脚道,一面不安地看外边,"要是夫人和侯爷知道了,可怎么办啊?"

"什么怎么办?哦,他现在想睡就睡,那三年前我想睡我怎么不能睡?什么道理!受伤?额头被砸一下还算轻的,你家少夫人呢?死了……"齐悦竖眉说道,话没说完，被阿如扑上来捂住嘴。

"姑奶奶，您小声点儿吧。"阿如出了一身冷汗，低声说道。

齐悦哼了声，坐下来。

阿如看着她裂开的衣服、脖子上紫红的牙印，忙转开视线，转身去柜子里拿衣裳。

屋子里安静下来。

"那您打算怎么办？"阿如拿了衣裳过来，低声问道，带着叹息。

齐悦解开衣裳。

"那要看他打算怎么办。"她说道，"人敬我一尺，我敬人一丈。"

阿如伸手帮她脱衣，换上。

"可是世子爷都这样了，您还想他怎么敬您？"

"喂，他怎么样了？"齐悦看着她，笑道，"我也没想怎么样，很简单，就两个字，尊重。"

尊重？

这尊重到底是个什么东西啊？

阿如愁眉不解。

阿如出来，没看到秋香，知道跟着常云成走了。她心神不宁地走来走去，快要等不下去的时候，终于看到秋香碎步进来了。

"怎么……"她忙上去低声问道。

秋香冲她摆摆手，二人进了旁边的耳房。

"没事，已经包扎过了。"秋香低声说道。

"那侯爷、夫人……"阿如担忧地低声问道。

"路上没瞒住人，侯爷、夫人知道了，世子爷去见了侯爷、夫人，你猜他怎么说的？"

阿如急得都快着火了。

"姑奶奶，别猜了，都什么时候了！"她跺脚，低声道。

秋香抿嘴笑，感叹道："世子爷对少夫人可真是一等一的好啊。"

阿如伸手拧她的脸颊，秋香笑着躲开。

"好，好，我说，我说。世子爷说是和王家的女婿范公子打架打的。"

"什么？"阿如愣住了。

不多时，去王家的人回来了。

"我亲眼看了，范小公子伤得可比咱们世子爷厉害得多。"管家眉飞色舞地说道。

"那是。"定西侯带着几分得意说道，说完又忙收住笑，"老王大人怎么说？"

"老王大人很高兴，说侯爷太小心了，孩子们的事，大人还是不要管了。"管家笑道，将礼单拿出来，"这是老王大人的回礼。"

王同业对于这次定西侯竟然派人上门送礼很是意外。得知范艺林被常云成打的缘故后，他真心觉得范艺林被打得太轻了，这种事就是去道歉他都不知道该怎么开口，没想到定西侯府竟然先上门了。

王同业可不知道常云成只不过是顺手拖范艺林来挡枪，又是激动，又是感慨，觉得定西侯府太给面子了，于是回礼比定西侯的礼更重了几分。这一来一往，两家的关系更好了，这倒是出乎常云成的意料。

常云成没有回院子，而是在书房里胡乱歇了一晚，第二天也无心出门，直到听下人报范家公子来了。

这小混账来做什么？

范艺林也不知道自己为什么要来。他一大早就被老岳丈从温暖的床上拎起来，胡乱吃了口饭就被赶出家门，说什么去慰问下定西侯世子。

挨打的是他好不好，怎么他还要去慰问行凶者？

"少夫人也在里面吗？"他看着引路的小厮问道。

门帘猛地被掀开了，常云成黑着脸站在门口。

范艺林缩缩脖子，只觉得冬日的风越发的冷，但很快他又伸直脖子，瞪眼看着常云成。

常云成的额头被打得不是多厉害，只是破了一层皮，血没流多少，此时有些青肿。

"哎？世子爷你怎么……"范艺林忍不住喊道。

常云成转身进去了，屋帘被重重地放下来。

难道自己当时神勇还手了？范艺林心里惊诧不已，用力地回想，一面迈进屋子。

常云成已经坐在桌子前拿起书。

"少废话，看过了就快滚。"他冷冷地说道。

范艺林没理会，好奇地打量常云成的屋子，一眼就看到里间的被褥以及烧得很旺的炭火。

大早上书房的里间就烧着炭火，说明昨晚上是在这里过夜的。

范艺林对这个场景很熟悉，立刻明白了。

他想起昨天和妻子的对话，常云成夫妇竟然还未同房。如果不是常云成有难言之隐，那就是他们不想，至于是哪个不想，如果说昨天还不确定的话，那么此时范艺林可以确定了。

好个泼辣美人，实在是太让人喜欢了！

范艺林不由得"嘿嘿"笑起来。

常云成听到范艺林的笑，将书猛地拍在桌子上。

范艺林吓得抖了抖。

"世子爷，你放心，我会给你保密的。"他并没有转身跑出去，反而歪坐在椅子上，笑嘻嘻地看着常云成。

"你觉得我需要吗？"常云成看着他，不屑地说道。

"世子爷当然不需要在乎这等小事，但是，"他拍拍胸脯，不小心拍到被打的痛处，呻吟了两声，破坏了淡定的形象，他忙坐正身子，接着说，"但是，我在乎。"

常云成看着他，如同看疯子。

"世子爷对少夫人的这份呵护的心意真是令人钦佩，值得所有人在乎。"范艺林也看着他，神情真挚地说道。

常云成的神情如同见了鬼。

"你胡说什么呢？"常云成很快回过神，沉声说道，却没有再轰人走，而是将桌上的书再次拿到手里，视线却没有落在其上。

范艺林挪到靠近书桌的椅子上。

"世子爷，有夫如此，少夫人真是好命啊。"他感叹道。

是吧，是吧，这臭女人真是身在福中不知福！

常云成握着书没有动。

"不瞒世子爷，我不是你们这里的人，昨晚才听说了少夫人的来历。

"少夫人这等出身，世子爷还能如此相待，真是令人敬佩感动。"

范艺林越说越激动，干脆站起来靠着桌子。

常云成听着他说话，竟忽略了他这随意的动作。

"虽然只接触过两次，不过，我可以看出，少夫人的性子不怎么好。"范艺林终于说到正题，带着几分小心看向常云成，视线落在他额头的伤上，"这是……少夫人打的？"

这一次，常云成没有冷笑，也没有怒视。

"不小心，她不是有意的。"他慢慢地放下书，闷声说道。

"什么有意无意，伤了世子爷就是太过分了。"范艺林愤愤地说道。

常云成看了他一眼，带着警告。

范艺林忙做了个噤声的动作。

"那个，世子爷，"他想了想，压低声音道，"你和少夫人的关系……有些不好啊。"

常云成没理会他，翻着桌上的书。

"我这人说话直，说的不对的，世子爷你多担待。"范艺林接着说道，看常云成没反应，心里放松了些，"那个，世子爷，少夫人之所以如此暴躁，我想是跟你多年未归有关系吧？"

常云成心里哼了声，三年未归，他难道想吗？

当然，要说故意，是有点儿，但那又不是特意针对她，他只是不想回来，不想进这个家而已。

"君命在身，我能自己做主吗？"他将手里的书"啪"地合上，沉声说道。

"可不是？"范艺林立刻大声附和，"这种事又不是世子爷你能做主的，要是能回来，谁不想回家？谁愿意孤身在千里之外的苦寒之地受罪？"

常云成神色稍缓。看来，大家都还是明事理的，只有那女人胡搅蛮缠！

"怎么能说受罪？身为将士，食君之禄，忠君之事。"他淡淡地说道，纠正这个只怕从来不知道什么叫苦寒之地的金玉养成的公子的错误。

范艺林"嘿嘿"笑着点头附和。

"可是，"他笑过之后话头一转，"世子爷，这女人跟常人可是不一样的。"

有什么不一样？常云成忍不住抬头看了他一眼。

"这女人啊，脑子……"范艺林指了指自己的头，压低声音，"跟咱们男人那是完全不一样的。"

没错，那女人的脑子的确古怪得很。

莫非天下的女人都是如此？

常云成脸上浮现出几分好奇。

范艺林歪身坐下来。

"你看啊，就是你在外三年这件事，你、我乃至民众，都觉得这是职责所在君子所为。"他认真地说道，顺手拿过书桌上的笔在手中摆弄，"但是呢，少夫人肯定不会这样想，她呢，一定会认为，你是故意的，你不关心她，你不想见她，你故意冷落她。"

没错，这臭女人说到底就是揪着那三年的事不放！

"简直胡闹之极！"常云成沉着脸说道。

范艺林点点头。美人，为了你将来夫妻和睦、日子和美，我可是下了功夫了，但愿美人你将来知道我的苦心。不过，就算不知道也没什么，我范艺林就是这样怜香惜玉，甘愿深藏功与名。

"不错，'女人'二字，就等于'胡闹'二字。"他含笑说道，"喀"了声，似乎嗓子有些干。

常云成看了他一眼。

"来人，斟茶。"他对外喊道。

屋外侍立的小厮很惊讶，没想到这个王家的女婿不仅没有被三言两语赶出去，还要吃茶了。世子爷今天是怎么了？不是心情很不好吗？

小厮不敢怠慢，立刻进来给二人斟茶。

范艺林客气了几句，端起茶一饮而尽。

"嗯，嗯，好茶。"他一脸赞叹。

少废话。常云成看了他一眼。

范艺林察言观色，忙放下茶杯。

"我方才说到哪里了？"他一拍头，"胡闹，这女人啊，她们的道理就是她们说什么就是什么，所以，你跟她讲道理，那是绝对讲不通的。"

没错，跟这臭女人从来就没道理可讲。

常云成点点头。

"不过，从另一面来说，少夫人如此想，其实也是正常的。"范艺林笑道。

常云成皱眉。

"俗话说'关心则乱''爱之深，责之切'。"范艺林含笑说道，"少夫人是太在乎你，才会如此耿耿于怀啊。要是换作别人，家里任何一个人，你看她还会如此不讲道理吗？"

对家里人……常云成豁然开朗。

可不是，看那女人对家里人，不管是常云起，还是常春兰，甚至自己的外祖母家，她都讲理得不得了，偏偏对自己，就完全不讲理。

是因为……在乎自己？

常云成的心顿时热腾腾起来。

看到眼前的男人陡然露出奇怪的傻笑，范艺林反倒被吓了一跳。

不会吧，一句话就乐成这样，这愣小子也太……青涩了。

常云成收敛神情，看着范艺林。

"好了，你可以走了，送客。"他说道，站起身来。

这是过河拆桥啊！范艺林瞪眼。

"世子爷，你知道了少夫人的心意，那么，你打算怎么办？"他问道。

关你什么事？常云成看着他，脸上写着这几个大字。

当然关我的事！那么一个美人，如果不能被小心地捧在手心呵护，简直是人间惨事，我范艺林怎么能看美人如此薄命？

"你不会想和少夫人好好地说说吧，或者解释解释？"

要不然怎么办？

"有话说开就是了。"常云成说道。

范艺林摇头叹息。

"世子爷，你忘了我说的，女人是讲不得道理的。"他说道，"少夫人以前也闹过吧？"

常云成愣了下。这些夫妻之间的事，他委实不愿意给外人讲，尤其是这个看上去油头粉面的小子。

"少夫人以前闹过，那么依世子爷您的品性，自然是动之以情，晓之以理，是不是？"范艺林笑嘻嘻地问道。

那当然，我自然是讲道理的人。常云成点点头。

范艺林"嘿嘿"笑了。

"那结果肯定是当时好了，过后又闹，对不对？"

常云成拉下脸。

"再次闹的时候还是揪着以前的事不放，对不对？"范艺林接着问道。

常云成微怔。

"闹完了还会说是你不讲道理，对不对？"范艺林又问道。

常云成看着范艺林，神情难掩惊讶。

秋香急匆匆地打起帘子进门。

"少夫人。"她带着几分喜悦施礼。

齐悦没有抬头，"嗯"了声。

"世子爷说，他和范公子出去吃饭，午饭就不陪少夫人您吃了。"秋香乐滋滋地说道。

齐悦"嗯"了声，又猛地抬起头。

"什么？"她看着秋香，露出了然的笑，"喂，你们又添油加醋了？"

秋香忙摇头。

"没有没有，少夫人，世子爷就是这么说的。"

"真的？"齐悦不信。

"真的，奴婢骗您做什么？不信您去问外书房的小厮，大家都听到了。"秋香急道。

齐悦这才信了。

"午饭不陪我吃了？"她重复了一遍，抬头看阿如："他竟然会说出这样的话？不会脑袋被打坏了吧？"

阿如忙冲她做了个噤声的手势。

齐悦笑，不说话了。

"既然这样，秋香，你去跟世子爷说一声，我要练习给燕儿做手术，晚上就不回来吃饭了，也可能回来晚一些。"她说道，停顿了一下，"我也就不能陪他吃晚饭了。"

秋香高兴地应声去了。

永庆府最好的酒楼的上等包间里，范艺林已经喝高了，眯着眼摸着酒壶，听了小厮的回禀，他不由得"嘿嘿"笑出声。

常云成还保持着日常的神情，绷着脸点了点头，说了声"知道了"。

"怎么样，世子爷？这女人啊就是要哄的，不用跟她讲什么道理，对她们来说，好听话就是道理。"范艺林说道，歪在锦团上，"瞧，没什么大不了的，只要说两句好听的，她们就立刻对你好好的。你以前肯定不跟少夫人说好听话，一定是拉着脸……对，对，就是现在这样，就是关心也摆出我不在乎的样子。"

常云成被他说得脸色更难看了。

"花言巧语、油嘴滑舌有什么好的，这些女人真是无聊。"他沉声说道，对于齐悦的反应又是高兴又是不满，自己都不知道是什么滋味了。

"好？没什么好不好的，女人嘛，就跟花儿一样，要养，要呵护，要让她每天都高兴，如同泡在蜜水里，才会开得艳、开得久。"范艺林笑道。

常云成将烂醉的范艺林送回家，谢绝了王家留饭，回到家的时候，天色已经蒙蒙黑了。

虽然知道齐悦不在家,但看到屋子里亮起的灯,他还是觉得心里暖暖的。

"世子爷,可以摆饭了吗?"秋香问道。

常云成摇摇头。

"不用了,我现在不想吃。"

秋香应声"是"就要退下。

"让厨房准备夜宵,等少夫人回来吃。"常云成又说道。

秋香再次应声"是",退了出去。

常云成洗漱过后,还是忍不住走到齐悦这边,点亮灯,看着有些凌乱的桌子。

这女人也是怪,自己不收拾桌子,也不让丫头收拾,说什么一收拾东西就找不到了。

摆这么乱才找不到吧。

常云成笑了笑,在齐悦常坐的椅子上坐下来,似乎能闻到淡淡的脂粉香气。

他拿起一张纸,见上面鬼画符似的写着满满的字,一阵狂风猛地打到窗户上,引得烛火猛烈地跳动。常云成伸手拢了拢烛火,低下头,认真地看起来。

风刮过,齐悦将帽子扣紧,看着胡三等人再次挤在一起瑟瑟发抖。

"没关系,习惯就好了。"她又好奇地问刘普成:"老师,你第一次来这里时,害怕吗?"

刘普成的胡子被风吹得乱飘,他伸手捻住。

"害怕啊。"

胡三等人听了,感觉好了些。

"师父也会害怕啊,我们还以为师父什么都不怕呢。"他们笑道。

气氛缓和了很多,此时他们也到了义庄前。

冬日大风的夜里,义庄更加瘆人。

一盏灯忽地出现在夜色里,冲他们飘过来。

胡三忍不住一声惊叫。

"刘大夫,你们来了。"棺材仔说道,将灯举高一些,照出自己的形容。

他对着刘普成说话,视线却落在齐悦身上。

齐悦跟第一次一样,头脸被蒙着,只露出一双眼睛。

她看着棺材仔,微微一笑。

"快请进吧。"棺材仔忍着激动的心情带路。

相比上一次,胡三等人的表现稍好,但当齐悦划开尸体的口鼻时,他们还是忍不住一阵骚动，相继转开视线。

这一次，齐悦主要是和刘普成试验点蓝画线，对于他们的反应，没有斥责。

"要做到精确的解剖对位……最关键的是口轮匝肌复位，要不然会影响整个上唇的运动功能。"

齐悦一面说一面操作。

"口轮匝肌是什么？"

棺材仔的声音从一旁传来。

刘普成有些意外，没注意到棺材仔竟然还在这里。

齐悦抬头看了他一眼。

"喏，就是这个。"她用手中的剪子指给他看。

棺材仔见她邀请，立刻走近。

"我从这里全层斜切开……然后皮肤……肌肉……黏膜……分离……刘大夫，你需要在这时候帮我牵拉。对，就这样。"

"这里是鼻小柱与鼻翼分离剪断，我会在这里分成三个肌肉瓣……三个交叉缝合。针。"

齐悦伸出手。

刘普成拉钩，正好在另一侧，够不到针线，胡三等弟子还在哆嗦，阿如虽然不至于不敢看，但身子僵硬，完全动不了。

真做手术时，自己一定要将针线都放在身边，要不然就麻烦了。

齐悦准备松手去拿针线。

棺材仔拿过来递给她。

齐悦对他一笑："还有镊子。"

棺材仔也笑了，眼睛亮亮的，立刻转头。

不过，镊子？

"左边第三个。"齐悦说道。

棺材仔"哦"了声，好奇地拿起那个奇怪的工具，递给齐悦，眼睛一眨不眨地看着她的手，一步也不肯放过。

齐悦脑子里回放着自己设计、演练了好些遍的缝合步骤，动作利索。

Z形唇红缝合，薄侧唇红移行部切开，唇形唇红三角瓣嵌入……

这期间，棺材仔或者帮她递手术工具，或者协助刘普成拉钩夹唇，完全参与到手术中来，除了在面对各种工具时会短暂迷惑，其他的全无生疏。

"行啊，小哥。"齐悦看着他，带几分赞叹。

棺材仔被她一夸，神情有些不自在。

"喂，我请你做我的助手吧。"齐悦说道，越发觉得这孩子很好用，光这份冷静，就能在手术时帮上大忙。

刘普成忙咳嗽一下。

棺材仔亮了一下的眼瞬时又黯淡下去。

"娘子抬举了，我这低贱之人不敢。"他淡淡地说道。

"怎么低贱了？"齐悦瞪眼说道。

怎么低贱？屋子里的人神情很复杂。这还用说吗？

"不过我说真的。"齐悦说道，"小哥你考虑一下。"

棺材仔笑了笑，没有说话。

说真的？这是世上最假的话了。

她不就是为了这些尸体吗？不用如此讨好他的，大家各取所需罢了。

刘普成等人很快离开了，棺材仔随意地将钱扔在屋子的墙角，拿出自己的针线，再次来到停尸房。

他站在那具尸体前，掀开白布，露出胸膛，拿起刀子划开肌肤，看了眼口鼻部位的缝合线痕迹，拿起针线。

"这样的缝合……"他回忆方才看到的，一面喃喃自语，一面飞针走线。

这一次踏入家门刚过酉时，齐悦吐了口气，要是都是这样的时间，那么以后她就不用编造半夜急诊的谎话了。

听到那边的动静，常云成立刻站起来走到齐悦屋里。随即有人推门进来，却是丫头阿好。

"少夫人洗漱去了，我来拿衣服。"她低着头说道。

常云成"嗯"了声，坐下来。

阿好低着头，匆匆地从一旁的衣柜里拿了衣裳，退了出去。

似乎过了很久，伴着外边值夜丫头问安的声音，屋门再次响动，齐悦披着洗浴后的水汽进来了。

"哎，你又没睡啊？"她问道，抖着头发。

常云成看着她。

"怎么这么晚才回来？"他皱眉问道。

齐悦撇撇嘴，刚要说话，就听常云成"喀"了一声。

"累了吧。"他接着补充一句。

616

齐悦抬头看他，一脸审视。

常云成被她看得浑身发毛。

"看什么看？"他粗声说道。

齐悦冲他一笑。

"这次正常了。"她点点头，说道。

常云成反应过来，心头"噌噌"冒火气，一把抓住从身边晃过的齐悦。

"喂，你又想干吗？再添新伤口还能推到范家公子的身上吗？"说到这里，齐悦忍不住笑起来。

常云成看着这女人的样子，闷气顿时又消了。

"世子爷，少夫人，夜宵来了。"

门外丫头的话让二人分开了。

看着鲜香可口的清粥小菜，齐悦再次对常云成道谢。

常云成坐在她对面没有说话。

气氛到底有些尴尬沉闷，齐悦便也不再说话，两人各自吃粥。

"对女人呢，要夸她，要体贴她，要时时说'我知道你辛苦了''我知道你受委屈了'，别管有没有辛苦受委屈，只要这样说就没错。"

常云成咽下一口粥。

"以前你受委屈了。"他说道。

齐悦吃了一口粥，抬头看他。

"什么？"她含糊地问道。

这臭女人是不是故意装傻啊？

"以前……"常云成粗声说道，耳边又响起范艺林带着醉意的话，"和女人说话一定要和颜悦色，要多甜就有多甜。"

"你受委屈了。"

常云成的后半句话陡然降调，且有些扭曲，似乎有人突然掐住了他的脖子。

齐悦含着勺子正等着他说完，此时听了，扑哧一声，不小心呛着了。

"你这个臭女人！"常云成恼羞成怒，拍桌子起身走了。

早知道范艺林这小混账出的主意靠不住！是自己昏了头，居然听信了！

齐悦"喀喀"几声好容易止住，再看常云成那边，已经熄了灯。

自己不会真下手重了打伤他的头了吧？

一夜无话。

617

第二日，夫妻二人沉默地吃完早饭，常云成提脚要走时，齐悦唤住他。

"熬了消毒的汤药，我给你擦擦。"

依着以往，常云成应该甩袖子就走，但他生生忍住了。

阿如将熬好的汤药端进来，齐悦亲自剪了几块棉布在其中浸泡，让常云成坐下。

阿如迟疑了一下，低头退了出去。

齐悦用镊子夹了布，仔细地擦过常云成额头上的伤。

因为药液的刺激，常云成稍微偏了下头，齐悦的手便立刻轻了几分。

这女人……是因为在乎自己……

常云成紧绷的身子松弛下来。他坐着，女人站着，软软的带着淡淡药香气的身子近在眼前。

"你用的什么香？挺……挺好闻的。"他忽地说道。

齐悦愣了下，举起袖子闻了闻，反应过来，是昨晚从义庄回来后泡的消毒汤药。

好闻？不太好闻吧。

"去药铺多了，不觉就染上了药味吧，不是什么香。"她笑道，放下棉布，"好了，过两天就好了。"

她话音才落，常云成伸手环住她的腰，她的人便贴在常云成身上。

齐悦又紧张起来。

"喂，你又……"

"以前让你受委屈了。"常云成低声说道，打断了齐悦的话。

又是这句话。

感觉到他没有进一步的动作，只是不松不紧地抱住自己，齐悦放松了一些。

"喂，不是说不提以前了吗？"她干笑道，举着手，不知道该往哪里放。

"不提是不提，但不能不知道。"常云成抬起头看着她说道，"我不能不知道你受的委屈。"

这人……还真是不正常……

这样的常云成她还真是不习惯，该不会真受刺激脑子出问题了吧，她还是别再刺激他了。

"其实，也没受什么啦。"她干巴巴地说道。

这女人果然没有像以前那样跳脚夯毛，也没有一副"你没理"的表情。

这就是那小混账说的，女人的心很软的，你退一步，她就能退十步吗？

· 618 ·

常云成嘴边忍不住浮起笑意。

接下来，常云成都在齐悦的面前晃来晃去，而且带着那诡异的笑以及诡异的说话腔调，让齐悦浑身发毛。趁着他上净房，齐悦忙招来丫头。

"昨天下午到我回来，世子爷没受什么刺激吧？"她低声问道。

秋香不知道说了什么。齐悦"哈哈"笑了。

"笑什么？"常云成出来了，问道。

齐悦挥挥手，三个丫头忙退了出去。

齐悦看着常云成笑。

"你笑什么？"常云成被她笑得浑身不自在。

"你怎么和范公子喝酒去了？"齐悦手拄着下颌看他。

"我怎么不能和他喝酒？"常云成皱眉道。

"不是说物以类聚吗？"齐悦笑道。

常云成要瞪眼，又想到范艺林的指点。

"你别总是瞪眼。你的眼大，瞪眼很吓人的，女人都胆子小，而且最爱胡思乱想，你一瞪眼，没事她们也能想出事来。所以还是眯眼吧，眯眼让你看起来更……亲和一些。"

常云成瞪到一半的眼便慢慢地眯起来。

齐悦一直看着他，所以很清楚地看到了他的变化，她先是目瞪口呆，然后"哈哈"笑起来。

常云成顿时涨红了脸。

"你这臭女人笑什么笑？好好说话会死啊？"他拍桌子喊道，范艺林的话被他一瞬间抛到脑后。

齐悦继续大笑："你这家伙，到底搞什么啊？你好好说话会死啊？"

常云成甩袖子就走。

齐悦忙上前拉住他。

"好了好了，我不笑你了。"她说道，抿住嘴，旋即又"扑哧"笑出来。

常云成甩袖子。

齐悦赶紧拉住。

"好了好了真不笑了。那个，你的心意我知道了。"她说道，"我原谅你了。"

"我用得着你原谅？再说，我有得罪你？"常云成转头看着她。

齐悦笑了，拍拍胸口。

"好了，正常了，这才是你说的话嘛。"她笑道，意味深长地看了眼常云成，"别跟那小子学。"

常云成脸色青了又红，红了又白。

这臭女人……居然一直在看他的笑话。

齐悦拍了拍他的胳膊，抿嘴笑着转身走开了。

"哦对了，"她又停下，转头看着常云成一笑，"我还是喜欢你这样的。"

常云成只觉得脑子里"轰"的一声。

那种浑身爬虫子的感觉又来了。

齐悦说了这话，自己倒没什么感觉，看到这个年轻人有些笨拙的改变讨好，心里有些说不上来的滋味。

她笑着才走了几步，就陡然被身后跟上来的人抱住了。

他抱得很用力，勒得她不由得咳了两下。

身后的男人浑身热气腾腾，如同刚泡完热水澡。他似乎想说些什么，却"吭吭哧哧"，什么也说不上来。

因为齐悦是背对着常云成，两人都看不到对方的脸，感觉倒没那么紧张了。

齐悦脸微红。

"那个，我打你是有些鲁莽，但是也不能算错，这件事就算过去了。"她慢慢地说道。

常云成哪里听得到她说了什么，满耳满心都在咕嘟冒泡，又软又香的人在怀，而且第一次没有挣扎抗拒。

虽然这女人说不吃自己这一套，但看起来，那些话以及表现起效果了。

事情终于过去了吧。

"那，咱们睡觉吧。"他哑着嗓子说道，一双手上移。

阿如、秋香刚打发鹊枝离开院子，转身回来，就听到正屋里传出齐悦的尖叫，紧接着便是"噼里啪啦"的声响。

二人对视一眼，看到了对方的无奈。

范艺林接到小厮的消息，逐一向妻子、岳母、岳父告假。

"别乱说话啊，人家夫妻的事你可别乱说。"妻子嘱咐道。

"年轻人说话注意点儿啊。"岳母眯着眼捻着佛珠说道。

"该说就说，不该说就喝酒，别给我惹事。"岳父瞪眼喝道。

三个人三句话，表达的是同一个意思。

这让范艺林很郁闷。他是那种说话不注意的人吗？他多会说话啊！能让凶神恶煞的世子爷从看都不想看他一眼，到经过短短一天就亲自请他喝酒的地步，这难道还不够证明他的魅力吗？

包厢里，常云成已经坐了好一会儿，面前摆着的菜没动，酒已经吃了不少。
"难道少夫人还是不肯和好？"范艺林看着他的脸色，很惊讶。
不可能啊，自己的经验怎么可能不管用？
"也算和好了。"常云成闷声说道，再次斟酒。
范艺林松了口气。我说嘛，怎么可能？
"那……"他又不解地问道。
常云成一饮而尽，没说话。
范艺林看着他阴沉的脸，一瞬间明白了。
"少夫人还是不让你近身？"他压低声音问道。
这种事难道真的到了尽人皆知的地步了吗？
那他常云成原来已经成了整个永庆府的笑话了吗？
常云成将酒杯重重地拍在桌子上。
范艺林吓了一跳，但也算得到了答案。
"哎呀，哎呀，这有什么？"他忙"哈哈"笑道，亲自过来给常云成斟酒，"这明明是女人在害羞呢。"
害羞？
常云成怔了下。
范艺林"喀"了声，眼睛闪闪发光。
"是……刚才？"他眨眨眼，问道。
常云成知道他问的是什么，吃了酒的脸微红。这种事……
他不咸不淡地"嗯"了声。
范艺林"嘻嘻"笑。
"那，她说不，你就不了？然后就出门了？"他压低声音再问道。
那还能怎么样？
常云成瞪他一眼。
范艺林"啧啧"摇头，忍不住笑。
年轻人啊，太年轻啊。
"来人。"他忽地朝外拍手喊道。

小厮立刻进来了。

"快去快去，将侄少爷说的醉仙楼的那两个粉头给我叫来。"范艺林搓着手笑道。

小厮吓了一跳，冲范艺林使眼色：少爷，咱们的零花钱可早就没了，侄少爷说的那两个粉头价钱可是很高的，难不成要赊账？岳父老爷知道了，还不打断你的腿？

范艺林自然明白小厮的眼神，也冲他使眼色，然后往常云成这边看。

小厮领会，兴高采烈地去了。

"好好的又找那些女人来做什么？聒噪。"常云成皱眉说道。

"放心放心，这次不是让她们来唱曲儿的。"范艺林冲常云成"嘿嘿"笑，"世子爷，你是怎么……怎么跟少夫人……那啥啊？"

这是什么话！亏他敢问！常云成端着酒杯眯眼看他。

这男人瞪眼吓人，眯起眼也很吓人呢，范艺林不由得缩缩头。

不多时，莺声燕语，香气扑鼻，两个花枝招展的女人进来了。

范艺林本着师者为尊的原则挑了中意的，然后将另外一个打发给常云成。

"来，美人，香一个。"范艺林乐不可支，搂着粉头就嘴对嘴地吃酒。

常云成有些不耐烦。

"公子……爷……"旁边的粉头也要凑上前，被常云成瞪了眼，吓得到嘴边的话硬生生地咽了下去。

招妓女陪酒这种事很常见，常云成也没什么嫌弃的，只是有些不耐烦，自己端酒吃了。

他旁边的粉头有心凑趣，但察言观色又不敢上前，只得老实地给他斟酒。

不知道范艺林做了什么，女人发出一声惊叫，扭捏地边笑边躲："不要嘛。"

范艺林扯着她不放，贴在她耳边说了什么，女人又娇嗔地看了他一眼。

常云成重重地咳了下。

"世子爷，你看到没？"范艺林忙说道，拥着女人，凑上去重重地亲了口。

"哎呀讨厌，不要嘛。"女人娇笑着推搡他。

范艺林笑哈哈地又重重地亲了下。

常云成移开视线。

"世子爷，你看到没？我说过了，这女人就等于'胡闹'二字。还有一点，这女人也等于口是心非，所以，当她们说'不要'的时候，你可千万别当真。"

什么乱七八糟的！常云成皱眉，站起身来。

622

"还有，这种事，一定要温柔，一定要够坚持。女人嘛，要面子的，你给足面子，她才会觉得受到尊重了。"范艺林百忙之中不忘抬起头说道。

"尊重"二字让常云成一顿。那女人常常说要的就是这个吧。

第二十二章 喜 欢

常云成回到家时，屋子里已经没了齐悦的身影。

"世子爷，少夫人去千金堂了，方才有人来请，说是重症……啊……伤。"秋香小心地说道。

常云成"嗯"了声，摆摆手。

"准备夜宵吧。"

秋香松了口气，高兴地应声"是"。

"还有，少夫人走的时候说，让世子爷您先吃饭，别等她。"她转了转眼珠，又说道。

常云成看了眼这丫头。

秋香心虚地低下头。

"她有什么好的，值得你们这样护着她。"常云成的语气带着几分调笑。

秋香看了眼他的脸色。

"世子爷不是也对少夫人这样护着吗？"她大着胆子说道。

原来大家都看得到。常云成不由得笑了笑。

那个女人其实也看得到吧，要不然也不会说出喜欢自己的话。

想到她说出的那句话，常云成的笑便忍不住了，那种浑身麻酥酥的感觉又来了。

他摆摆手。

秋香高高兴兴地退了出去。

从屋子里出来的秋香容光焕发，赶着丫头们快去让厨房好好地准备夜宵。这种轻快的气氛持续着，以至一个人吃晚饭的常云成脸上也难得地挂着笑容，比往常在谢氏那里还多吃了一碗饭。

然而，此时的酒楼里，只裹着一条单子的范艺林却谈不上愉快，而是傻了眼。
"什么？世子爷没给钱？"他结结巴巴地问道。
两个小厮面色惊恐地点头。
"不只粉头没给钱……连酒楼的酒菜也没给钱……"他们结结巴巴地说道。
"太没人性了啊！"范艺林惊骇悲愤地喊道。
门外响起杂乱的脚步声，旋即门被"咚"的一声踢开了。
"哪个？哪个孙子吃花酒不给钱的？"
四五个凶神恶煞的大汉拿着棍棒拥进来。

常云成早忘了范艺林这件事，看到被带进来的小厮，不由得吓了一跳。
"要我付钱？"他问道。
那鼻青脸肿的小厮尴尬地抬头看了眼，飞快地点头。
"且不说人称'陕西第一盐'的范家有没有钱，就是拥有'永庆小江南'之称的王家，也不会连一顿酒钱都付不起吧？"常云成笑问道，"还是一门心思要讹我一顿？"
小厮一脸苦笑。
"世子爷，回家拿钱会被打死，不回家拿钱也会被打死，您老就救人一命胜造七级浮屠吧。"他一跺脚，只得叩头说道。
常云成明白了，忍不住再次大笑起来，将一袋子钱扔给他。
"没胆子还出来装什么风流。"
小厮忙叩头捡起钱就跑，跑了两步又回来了。
"世子爷，少爷让我告诉您，他今日是因为又说错话被您打了，您可千万记着，好人做到底，派人去送个赔不是的礼物，等他日后一并回报您的恩情。"小厮一口气说完，顾不得等常云成回话，忙忙地跑了。
常云成"哈哈"大笑，笑声未落，就见又有人跑来。
"怎么？还有什么要交代的？"
"世子爷！"来人是两个婆子，声音惊慌，"少夫人在不在？"
"她不在。"常云成说道，借着院子里的灯看着这两个婆子，发现有些面生。
两个婆子没料到少夫人不在，顿时更加惊慌。

"了不得了，这可怎么办？"

"什么事？"常云成皱眉喝问道。

"朱姨娘生不下来啊，稳婆说要不好了！侯爷让少夫人快去看看。"婆子们说道。

常云成点点头，立刻盼咐人去千金堂请少夫人回来。

下人应声要去，又被他喊住。

"我亲自去吧。"他大步迈出去。秋香忙忙地拿起大斗篷跟上。

才入夜，街上还很热闹，因为赶得急，常云成直接骑马去了。千金堂还没关门，虽然人比不上白日里，但还是有看病的、抓药的进进出出。

常云成翻身下马走进去，立刻有杂工迎上来，待看清是他，面色瞬时变了。

"世……世子爷。"他结结巴巴地喊道。

常云成点点头。

"去请少夫人来，家里有事。"

那杂工还站在原地，似乎没听到他的话。

常云成皱眉，干脆自己走进去。

"大师兄。"那杂工扯着嗓子喊了声，声音似乎要掀翻屋顶。

大师兄张同刚刚接诊了一个骨折病人，被这一声喊吓得差点儿跳起来，气呼呼地从问诊室里冲出来。

"怎么回事？干什么呢？大呼小……啊！"他大声喝道，话没说完就变成一声惊呼。

常云成已经走到张同面前。

"她在吧？"他问道，就要往里走。

张同额头的汗一瞬间全冒出来了，瞪着眼，张口结舌，看到常云成要迈步，下意识地就移身挡住了路。

常云成停下脚看着他。

"世子爷，您……您稍等，我去……去……"张同结结巴巴地说道。

天啊，他去哪里将少夫人立刻叫出来啊？

常云成的脸色沉下来。

"她在哪儿？"他看着张同，慢慢地问道。

义庄里。

阿如的角色已经完全被棺材仔取代了，他甚至还能腾出手协助刘普成拉钩牵线。

有了他的协助，齐悦的缝合练习完成得比上一次更快。

"这种叫蚊式止血钳，止血用的。"齐悦说道，看着好奇地翻看她的工具的棺材仔，越看越满意。

棺材仔"哦"了声，认真地看着蚊式止血钳。抬头看到这蒙着脸的女人对着自己笑，他不由得有些不自在。

"小棺，我上次说的事，你想好了没？"齐悦笑眯眯地看着他，问道。

什么事？棺材仔愣了下。

"当我助手的事啊。"齐悦笑道，"这个手术呢一定要快，动作要利索，这就要求手术配合必须高效。如果你能协助我，那样刘大夫可以专心地观测麻醉状况，避免出现麻醉意外。"

"你说真的？"棺材仔问道，放下手里的钳子。

"我当然说真的了。"齐悦笑道。

棺材仔看着她。

"你不知道我是什么人吗？"他也笑了，只不过这笑有些嘲讽。

此时所有人都站到了一起，刘普成正在指挥胡三等人收拾操作台，整理尸体，这也是让胡三等人尽快适应。

"师父，他是棺材仔，是跟死人打交道的，多不吉利啊。"胡三忍不住喊道。

棺材仔淡淡地笑着，对这些话没有丝毫不悦。

"我知道啊。"齐悦笑道，"那怎么能叫不吉利呢？你们想想啊，整天跟死人打交道的，那岂不是沟通阴阳？对生死一线的病人来说，有这样的人坐镇，那是大大的吉利啊。"

满屋子的人都愣住了，包括棺材仔。

是这样的吗？

棺材仔看着这女人。

"喂，你给多少钱？"他忽地问道。

齐悦"哈哈"笑了。

"我觉得你很值钱。"

棺材仔看着她，笑了。

就在此时，门"咚"的一声开了。

这突然的动静吓得胡三等人惊叫一声，抱头蹲下去。

齐悦、棺材仔、刘普成看向门外。

门口惨白的灯笼下，常云成神色阴沉地看过来。

所有人都愣了下，胡三再次发出一声惊叫，比方才那声以为见鬼了更大声更惊恐。

阿如脸色惨白地跪下了。

刘普成亦是神情尴尬。

门响和惊叫过后，室内一阵诡异的沉默。

棺材仔还认得这个男人，面色惊讶，再看到其他人的反应，有些不解：定西侯家好像不负责盗尸之罪吧？那么这位身份、地位高高的世子爷来这里做什么？

棺材仔刚要开口，齐悦先说话了。

"你怎么来了？"

常云成看着她，没说话。

"那个，我可以给你解释的，你听不听？"

棺材仔的视线在这两人身上转了转。他们认识？

"朱姨娘生不下来。"常云成缓缓地说道。

这两个人说的似乎不是同一件事，对话也对不上。

齐悦"哦"了声，喊了声"阿如"，同时将身上的罩衫、帽子、口罩、鞋子利索地褪下。

阿如颤抖着慌忙将一旁的医药包、器械包抱起来，齐悦伸手接过，疾步就走。

夜风吹得薄门板"吧嗒"响，屋子里的人才回过神，门口已经空无一人。

她就这样走了？

"这位娘子是稳婆？"棺材仔忍不住问道。

刘普成神情忧虑焦急。

"啊。"他含糊地答道，也不知道答的是"是"还是"不是"。

这下要糟了。

回到家，用汤药冲浴过的齐悦顾不得擦干头发，捂上帽子就直奔朱姨娘的院子。

院子里灯火通明，进进出出的仆妇神色焦急，屋子里传出朱姨娘一声大一声小的惨叫。

鹊枝和阿好一个捧着已经消过毒的器械，一个捧着衣裳、帽子、手套、口罩，小跑着跟过来，慌忙地帮齐悦穿戴好。

"你怎么来了？快回去！这里是你来的地方吗？"谢氏看到常云成，忙喝道。

常云成看了眼屋子，冲谢氏施礼，走开了。

屋子里，三个接生婆都急得满头大汗，不停地要朱姨娘用力，但朱姨娘除了嘶喊两声，却是半点儿力气也用不上。

阿如利索地安置了血压计、体温计，鹊枝和阿好第一次见到这种状况，又怕又惊，手足无措地站在一边。

"子宫收缩乏力。"齐悦检查后说道，"剖吧。"

她说着，展开医药包。

屋子里的产婆听得一头雾水。

"朱姨娘，你现在宫缩持续时间短且不规律，会导致产程延长甚至停滞，所以我要给你剖腹，以取出胎儿。"齐悦俯身在朱姨娘面前大声说道。

朱姨娘已经痛得神志昏昏。

"什么？"朱姨娘恍惚地问道。

"姨娘，少夫人要给您剖腹。"素梅急急地喊道。

朱姨娘听清了，猛地瞪大眼。

"剖腹……"她猛地抬起身子，抓住齐悦的胳膊，"是……是和那个叫阿好的丫头一般？"

"是，就是那样。"齐悦点点头，"所以你别怕，肯定没事的，我能保证你们母子平安……"

她的话没说完，朱姨娘就尖叫起来，狠狠地推搡拍打齐悦。

"你要害我！你要害我！谁让你来害我的？"她癫狂地喊道。

齐悦被吓了一跳，阿如慌忙上前阻挡，挨了好几下。

"我是在救你，你已经没力气生了，这样下去，会母子都危险的。"齐悦忙解释道，一面看向稳婆们："你们告诉她现在的状况。"

她说的现代医学词汇朱姨娘听不懂，那这些婆子说的话朱姨娘总能听懂吧。

稳婆们七嘴八舌地说完，又忍不住看齐悦。

"但是，剖腹是什么？"

"就是把肚子割开，从子宫里直接把孩子取出来，不经过产道。"齐悦解释道。

稳婆们神情惊恐。

齐悦再次劝说朱姨娘，再三保证她一定安全。

"我知道，"朱姨娘喘着气说道，"我知道少夫人能保命，但是……但是我不

要……我不能肚子上留疤。"

这个原因啊。齐悦愣了下。

"但是，你的情况太危险了，跟美比起来，命都不重要了吗？"齐悦急道。

朱姨娘虚弱地笑了。

"少夫人，"她看着齐悦，一阵宫缩到来，疼得她脸部变形，她的手却紧紧地攥住齐悦的胳膊，"美，就是我的命啊……没了这个……我就没命了……"

定西侯是个没情义的男人，但在这个家里，这些女人都只能依附他，而唯一能系住这个男人的，只有那转瞬即逝的美貌了。

齐悦明白了她的意思。

"少夫人，这就是我的命。"朱姨娘松开手，颓然地躺下。

"少夫人，难道没有别的办法吗？"阿如抬头问道。

别的办法……齐悦皱眉，心中焦躁。遇到这种情况，她哪里需要去考虑别的办法？孕妇能生就生，稍有危险，立刻就送去剖了，还用考虑什么别的办法？

"别的办法……"她喃喃地说道，一面抬手拍头。齐悦，快想啊，快想啊，书上有没有学过？临床上有没有见到？

没有安定，没有缩宫素，没有……都没有。

冷静，这个，这个的要义就是加强宫缩，加强宫缩的办法……

"好，现在大家听我的，首先……"齐悦深吸一口气，说道。

阿如神情惊喜。她就知道少夫人一定有办法。

"首先去请个大夫来。"齐悦喊道。

屋子里的人瞬时愣住了。

"请什么大夫？"一个仆妇问道，"女人生孩子怎么能让男人进来？"

"别跟我废话！生病、生孩子都是鬼门关，什么男的女的，救命面前没有男女！"齐悦喊道。

鹊枝转身跑了出去。

外边的谢氏听到了，嗤笑不已。

"真是……"她站起身来，"我回去了，你们准备准备吧。"

准备的自然是后事。

"咱们家的规矩，没养成的孩儿不能算家里人，找个地方扔了吧。"谢氏提脚前又嘱咐道，"至于大的，活下来了就好好养着；活不下来，没生养过，自然也不能进祖坟。"

"是，夫人，我们都知道。"仆妇们低头说道，带着几分轻松随意。

一大群人拥着谢氏"呼啦啦"地去了。

因为事情紧急，鹊枝请来的是最近的大夫。大夫听说是给难产的产妇看病，吓得摆手不肯来，鹊枝也没废话，直接盼咐小厮将人架了过来，扔进朱姨娘的屋子里，大夫都吓瘫了。

"我不会治这个啊！"他喊道。

听得一声妇人的惨叫，大夫不由得抬头看去，见产床上躺着一个奄奄一息的产妇，他吓得忙又低下头。

"给她搭上手术单！"齐悦喊道。

阿如立刻和阿好撑起单子，遮挡住朱姨娘的身子。

"大夫，你听着，我现在要加强她的宫缩。我已经人工破膜，你现在想法子给她加强刺激，刺激宫缩。"齐悦说道。

大夫颤抖着站起身来。

"强……强刺激……"他结结巴巴地说道。

"对，别说你不懂，我知道你们学的都是全科。"

大夫一咬牙走过来，先是搭手诊脉。

"要大补气血。"他喃喃地说道，"用党参、黄芪、当归、白芍、川芎、枸杞、龟板熬汤药来。"

"鹊枝，记住了没？"齐悦说道。

"记住了。"鹊枝转身奔了出去。

"少夫人，血压升高了。"阿如喊道。

齐悦立刻听诊胎心。

"大夫，快点儿加强刺激。"她急道。

大夫深吸一口气，打开医药箱，拿出银针。

"那这位夫人，我只能得罪了。"他似乎下定了什么决心，"我要下针了，你们可别怪我失礼。"

"都什么时候了，治病救人，谁会怪你啊？"齐悦瞪眼说道。

那大夫带着几分愤愤嘀咕道："谁会怪我？怪我的人多了。"

"哎呀行了，有我在，谁敢怪你！"齐悦急道，"快点儿！"

大夫吓得一哆嗦，伸手掀开盖着朱姨娘的单子。

素梅等仆妇惊慌地叫了起来。

那大夫充耳不闻，目光扫过朱姨娘裸露的下身，抬手将银针刺入子宫穴。

院子里，随着谢氏的离去，那些仆妇也都散去了，只有两三个粗使丫头站在

院子里，听着屋子里不断传出的说话声。

粗使丫头们不由得打了个哈欠，刚要靠在柱子上打个盹，就听到一声婴儿的啼哭传来。

齐悦回到院子里时，天已经亮了，她在阿如这边洗漱完，才迈进屋子里。

常云成歪坐在她睡觉的罗汉床上，手里拿着一本书，晨光笼罩的屋子里，烛火还在跳动。

听到动静，他的头都没抬一下。

齐悦抓了抓湿漉漉的头发。

"朱姨娘生了。"她主动开口。

常云成没理会，依旧看着书。

好吧，这件事对他来说没什么意思，给定西侯说还差不多。

齐悦吐了口气。

"那个，我搬出去好了。"她说道，果真要往外走。

"站住。"常云成喝道。

他手里的书被重重地砸在地上，发出一声巨响。

齐悦乖乖地站住了，转过身，没有害怕，也没有惊慌。

"好吧，我知道这有些骇人。"她将手举在身前，说道，"但是，你看……"

她说到这里，笑了笑。

"大家都看到我技术娴熟，能为人不能为，"她说道，"其实，我跟别人没什么区别。就像那个谁写的那个《卖油翁》中说的，'无他，惟手熟尔'，我这些光鲜的技艺就是由这些不光鲜的事练成的。"

常云成只是看着她。砸了那本书后，他就没有再动作。

"开膛剖肚啊什么的，我不可能生下来就会，就是练啊练啊。就像你们打仗，知己知彼方能百战不殆，我治病也是这样，首先要熟悉身体的构造。怎么熟悉呢？那就只有亲自看喽。所以这次燕儿的手术，我必须多练习。"

常云成看着她，冷笑一声。

"行，你不用冷笑，我知道，对你们来说，这种事实在是难以接受。"齐悦摊手说道，"你什么都不用说，我知道这事是我不对，也没什么可解释的，我这就搬出去。如果还不行，我说过的和离的事……"

她说到这里，常云成猛地拍了下桌子。

"闭嘴。"他喝道。

齐悦便乖乖地闭嘴了。

常云成看着她，面色阴沉。

室内陷入沉默。

"不至于要官府……"齐悦忍不住再次开口。

常云成再次拍了下桌子。

"喂，你差不多就行了啊。"齐悦这次也竖眉了，"隔行如隔山……"

常云成站起来，黑着脸走过来，齐悦转头就跑。

"动手非君子……"她喊道，没跑几步就被常云成一把揪住。

"你要是动手，我可就不客气了啊！"齐悦喊道，话音才落，便身体悬空，头晕目眩，整个人被常云成夹在胳膊下。

她发出一声惊叫，下一刻就被夹着走回罗汉床边，被面朝下扔在床上。

还没从头晕中醒过神，下一刻，一巴掌重重地打在屁股上，打得刚要起身的齐悦又趴回床上。

这要是搁在军中，常云成的大拳头早不分地方地乱打过去了。

常云成举着手，目光四下游弋，最终，巴掌落在屁股上——这里肉多，打上去不至于有个好歹。

"说，为什么骗人？"他一面重重地打了两下，一面喝道。

"我没骗人，这是事实……啊！常云成你浑蛋！再打！你再打试试！啊！你还真打啊！"

门外的阿如听到齐悦的哭声从里面传出来。

是真的哭声。这还是阿如第一次听到这女人哭，她想进去，秋香死死地拉住她，冲她摆手。

哭声渐渐小了。

"哭完了没？"常云成的声音从头顶落下来。

齐悦干脆不起身，扯过被子蒙住头。

常云成一把掀掉被子。

"哭完了就说！"他吼道。

"说什么说？"齐悦翻身坐起来，不过因为屁股疼立刻又歪倒了，"我要说的就这些，你爱咋咋地！"

"你骗人还有理了？"常云成瞪着她喝道。

"我……我就有理了。"齐悦哼道。

常云成扬起手，齐悦抱起被子往后躲，但哪里躲得过，常云成长臂一伸，将

她拎到身前。

"你骗我？你为什么骗我？"他再次喝问道。

"我不骗你，你会让我去吗？"齐悦瞪眼问道。

"我为什么不让你去？"常云成看着她，咬牙说道。

啊？齐悦愣了下。

"因为，这……这个……这个很吓人啊。"她磕磕巴巴地答道。

"你是觉得我胆子小，你玩个死人我就能被吓到？"常云成冷笑着问道。

"你……不怕？"齐悦看着他，试探地问道。

"你都不怕，你觉得我还不如你这个女人？"常云成用力摇了摇她。

齐悦被晃得头晕，忙抓住他的胳膊。

"别晃别晃，我晕。"她再次看着他，"你怎么会不怕？你知道我在做什么不？你亲眼看到了没？"

常云成看着她，想到自己亲眼看到的亲耳听到的，只觉得闷气满胸。

"我亲眼看到了，你对那个男人笑得可真开心啊。"他咬牙，一字一顿地说道。

齐悦瞪眼看他。这是转移话题吗？他们说的是同一件事吗？

"你骗人是真的去做什么练习了，还是跟男人玩去了？"常云成再次吼道，"那个棺材仔，你终于见到了是吧？很开心吧？什么时候认识的？是不是已经认识很久了？"

齐悦被他吼得耳朵"嗡嗡"响，又被摇晃得脑子里更加混乱。

"别摇了别摇了，让我想想。"她说道，抱住常云成的胳膊。

"说。"常云成瞪眼喝道。

齐悦咽了口口水，看着常云成。

"你……是因为我没和你说实话生气，不是因为我去拿死人练习而生气？"

"废话。"常云成沉着脸答道。

"真的？"齐悦瞪眼看着他，不敢置信。

"这有什么假的？你这个女人就会自作聪明……喂。"常云成嗤笑，话没说完就噎住了。

因为眼前这个女人突然跳起来扑在他身上。

因为太过突然，他差点儿没站稳。

女人的胳膊圈住他的脖子，整个人挂在他身上，就如同抱住树的猴子。

常云成只觉得浑身僵硬，舌头打结，原本伸出的胳膊还保持着原状。

这臭女人……想干什么……

· 634 ·

"常云成，我喜欢你。"那女人贴在他耳边，带着低低的笑声说道。

常云成脑子里"轰"的一声。

他僵直的胳膊费力地回转，伸手搭上这女人的肩头。

"少……少来这个……没用……你还是快说清楚你跟那个臭男人是怎么……回事。"他磕磕巴巴地说道，用几根手指去拽那女人。

那女人哈哈笑起来，竟然用脚盘着他的腰，又朝他身上贴了贴，如同藤蔓一般缠紧了他。

常云成只觉得嗓子干涩，头上腾腾冒气。

软软的身子这样贴近，耳边的笑声带出的温热气息吹打在耳朵、脖颈上……

常云成战栗了一下。

他的身体立刻起了变化，变得硬邦邦的，尤其是某个部位，硬得几乎要炸开。

不行，这种把戏对他来说是没用的！

常云成狠狠地咬了下舌尖，剧痛让他炙热的脑子暂时冷静了一下。

"说，说清楚，你什么时候找到那臭男人的？"他伸手将八爪鱼一般的女人从身上拎开几分，瞪着几乎充血的眼喝道，"是不是从我说起的时候你就留心了？是不是那时候就找到那男人了？"

他还清清楚楚地记得呢，当初这臭女人不肯和自己说话，只有听到这棺材仔才一脸兴奋。

不声不响的，他还以为她忘了呢，没想到居然还是认识了！

还瞒着他！

还说笑！

还笑成那样！

还什么你看我值多少钱，我看你值很多钱！

这两人什么意思？想干什么？

齐悦看着他，再次"哈哈"大笑，也不答话，挣开他的手，再次扑上去，紧紧地抱住他的脖子。

"你这个傻瓜！"她仰头笑，"你这个傻瓜！"

常云成被再次抱住，好容易聚集起来的理智立刻烟消云散。

那……那……先办正事吧！

他抓着齐悦的胳膊走入内室，然后将她一把搂住。他用的力那样大，几乎能听到骨骼响，仿佛恨不得将这女人嵌入身体里，融为一体。

齐悦被勒得吐舌头，笑声也停了。

"你轻点儿！"她喊道。

这话不说还好，一说常云成立刻想到昨日范艺林与那女妓在自己面前几乎上演的活春宫。

"不要……"齐悦又说道，余下的"不要勒我"几个字还没出口，就被这男人陡然加大的力气掐断。

不要，不要就是要。

常云成面红耳赤，眼里几乎冒出火来，只觉得全身都在叫嚣，他伸手扳过这女人的头，喘着粗气就吻了上去。

齐悦觉得自己要被烤熟了，这男人浑身上下热腾腾的像是着了火，疯狂又粗鲁地啃着、吸着、咽着。

"你听我说……"偶尔能够偷得一点儿呼吸时，她还不忘大声喊，但很快就再次被堵住嘴，到最后，不知道是因为缺氧还是别的什么，齐悦迷迷糊糊，不知身在何处了。

等她觉得身上一阵凉意，才发现自己已经被放倒在床上，那喘着粗气的男人正撕开她的家常小短袄。

"常云成！"齐悦尖叫一声，奋力起身，伸手要去护住不该展露于人前的宝贝。

这时候喊出男人的名字，就如同战场上响起号角，常云成的血液在沸腾，再不迟疑，红着眼扑上去，双手捧着美味，疯狂开吃了。

这该死的敏感身体，齐悦一阵战栗，身子发软，要推搡这男人的手不由自主地抓住了他的头发，伴着呻吟，手指用力地抓住了他的发髻。

正奋力啃食的常云成更受刺激，发出一声低吼，伸手向下，因为姿势不便，没能扯下裤子，大手只得贴着裤子钻进去。

"你听我说！"齐悦再次颤抖着尖声喊道，"不要……"

不要就是要。

要有耐心，要坚持，要温柔。

常云成紧绷的肌肉因为紧张而颤抖着，他压下沸腾的血气，将动作放缓。

他的动作柔和起来，齐悦紧张稍减，人也更软了。

"不是，你听我说，现在不行。"女人用颤抖、软糯的声音再次说道。

不行就是行。

常云成忍不住打了个哆嗦，嘴贴着柔嫩的肌肤从胸口一直向下，另一只手已经摸到最隐秘的地方。

那里芳草密密,触手湿腻一片。

"不行,我刚才来那个了!"齐悦尖声喊道。

正跪坐起来顾不得脱上衣直接解裤子的常云成陡然僵住了。

哪个?

他抬起手,看到手指上一缕鲜红。

厨房来送午饭时,常云成的院子里里外外都安静得很,铺着厚锦缎褥子坐在廊下吃瓜子的秋香冲她们摆摆手。

婆子们领会,蹑手蹑脚。

"少夫人昨晚忙了一夜,这会儿睡着了吧?"其中一个管事婆子走上前,低声笑道。

秋香用手剥瓜子,避免嘴嗑发出声响,闻言点点头。

"那世子爷要不先吃点儿?"婆子又低声说道。

秋香摇头。

"世子爷昨晚也一宿没睡呢。"她低声说道,"你们下去吧,等醒了我自会让人去传饭。"

婆子们这才笑着应声"是",轻轻地退了出去。

院子里又恢复了安静。秋香不小心将瓜子剥得发出"啪叽"一声,不知道是不是这声音惊动了屋子里的人,有软软的女声传出来。

"烦死了……有完没完啊……困死了……"

秋香忙小心地将瓜子放下,面色通红。

阿如从屋子里走出来,看到秋香的样子,有些不解:"怎么了?"

她也忙碌了一晚,所以齐悦休息后她也去休息了,睡了一觉刚刚起来。

秋香忙冲她打手势。

阿如领会,轻轻地走到秋香身边,秋香移开一点儿,让她坐下。

"你干吗呢?"阿如看着秋香不正常的神情,不解地问道。

秋香红着脸,指了指屋子里。

阿如依旧不解。

"什么啊?"她笑问道。

"睡了。"秋香一咬牙,红着脸说道。

"啊?"阿如不解,"是睡了啊。"

"不是,是世子爷和少夫人……"秋香实在说不出口,伸出手,让两个大拇指

碰了碰。

阿如一脸愕然。

秋香红着脸，只得凑到她耳边说了句话。

阿如的脸也腾地红了。

"死丫头你说什么呢？"阿如伸手拧她的胳膊，低笑道，"不会的。"

"怎么不会？我都……都听到了。"秋香红着脸，用蚊子般的声音说道。

"你……你听错了吧？"阿如也红了脸，这个话题实在是羞人，"少夫人，她……她小日子才来。"

秋香"啊"了一声，愣住了。

"那……那我真听到了啊。"她结结巴巴地说道，"那他们……他们是……怎么……"

她说到这里，再也说不下去了，伸手捂住脸，羞死人了。

常云成再一次嘶吼着释放，身子软下来，手从齐悦胸前垂下，随手扯过单子胡乱地擦拭已经被弄得狼藉一片的齐悦的睡裤。

被子被掀开，露出齐悦赤裸的后背，其上点缀着斑斑唇印，看上去格外诱人。

"走开……走开。"察觉凉意，齐悦从迷糊中醒来，不耐烦地摆手，扯过被子裹住自己。

常云成伸手抱了抱她，这才起身洗漱去了。

齐悦再醒来时天已经黑了，外间的屋子里亮着灯，一瞬间她有些不知今夕何夕。

听到这边的动静，外间的阿如忙进来了。

"少夫人，您醒了？"

齐悦"嗯"了声，一翻身才觉得浑身酸疼，尤其是胸，又坠又胀。阿如已经点亮了灯，齐悦低头看去，这才看到自己赤裸的上身以及身上的一片狼藉。

阿如也看过来了，二人同时惊叫一声，齐悦用被子裹住自己，阿如则扭头。

"我……我去准备水，少夫人您擦洗一下。"她慌里慌张地跑出去了。

齐悦回过神，哭笑不得。

这臭男人……

这臭男人神清气爽地踏入院子，看齐悦这边还黑着灯，立刻不高兴了。

"还没起来？就是再困也得起来吃点儿东西。叫少夫人起来。"

"起来了。"秋香忙笑着道，"少夫人吃饭呢。"

常云成这才看到隔壁的饭厅里亮着灯，还有丫头们的说话声。

他想迈进去，突然又觉得心慌，似乎有些不敢见这女人，不过最终还是进了屋子。等他将在演武场上挥洒的汗水洗干净出来时，齐悦已经坐在日常工作的桌子前了。

两双眼睛一对上，两人都愣了下。

看着那男人一瞬间红透的脸，本有些慌乱的齐悦忍不住笑了。

他们算是一夜情后男女尴尬相见？

"哎，"齐悦笑道，"你玩得挺开心啊。"

常云成没听明白。

"什么？"他故作镇定地走过来。

齐悦看着他，抿嘴笑，抬手指了指自己的脖子。此时她穿着一件高领的对襟袄，但依旧可见耳边的红印。

齐悦还没完。

"哎，你自己玩得挺开心啊，我睡着了，什么都不知道。"她笑道。

常云成一下子明白她在说什么了，脸顿时更红了，浑身冒汗。

真是太无耻了！

这……这什么女人啊？

看这男人的样子，齐悦"哈哈"大笑。

常云成被齐悦笑得回过神，带着几分羞恼坐下来，将这女人一把拽入怀里。

"不开心，两个人玩才开心。"他粗声粗气地说道，手毫不客气地往她衣服里钻。

齐悦红着脸拍他的手。

直到这时，那初次肌肤相亲后的拘束、陌生、慌乱感终于消散了。

常云成将她拥在怀里，只觉得香喷喷软绵绵，不由得亲来亲去。

"我就说早点儿，你非要这样那样地找事，结果等到现在……"他含糊地说道。

齐悦被他又是亲又是揉弄得身子发软。

"别闹，我身子不舒服。"她拍打他。

别闹就是闹。

常云成根本不理会。

他现在可算是知道这些女人的古怪念头了。

齐悦直接给了他鼻子一下。

常云成捂着鼻子仰头。

"干什么你这疯女人？"他闷声闷气地喊道。

"我现在身体不舒服，明白吧？"齐悦抚了抚自己的肚子，认真地解释，"这里会痛，会怕冷，会不想吃东西，会烦躁，明白不明白？这就是女人的小日子，不方便的日子。"

女人的小日子，他怎么会明白？常云成黑着脸，但还是"哦"了声，有些讪讪地坐好。

"这时候，你这个当男人的就要有眼力见儿，好好地伺候我。"齐悦"嘻嘻"笑。

常云成再次黑了黑脸，他怎么不知道还有这种规矩呢？

"好。"他点点头，迟疑了一下，伸手抚上齐悦的小腹，"我给你暖暖？"

这男人的大手热乎乎的，齐悦"嗯"了声，动了动身子，靠在常云成身上。

常云成见这女人主动靠过来，拉着的黑脸立刻变成笑脸，方才那"臭女人没规矩"的念头立刻被抛到九霄云外了。

他又收回手，将两只手用力地搓了几下，然后抚在齐悦的小腹上。

"这样呢？更热了吧？"他问道。

齐悦眯着眼"嗯"了声。

"把手术图纸拿过来。"

"既然不舒服，就别看了，早点儿休息。"

"睡了一天，睡不着了。"齐悦懒洋洋地说道。

常云成便"哦"了声，长臂一伸，将桌上的一沓纸拿过来。

齐悦倚在他怀里慢慢地翻看。

"这个是什么？"常云成跟着她看，不时地问道。

他拥着这女人，她认真地看那些图纸，他则认真地看她，烛光下，室内温暖安静。

怀里的女人偶尔换下姿势，但他一直没动，直到这女人打了哈欠。

"好了，该睡了。"常云成忙说道。

这一次齐悦再反驳时，常云成毫不客气地将纸张夺过按在桌上。

"睡觉。"他说道，抬手挥灭了灯，将齐悦抱起来。

齐悦忙抓紧他的胳膊。

"干吗？"

"去睡觉。"常云成说道，大步向卧房而去，抬腿踢上门。

门口端着夜宵要敲门的阿如和秋香停下手,红着脸对视一眼。

室内传来齐悦的惊呼声,声音才起就似被什么堵上,几声"呜呜"之后便没了声息。

阿如忙退下,秋香紧跟着站开。

屋子里,几乎让人窒息的吻终于结束了,齐悦喘着气就要喊。

"我不闹你。"常云成及时伸手捂住她的嘴,低声说道,"我就好好地睡觉。"

齐悦瞪眼,咬了下他的手掌心。

常云成再忍不住,"哈哈"笑了,将这女人揽在怀里,蹭了蹭她的头。

齐悦手脚并用地挣开他,滚到床里面。

"别闹我啊。"她警告道。

"不闹,不闹。"常云成笑道,伸手。

齐悦要躲,常云成却只是拉住她的手,她挣了两下没挣开,见这男人果然没有进一步动作,便任他拉着。

夜色越来越暗,帐子里看不清对方的脸,呼吸渐渐平缓下来。

齐悦抿了抿嘴角,闭上眼。

"哎。"常云成忽地开口了,轻轻地抓了抓她的手心。

"干吗?"齐悦闷声道。

"你……这个……什么时候就没了?"常云成问道。

什么这个?齐悦没听明白。

"什么时候能两个人一起开心一下?"常云成起身看着她,低声笑问道。

齐悦明白过来了,"呸"了声。

常云成"哈哈"笑着俯下身,齐悦抬手要挡,那男人却是在她的额头上重重地亲了下,就又躺下了。

"睡吧。"他带着笑意说道。

齐悦伸手捏了他一下,翻过身面向里,不出声地笑了下,闭上眼。

此时,遥远的京城亦是一般的夜色,不过街上却同白日一般热闹。

两个人佝偻着身形穿行在大街上,几番打听之后来到一扇大门前。

"你确定这位大人说会收留咱们?"干瘦的中年男人停下脚,低声问道。

"是,师父,当初那位大人的确这么说的,还给了我这张名帖。"瘦小男人忙说道。

干瘦男人从袖子里拿出那张名帖,借着门前昏昏的灯光看。

大夏御医院吏董林。

"好,怕什么,已经被人害到如此地步了,就是再被人害也不过是一条命。"中年男人喃喃地说道,一咬牙,上前叫门。

在小厮的引路下,两人终于走到一间屋子里,摘下帽子,正是许久不见的王庆春师徒。

只不过相比曾经,两人如今神态困顿,看上去狼狈不堪,尤其是跟来人相比。

"大人,"看到来人,吴山忍不住热泪盈眶,躬身连连施礼,"您,还记得我……"

在他弯着腰的对比下,灯光下,身形高大俯视两人的男人更显倨傲。

"你啊,我当然记得。"他缓缓地说道。

听到这句话,吴山欣喜若狂,忍不住回头看师父。

"师父,我没骗你吧,你看,大人真的记得我们。"他哽咽道。

王庆春看着这男人,一撩衣,"扑通"跪下了。

"大人,请为小民做主啊,小民被那千金堂陷害得走投无路了。"他悲愤地喊道。

吴山也跪下来叩头。

那大人依旧倨傲地俯视他们一刻,才缓缓地伸手一抬。

"起来吧,我都知道了。"他说道,"既然你们走投无路了,那我就给你们一条路。"

他唤过一个小厮。

"拿着我的帖子,去找御医院的宋大人,给这两个人安排个事做吧。"

王庆春和吴山不敢置信地抬起头。

"去吧,虽然进去后只能打打下手,但好歹是条糊口的生计,你们就委屈一下吧。"男人带着几分漫不经心地说道。

王庆春这才确信自己没听错,顿时狂喜。

"谢谢大人,谢谢大人。"他只能反复地说这句话,连连叩头。

走出董家,王庆春在街上忍不住仰头狂笑。

他一定会好好地谢谢千金堂以及那位少夫人的!

吃过早饭,齐悦又被常云成硬拉着去给谢氏请安。

"我怎么说你才能明白呢?"齐悦皱着眉说道,"不是我伏低做小,你母亲就会喜欢我的，这样硬去，她反而会不高兴的。"

常云成拉着她走，听见这话，眉头也皱起来。

"母亲。"他回头说道。

齐悦看着他，不解。

"你连'母亲'都不肯喊，你让母亲怎么喜欢你？"常云成看着她，沉着脸说道。

"不是母亲不喜欢你，而是你根本就不喜欢母亲。"常云成接着说道。

那倒是。不过，那是因为她犯不着去喜欢不喜欢自己的人啊。

"我……"齐悦张口要说话。

常云成拦住她。

"月娘，母亲性子是急了点儿，但是，她的心肠是极软的。"他看着她，认真地说道，握紧她的手，"当初，我母亲病着，我因为……我因为做了一些顽劣的事，被父亲打，哭着跑到路上撞到她，拉住她的手喊'娘'，就这么一声'娘'，喊得她……她再没松开我的手，真的来当我的娘。其实，她原不必如此的，外祖母再三劝她，她坚持如此。"

常云成说起过往，情绪激动，声音有些发抖。

齐悦静静地听完。

"好，我知道了。"她抬起头，认真地说道，冲常云成点点头。

常云成笑了，再次握紧她的手。

两人来到谢氏这边，在门口遇上来请安的三位小姐以及两位少爷。

人这么齐全还是头一次，门前顿时热闹起来。

"准备得怎么样？"

这是齐悦在问常云起的功课。

"当然没问题，要不然怎么对得起大嫂特意准备的考生餐？"常云起笑道。

见他恢复了和自己说话的自在神情，齐悦笑着点点头。

"那好说，考得不好，那就吃了我的给我吐出来。"她故作凶恶地说道。

这话说得太……几个小姐忙掩嘴笑，常云起和常云宏则大笑起来。

"大嫂，我明年也要考。"常云宏还凑过来说道。

"没问题，包在大嫂身上，一定把你们养得白胖进考场。"齐悦笑道。

又是一片笑声。

"燕儿最近听话，昨天称了下，长了两斤呢。"常春兰说道。

"是吗？那太好了，继续保持，争取手术前再长四斤。"齐悦笑道。

"快了吗?"常春兰紧张地问道。

齐悦点点头。

三小姐立刻握住常春兰的手,激动地笑。

"大姐,终于盼到了。"三小姐含泪说道。

二小姐讪讪一刻,也上前来。

"听英兰说嫂嫂的手艺很好,等闲暇的时候,能教我们几个拿手菜吗?"

"当然。"齐悦爽快地笑道。

二小姐见她答应得痛快,面上也没有丝毫芥蒂,心里的石头终于放下。

"嫂嫂辛苦了,我没什么能帮上的,闲着没事,就给嫂嫂绣了条帕子,嫂嫂别嫌弃。"她解下腰里的一条锦帕递过来。

这是示好啊。齐悦"哈哈"笑。

"多谢多谢,我正要让丫头做几条。"她接过就披在衣服里。

几个姐妹弟弟围住齐悦说笑,常云成反而被冷落在一旁,不过他的脸上没有丝毫不悦,反而带着几分沾沾自喜。

以往家里这些姐妹兄弟的关系,都是表面上和睦,内心疏离,像这样都对这个女人露出真心交好的意愿,真是让人惊讶。

那么她与母亲也会如此吧,只要她能对母亲好一点儿,母亲也会多了解她一点儿。

常云成对此充满了信心。

外边的喧闹自然传到了屋里的谢氏耳内,她放下念珠,从半开的窗户看出去,不由得一口气憋住。

那些往日在她面前恭敬小心、遵循自己的喜好的子女们,此时都在干什么?

围着那个女人又说又笑,每个人的脸上都是毫不掩饰的讨好!

"让他们都给我滚!"谢氏将手里的念珠狠狠地扔到地上。

念珠断裂,在地上滚成一片。

屋子里的丫头仆妇不明白谢氏怎么突然就发脾气了,一个个吓得忙跪下来。

阿鸾第一个反应过来,忙出来,冲着门那边摆手。

小姐少爷们拥着齐悦正迈进来,看到她这样子,都很不解。

"阿鸾姐姐,怎么了?"二小姐问道。

阿鸾冲他们尴尬地一笑。

"世子爷、少夫人、少爷、小姐,还是先请回吧。"她低声说道。

大家闻言很意外,对视一眼。

"母亲怎么了?"常云成问道。

这个点也不是休息的时间啊,也不是念佛的时间。

莫非母亲身体不舒服?

他提脚就要进去。

"世子爷,"阿鸾忙拦着他,冲他使眼色,"您还是别进去了。"

门帘子又掀开了,一个丫头走出来。

"少爷、小姐们回去吧,世子爷和少夫人留下。"

既然这么说了,小姐少爷们都在外边问了安,施礼后便退下了。

常云起担忧地看了齐悦一眼,要说什么,常云宏拉了拉他。

"有大哥在,犯不着你瞎操心。"他低声道。

常云起笑了笑,再回头看了眼,走开了。

"母亲是不是……"常云成急忙进屋子里去了。

齐悦在后面迟疑了一下,直觉告诉她,可能会有不好的事发生。

谢氏坐在炕上,看着急忙忙进来的常云成,眼皮都没抬一下。

"母亲。"常云成喊道。

谢氏抬手打断他。

"去,拿这个,让少夫人去院子里跪着去。"她打断了常云成,却没和他说话,而是指了指身旁的一个锦垫。

常云成愣住了。

谢氏说完这句话,便有一个丫头应声拿过锦垫。

"慢着。"常云成忙喊住那丫头:"母亲,好好的怎么……这是要做什么?"

谢氏慢慢地拨弄着手炉,看也不看他。

"怎么?"她慢慢地说道,"我不能教训你媳妇了?"

母亲不高兴了。常云成总算反应过来了。

但是,为什么呢?好好的,为什么特地针对她?

"母亲,她哪里不对,你说给她听,她人笨,你慢慢教。"常云成带着几分笑说道,坐到谢氏身边。

"这没什么可教的。"谢氏淡淡一笑,抬起头看了他一眼,"很简单,我前几天让她在院子里罚跪禁足,你媳妇可有听?"

常云成怔住了。

要不是谢氏这么一说,他都没想起来,可想而知齐悦有没有听进去。

"她……并没有怎么出门。"常云成迟疑了一下,还是说道。

他的话音未落,谢氏就将手炉砸了出去。

炭火滚了一地,溅起一连串火花,常云成眼明手快,将桌上的茶泼了过去。

丫头们这才慌乱地泼水收拾。

"母亲。"常云成脸色微白,挨着炕跪下了。

"为了那女人,都会说谎了,你真是长本事了啊。"谢氏冷笑道,"怎么,你媳妇错了,我连罚都不能罚了?"

常云成面色难看,张张嘴,又不知道说什么。

"母亲息怒。"他最终说道。

"息怒,息怒,你现在知道要我息怒了?"谢氏冷笑道,"别以为仗着你父亲护着,就可以没规矩了,想要没规矩,等我死了再说。"

"母亲,好好的说这个做什么?"常云成忙说道。

"怕什么?别人心里不知道咒我死多少回了,要是说说就成真,我还不知道死过多少回了。"谢氏冷笑道,然后喊还站在一旁的丫头:"还不快去!你也等着我死呢?"

小丫头吓得一激灵,忙出去了。

常云成看着丫头出去,面上焦急。

"母亲,月娘她身子不好,"他终于忍不住,低声说道,"不如等好些再来领母亲的罚。"

谢氏看着他,只觉得火气冲得头痛。

他居然一而再,再而三地为那个女人说话!甚至在自己已经表明生气的时候,还要护着那个女人!

他已经对那个女人动心了?

这个念头闪过,谢氏只觉得眼前一黑,不由得伸手抚住头。

常云成吓了一跳,忙伸手扶住她。

"母亲。"他站起来,惊慌地喊道。

谢氏冲他摆摆手。

"别跟我说话。"她冷冷地说道。

常云成看着她,紧紧地抿住嘴。

小丫头怯怯地进来了,欲言又止,手里还拿着锦垫。

谢氏微微抬头,看到了。

"怎么?"她问道。

"少夫人,"小丫头怯怯地道,"少夫人,走了。"

走了，是什么意思？

谢氏和常云成都愣了下，旋即反应过来。

"放肆！谁让她走的？"谢氏大怒，喊道。

常云成看着暴怒的谢氏，嘴里泛起苦涩。

"你看看她，还用你护着，人家自己可会照顾自己了！"谢氏看向他，冷笑道，"好，既然她眼中没我，我自然也不会揪着她不放，今后，她就当没我这个婆婆，我也没她这个儿媳。"

"母亲。"常云成忙喊道，伸手拉住谢氏的衣袖。

谢氏甩开他。

"都这样了，你还要替她说话！常云成，"谢氏看着常云成，颤抖的手扶在心口上，嘴唇颤抖，最终什么都没说，将手往外一指，"出去！"

闻讯而来的苏妈妈慌忙走上前。

"夫人，您别动怒。"她急忙喊道，又催阿鸾："快，快，拿夫人吃的丸药来。"

常云成看着面色发白的谢氏，再次跪下了。

"儿子知错了，母亲快息怒。"他紧紧地拉着谢氏的衣袖，"母亲，你可还好？觉得怎么样？要不要叫大夫来？"

谢氏只是闭着眼，手抚着心口不说话。

屋子里乱成一团。

不过这对齐悦来说没什么可慌乱的，在听到谢氏吩咐小丫头拿锦垫让自己跪时，她就在满院子丫头惊愕的眼神中转身走了。

开什么玩笑，跪？别逗了。

齐悦径直回到院子里，听丫头禀报谢氏请大夫呢。

齐悦让她们看着那边，如果谢氏真有什么不好，即刻告诉她，鹊枝机灵，立刻应声去了。

秋香看着阿如，欲言又止。

"你别跟我说，劝不动的。"阿如叹口气说道，又苦笑了一下，"少夫人不是那种没错也会认错低头的人。"

可不是如此？秋香叹口气，别说没错的时候了，看起来有错的时候还能被她三言两语变成没错呢。

"可是夫人不高兴，世子爷怎么会高兴？这才好了些，又要生分了。"

阿如也叹了口气。

647

院子里的气氛变得凝重沉闷起来。

不多时，鹊枝回来了。

"夫人没事，大夫走了。"她直接说重点，"世子爷在夫人那里跪着呢。"

听到这个，秋香忍不住要说话，齐悦已经站起来了。

"你们在家等着吧。"

秋香和阿如一愣，看着齐悦走出去。她们哪里敢等着，忙忙地跟出去，见齐悦来到谢氏的院子。

院子里，常云成直直地跪在地上。齐悦走过去，在他身边跪下了。

常云成没有理会她，似乎没有看到身边多了个人。

齐悦也没说话，只是同他一般跪得直直的。

时间一点点过去。

齐悦可是第一次受这个罪，地上硬邦邦的，又阴冷，刚跪下没多久她就有些受不了，但余光看到常云成，还是咬牙坚持下来了。

人家陪男人赏花赏月赏风景，她陪男人罚跪也算是一种别样的风情，这要是搁在现代，想享受还享受不来呢。

想到这里，齐悦不由得抿嘴笑了下，随即又觉得膝盖钻心地疼。

这样说不定会得关节炎呢，怎么谢氏偏爱这种惩罚？

正靠着胡思乱想排解疼痛，常云成伸手拉过一个锦垫推过来。

齐悦看他。

常云成不看她，也不说话。

齐悦便依旧跪着没动。

"跪这个上。"常云成冷冷地说道。

"我穿的裙子厚，你用吧。"

常云成抿紧嘴，看也不看她。

苏妈妈从帘子边走开，里间谢氏斜倚在引枕上，眯着眼，似乎睡着了。

"夫人，少夫人也来跪了。"苏妈妈低声说道。

谢氏冷笑一声："晚了。"

苏妈妈应声"是"，又低声道："只是……还是叫起吧。"

谢氏猛地睁开眼坐起来，冷冷地道："怎么？她敢跪我难道不敢让她跪吗？"

苏妈妈笑了。

"夫人当然敢，只是……"她说道，看了眼外边，"只是这样倒如了她的愿。"

谢氏微微皱眉。

"她如果就这样走了倒好，只是偏又回来了，陪世子爷跪着，罚的时间长了，世子爷原本的怒气就会消了，反而怜惜她。你看，你看那女人做出的娇弱样子。"苏妈妈低声说道。

谢氏抬头从窗子里看出去，见跪在儿子身旁的那女人正晃了晃肩头，似乎受不了了，她动一下，常云成虽然没看她，但眉头便皱紧一下……

"让他们都给我滚。"谢氏躺回去，冷冷地说道。

世子的院子里随着夫妻二人的归来一阵忙乱。

齐悦没受过这种罪，此时抱着两只膝盖，恨不得在床上打滚，好容易擦了药酒，又疼得似乎去了半条命。

这期间常云成一直端坐着，不说不动不笑。

丫头们也不敢上前给他看伤。

"你的腿怎么样？擦擦药酒驱驱寒气……"齐悦咬着牙说道。

"都下去。"常云成猛地喝道。

丫头们吓了一跳，依言慌乱地退了出去，屋子里只剩下他们夫妻二人。

"母亲要的不过是个面子，你给她个面子又怎么了？孝顺孝顺，你不顺何来孝？不孝何谈母亲喜欢你？"常云成看着她，声音冰冷，又带着一丝苦涩。

齐悦叹口气。

"怎么说呢？"她微微皱眉，"没错，你母亲要的是面子，但是这个面子，不是我跪一跪，任她喝骂，就算是给了的，这个面子，是因为我这个人。"

她伸手指了指自己，看着常云成。

"我，这个乞丐出身的儿媳妇，这个老夫人硬要给你娶进门的儿媳妇，不管我做什么、说什么，我的存在，就是不给她面子。"她说道，"常云成，你要我怎么顺着她？让我离开你们家，这大概才是唯一顺着她的办法。"

离开！他已经有些时候没有听到这个字眼了。

常云成猛地站起来。

"说到底，你还是没忘和离的事。"他说道，转身走了。

齐悦"哎"了两声。她根本不是这个意思好不好！

常云成已经大步走出去了。

吃晚饭的时候，常云成没回来，丫头来说是陪着谢氏。直到夜色深深，人也没回来，齐悦想他是睡在外书房了。

齐悦睡得并不踏实。半夜三更迷迷糊糊间听得外边丫头说话、开门，她不由得坐起来。

常云成进来了。

屋子里没点灯，看不清这男人的脸色，齐悦刚要说什么，他径直过来躺上床。

罗汉床一个人睡宽敞，两个人睡就挤了些，尤其其中之一是常云成这样的壮男人。

齐悦一下子被挤到里面去了，有些哭笑不得。

这男人……

常云成侧身面向外，似乎睡着了。

屋子里陷入沉寂。

"喂。"齐悦伸手戳了戳他。

常云成动也不动。

都这样了还死鸭子嘴硬！

齐悦忍不住抿嘴笑了下，伸手搂住他的腰。

常云成的身子僵了，伸手抓住齐悦搭在自己腰上的手，想要一把甩开，但最终没舍得。

身后的女人又贴过来，柔柔软软的身躯紧紧地挨着他结实宽厚的后背，常云成的身子渐渐软了下来。

屋子里安静依旧，但气氛明显柔和下来。

常云成任齐悦这样静静地抱着。

"月娘，我没多久就要走了，你和母亲这样，我不放心。"过了一刻，常云成慢慢地低声说道。

"以前，"他接着说道，不给齐悦插话的机会，"以前我是不关心你，这一点我不否认，但现在……"

他说到这里，翻过身，大手抚上齐悦的脸，轻轻地摩挲。

"现在……我极其放不下你。"他低声说道。

齐悦看着他，暗夜里只看到这男人微闪的眼，她的心软软的，麻麻的。

"你要走了？"

"当然，我不可能一直在家。"常云成说道，手摩挲着她细嫩的肌肤。

"走很久吗？"

"不知道，怎么也得半年吧。"常云成答道，把这女人的头揽在自己的臂弯里，轻轻地抚摸着她柔顺的头发。

半年啊。想到这个，常云成心里突然很闷，要有半年见不到这个女人了……

"我也要去。"齐悦猛地抬头说道。

她突然抬头，常云成不提防，被碰在下颌上，差点儿咬到舌头。

这女人总是粗鲁莽撞！

"说什么傻话！你去干什么？"常云成将她的头按下去，笑道。

但舍不得的感情这样直白地喊出来，真是让人觉得……好舒服。

他不由得将揽着这女人的手臂再次紧了紧，蹭着她的头。

"我当然要去了。"齐悦再次挣扎着抬头，"两地分居可是婚姻杀手！"

什么鬼话？常云成皱眉。

"别胡闹了，就是父亲再惯着你，也不可能让你跟我去。"

"什么叫父亲惯着我？那是我占着理好不好！"

"是，你怎么都有理。"常云成笑道。

这个一向硬邦邦的男人突然这样柔顺地和自己说话，齐悦很不喜欢。

是离别的缘故吗？

他俩才刚刚熟悉，才有了一点点亲密，就要分开啊。

"我不管，反正我得去，就是不常住，也得有探亲权吧。"齐悦将头贴近他，说道。

常云成笑了笑，没说话。

二人静静地相拥。

他想要再开口，齐悦已经先开口了。

"好，我会努力让你放心的。"她伸手搂着他的脖颈，"我也不说以前了，我们都看以后。"

常云成伸手扶住她的脸，重重地吻了上去，过了许久才分开。

齐悦气喘吁吁地倚在他的胸膛上。

"母亲脾气不好，你……你忍着点儿……她，如果知道了你的心意，她就不会这样了。"常云成说道。

齐悦心里干笑两声：但愿吧。

不过，唉，她既然决定和这个男人过日子，那么和谢氏的关系迟早是要面对的，不解决是不行的。

她伸手再次搂住常云成的脖子。

夜色里，常云成见这女人贴近的眼亮亮的。

"刚才感觉不错。"齐悦低声笑道，"再来一次怎么样？"

常云成一怔，继而大笑。

笑声陡然在室内响起，充斥了整个屋子。

"干吗？小声点儿。"齐悦忙拍他，"外边有听墙脚的！"

常云成笑声更大，伸手用力将这女人搂住。

这粗鲁的女人，这臭女人，他太喜欢了！

齐悦既然说了就立刻要做，第二日，她便跟着常云成来给谢氏问安。这一次谢氏没有罚她跪，而是不让她进门。这一次，齐悦没有甩手就走，而是候在门外，直到常云成出来。当然，她还是做不出主动跪下的自虐行为，虽然跪下更有诚意。

午饭的时候，谢氏的餐桌上多了一道菜。

"这个菜好。"谢氏见到新菜很高兴，尝了之后更高兴，指着菜，对特意来陪她吃饭的常云成说道，"跟你那晚送来的夜宵是一个厨娘做的，你尝尝。"

常云成不用尝也知道，不过谢氏总算对他露出笑脸了，他终于松了口气。

可见月娘的努力还是有效果的。

他就说嘛，母亲要的不过是面子而已。

月娘的性格是有点儿……顽劣。

母亲对月娘生气，就跟父亲恼恨自己顽劣一般，其实都是出于关爱。

于是当天晚上以及隔日中午，谢氏的餐桌上都出现了不同的新菜，晚上还有夜宵。谢氏一开始要亲自赏那个厨娘，当厨房推托了几次，再看常云成脸上那神秘的笑后，谢氏便明白了，这一定是儿子有孝心，特意从外边给她请的厨娘。又看到这几日常云成早中晚都在自己这里用饭，也没有再替那女人说话，她心里的气才消了几分。

千金堂里，棺材仔有些拘束地站着，这是他第一次踏入赌场之外的生意场所，感觉真是……不自在啊。

虽然是刘普成亲自请他进来的，但千金堂里的杂工、弟子们还是神情复杂地看过来。

"你来了。"齐悦从外边迈进来，一眼看到棺材仔。

棺材仔回头，看到一个明艳的女子冲自己笑，一瞬间眼前如同炸开了烟花，闪闪烁烁，什么也看不清了。

看着明显呆掉的男子，齐悦再次笑了。自己今日没裹着头脸，他是认不出来了。

"我啊。"齐悦伸手挡住口鼻，只露出眼睛，冲他说道。

棺材仔不是认不出来，光听声音他也知道这女人是谁，但是，这太惊悚了，这样漂亮的姑娘，怎么……怎么去……去做那种事？

"师父，你来了。"胡三听到动静从后堂跑出来，看到齐悦，眼泪都快下来了，"我们都快担心死了。"

"担心什么？我不是让阿如过来和你们说了我没事嘛。"齐悦笑道。

自那晚被常云成抓了个现行，大家吓得半死，刘普成当晚就驱散了弟子们，怕他们受牵连，他则亲自守在千金堂里，已经想好，如果有人来砸店，自己就一力承担；又担心齐悦，让胡三去定西侯府外面守着，尤其是角门、后门，因为他知道，那些高门大户会下暗手处置家里的妇人。他想好了，万一定西侯府真的要处置齐悦，他就是拼了老命也要把人救下来。

要是救不下来，那，自己也死了吧，一命偿一命吧。

没想到过了一天一夜，什么事也没发生，阿如竟然来告诉他们无事。

无事是什么意思？

直到今天他亲眼见到了，才彻底明白。

齐少夫人神采依旧，不对，比前几日还要容光焕发，可见并没有受到半点儿责难。

怪不得她还让人来说可以准备手术了，让请棺材仔来。

"师父，见到你我才彻底放心。"胡三用袖子抹鼻涕说道。

齐悦"哈哈"大笑。

棺材仔在一旁都看傻眼了。

他守在义庄，从小到大，见到的关于死人活人的稀罕事数不胜数，认为这世间已经没有能让他动容的事了。

没想到他这么快就看到了，而且是两次，还是在同一个人身上发生的。

有个女人的技术比自己还高超，这个女人还是个漂亮女人，这个漂亮女人还如此对待在别的女人看来是亵渎自身的男人。

她的相待，是那样落落大方，没有丝毫不妥。

她到底是什么人？

"少夫人，你来了。"刘普成急匆匆地走出来，衣袖还卷着，显然是正在接诊病人，他激动地说道，心里的石头终于落地了。

少夫人！

棺材仔再次瞪大眼。

定西侯府少夫人！

哦！就是那个能够开膛破肚，能够赢得王庆春满地爬的少夫人！原来是她啊！

"你认识我啊？"齐悦笑道，"我也早就认识你了。"

坐在刘普成的屋子里，棺材仔最初的拘谨已经消散，或者说隐藏起来了，听了这话，他笑了笑。

他早说过，认识他不是什么稀罕事，不认识他才稀罕呢。

齐悦自然看出他的意思。

"哎呀，不是那种认识，那种认识我倒是真不认识。"她笑道。

棺材仔又笑了。这女人说话真是……有意思。

齐悦也笑了。

"我说的像绕口令。"她接着说，"你不是去过定西侯府吗？还记得吗？"

棺材仔一愣，他记得。

"那个丫头的事。"齐悦说道。

棺材仔轻咳一下。

"所以我在义庄见了你，才那么惊喜。"

惊喜？棺材仔愣了下。这个词……

"哎，我知道一个人，他呢很厉害，就是，他是刑狱官，查案很厉害，一句话概括，就是能让死人说话。"齐悦兴致勃勃地说道，"他精通解剖学、病理学，主要负责尸检，重视现场勘验，信奉不听陈言只听天，平反冤案无数，还写了法医专著，叫作《洗冤录》。所以，听说那天特意请了你来，而且世子爷说你对于验尸很拿手，我就立刻想到他了……"

越说齐悦的眼睛越亮，而棺材仔由最初的客气微笑慢慢到眼睛也亮了起来。

尸检？让死人说话？《洗冤录》？

这些似懂非懂的词听起来怎么那么让人心里发热？

棺材仔忍不住站起来。

"少夫人，请，请，帮我引荐此人。"他躬身施礼，声音激动得颤抖，"我愿意在其门下为奴为仆，结草衔环。"

齐悦吓了一跳，尴尬地笑了。

她去哪里引荐啊？

"那个……我也见不到这个人了。"她只得说道。

棺材仔很意外，不解，一旁的刘普成却理解了。

这个女子神奇的医术，她那神仙才能有的灵药，一切的一切，都是来源于她自来含糊带过的那位或者几位师父吧。

那么她说的认识的这个人，也是同她口中的师父一般的高人吧。

真是可惜，这样的高人难道避世了？

棺材仔被勾起心思，想方设法地打听这个高人的事，可惜的是，齐悦没有修过法医学，对那些检验手段知道的不多，除了电视上看过的片段，也讲不出几个。

就这几个片段，棺材仔以及刘普成等人都听得津津有味。

"死人不说谎，死人不说谎，原来如此啊。"刘普成念念有词。

"师父，真的是这样吗？活人要是被刀杀死，伤口处的皮肉是紧缩的；而死后挨刀的话，皮肉依旧？"胡三好奇地问道。

齐悦没答话，棺材仔点头了。

"没错，就是这样，而且无血流，色白……"他认真地说道，神采飞扬。

这个他也知道，他也知道，真的很荣幸，他和那位高人想的一样。

齐悦"嘿嘿"笑，猛地看到滴漏才反应过来。

"哎呀，我都忘了，我们要准备手术的。"她说道，"胡三，手术床你打制得怎么样了？"

胡三忙点头。

"没问题，已经做好了，而且手术……灯……也差不多了。师父你不是说要亮还要无影什么的吗？那些匠人想办法加了铜镜，不过效果还要师父你看了才能决定。"

"那个啊，不急，那个主要是应对夜间急诊手术的，现在燕儿这个是要白天做的，光源问题应该不大。"齐悦笑道，然后看向还在沉思的棺材仔："哎，小棺，我今天叫你来，就是想问问你做我助手的事考虑得怎么样？"

这人始终对自己的身份很介意，毕竟观念根深蒂固，要他做这种事，思想上肯定一下子转变不过来。

"啊？"棺材仔听到这话，抬起头，"没问题，我当然愿意。"

齐悦准备好的说辞一句没用上，她嘴角抽了抽。

"那太好了。"她干笑道，然后看向刘普成："麻醉药的事……"

刘普成也立刻点头。

"都好了，我也按照你说的用老鼠做了……试验。"他说道，"少夫人请随我来。"

这就涉及秘方了，闲人不得进去，当然，棺材仔也根本不关心，他依旧沉浸在齐悦方才讲的那位高人的故事里。

第二十三章 打 脸

虽然常云成没在家,但谢氏的午饭中依旧有那位厨娘做的一道菜,让谢氏感念了很久。她才吃过饭,常云成就回来了,听到他是径直到自己这边来的,谢氏很欣慰,看着丫头伺候常云成擦手洗脸。

"难为你有心,不在家还给我加菜。"她笑道,看着儿子,神情柔和,"你不用这样,我哪里能生你的气,你也宽心。"

常云成听了,笑了,趁着酒意要醒酒汤吃。

谢氏自然乐意让人去做,一面喊丫头取了枕头铺盖让他躺下歇歇。

正忙乱着,外边丫头回道少夫人来请安了。

常云成面露喜色坐起来,谢氏则拉下脸。

"真是会拿巧宗。"她冷笑道,"这人刚进门,她就过来演戏了?"

常云成有些尴尬。

"月娘她,是真的要给母亲请安。"他迟疑了一下说道。

谢氏看着他,不屑一笑。

"你见过什么?你一个男人家,哪里知道这些女人的小把戏?唱念做打的,不过是哄你们这些男人,背地里的心思你又怎么知道?这女人,说是给我请安,不过是做面子给你看,好让你觉得她是多么孝顺,到最后,反而是我这个婆婆心恶,她委委屈屈的,这样得你怜爱罢了。"

常云成更加尴尬。其实,她真的是做面子给我,不过,是我请求的。

看到儿子的神情,谢氏更满意了。

"你呀,哪里知道这些女人的弯弯心眼?我跟你说,她今天早上就没来。我原本想给她个面子，没想到你一不在家，她就不来了，可见不是做给我看的。"她叹气说道，摇头。

常云成一愣，坐正身子。母亲本来要给她面子？这个月娘，说好的，怎么偏偏早上不来了？结果更让母亲误会了！

这女人……到底是不上心吗？

看着常云成的神情，谢氏微微一笑。

贱婢，你再迷惑我儿子，也不过是一时的。

当天晚上，谢氏等了很久也没有听到常云成的院子里有什么动静。

"怎么没给那女人脸色看？"谢氏很疑惑。

常云成的确没给那女人脸色看，他回去直接问了，为什么早上没去给谢氏请安。

齐悦好好地给他解释，因为燕儿的手术日期越来越近了，就剩下最重要的麻醉问题，所以她一大早去了千金堂，并不是故意不去谢氏那里，实在是挤不出时间了。

常云成"哦"了声，神色缓下来。

"你看，你应该给母亲说一声，免得她误会。"他说道，伸手。

齐悦将手放在他手上，倚在他怀里。

"是，我忘了，是我不对，我下次记得。"她笑道，"吧唧"亲了常云成一下。

常云成红了半边脸。

"你记得就好，要不然母亲会以为你敷衍她，没诚心。"他吭吭哧哧地说道。

"我的诚心，诚心的人会看到的。"齐悦笑道。

常云成觉得这话有些怪，但看着贴在身前的女人，也顾不得想别的。

"那，行了没？"他揉着她的腰低声问道。

齐悦看他那样子就知道问的什么，"嘻嘻"一笑。

常云成的眼顿时亮起来。

"没有。"齐悦笑着摇头。

屋子里响起陡然拔高的笑声，外边的秋香、阿如忙摆手，让丫头们都散了。

吃午饭的时候，常云成自然又来陪谢氏。

"叫你媳妇过来吧。"谢氏对要亲自给她夹菜的常云成说道。

常云成一愣，没反应过来。

"你一个大男人家,也不是小孩子了,有媳妇了,这事自然该她做。"谢氏笑了笑,"只是不知道,让她做这个,是不是乱了规矩。"

常云成这才反应过来,顿时大喜。

"怎么会?这才是她该有的规矩。"他忙催丫头去叫齐悦来,只怕慢了谢氏反悔。

看他这样子,谢氏的脸不由得沉了沉,苏妈妈忙和她打眼色,谢氏才垂下眼什么也没说。

"叫我过去吃饭?"齐悦听了丫头的话很是惊讶,对阿如笑,"不知道想出什么法子对付我了。"

阿如不知道该说什么。

"少夫人一定要忍着些。"她只得说道。

"行,没问题,咱当过住院医生的,什么忍不得?"齐悦笑道。

阿如冲她嘘了一下,幸好别的丫头都不在意她的话。

齐悦径直来到荣安院,院子里的丫头们这次神情很好,一个个笑着通禀,给她打起帘子。

"母亲。"齐悦施礼,已经做好了不被叫起身的准备。

谢氏嗯了声:"起来吧。"

这么痛快!齐悦神情狐疑,但还是忙笑着道谢,站过来。

"我知道你要表示下孝心,我这里也没别的事让你做,你要是不嫌累,就帮我布个菜添个饭吧。"谢氏说道,神情平淡,算不上喜,也算不上不高兴,说到这里笑了笑,"要是搁在别家,这倒不是什么大事,只是咱们家自来没这个规矩,我怕你心里……"

"月娘高兴还来不及呢。"常云成忍不住接过话,一面看齐悦。

齐悦便笑了,看着这男人激动小心的神情,不知道他在谢氏面前说了多少好话。

她既然喜欢这个男人,就不能让他受夹板气。

"母亲说哪里话,这是媳妇的荣幸。"她说道,走过去,接过丫头手里的筷子。

谢氏果然没有很多规矩,吃完甚至没让齐悦回去,而是让她就在自己这里吃饭,让常云成眉开眼笑。

看着常云成的样子,齐悦忍不住想要笑,又摇头,她可没忽略谢氏眼中一闪而过的愤怒。

傻小子,我知道你是因为母亲接受我,觉得婆媳终于和睦而高兴,但你母亲只会认为你是护着我才高兴的。

你这样，她会更生我的气。

回到自己的院子，常云成迫不及待地抱住她。

"这下好了，母亲终于肯接受你了。"他欢喜地说道，重重地亲了下齐悦。

齐悦被他逗笑了。

"哪有啊，刚开始，说这话还早呢。"她笑道，捏了捏常云成的鼻子。

"怎么会，你要相信母亲。"常云成皱眉说道。

"不是防备，哪有这么快啊，不正常嘛。"齐悦笑道。

"那是母亲心疼我，体会到我的忧心，所以才这样，你不要乱想。"常云成有些不高兴地说道。

齐悦笑了。也对，当母亲的不愿意看儿子受夹板气，委屈一下，给儿子个面子，让他高兴放心也是正常的。

"好，我知道了，母亲这样疼你，我自然不能落后，我也会很疼你的。"她笑道，再次伸手捏他的鼻子。

常云成笑了，微微抬头一避，张嘴含住了齐悦的手指。

"脏死了。"齐悦笑道，要把手指抽回来。

常云成笑着轻轻地咬了下才放开。

"你属狗的啊，有牙印了。"齐悦甩着手指说道。

常云成凑过来。

"别的地方还要不要来个？"他低声问道。

虽然还没有真正肌肤相亲，但他们也睡在一起好几次了，对这些小夫妻调情的话已经心有灵犀了。

齐悦立刻知道他说的什么，红着脸捏他的脸。

"不要！"她哼道。

常云成爱听这话。

"不要就是要。"他笑道，将这女人一把抱起来。

齐悦叫了声。

这臭男人从哪里学来的怪理论？她想起来了，他那次就嘀咕过什么不要就是要，不行就是行。

"喂，你瞎说什么？我可没兴趣跟你打哑谜玩欲迎还拒什么的。"她抓着男人的胳膊笑道。

口是心非。常云成含笑不语。

齐悦被他这样子逗笑了，伸手抱住他的脖子。

"喂，不跟你胡闹，我要趁着此时出去一下。今天手术床送来了，我看看合适不，合适的话就赶快给燕儿做手术，免得她们母女两个心一直揪着，精神紧张，这样对手术也不好。"

常云成停下脚，还是舍不得放手。

齐悦主动抱住他，亲了亲。

这女人就是太主动了……他喜欢！

常云成觉得不能失了男人气概，立刻热情地回礼。

好一阵耳鬓厮磨，二人才依依不舍地分开。

"早点儿回来。"常云成捏着她的手说道。

齐悦忍不住又笑了。

看这男人的小媳妇样！

"笑什么笑？"常云成又瞪眼。

齐悦伸手在嘴边做了个拉拉链的动作，收住笑。

这下常云成笑了，这女人总是有这么多好玩的动作。

他学着她的样子，伸手捏了捏她的脸颊。

"今晚可以了吧？"他问道，手又伸进她的衣服里揉摸。

二人贴得近，齐悦可以清楚地感受到这男人身体某个部位的变化，她红着脸"呸"了声。

"还不行。"她说道，打开他的手，一面高声喊阿如。

门帘响动，常云成只好收回手，端正神情。

齐悦却在这时冲他一笑。

"明晚。"

常云成立刻伸手，但丫头们都"呼啦啦"地进来了，他只得收回手，看着那女人得意地笑着更衣去了。

齐悦到千金堂时，一大群弟子正围着手术床看稀罕。

这床比日常睡的床要高，说是床，其实在大家眼里更像板子，还是能活动的板子，板子上边架着三面打磨得锃亮的铜镜，铜镜下安置着烛台，总之看起来十分古怪。

因为不必考虑各种仪器配置，只需要方便医护人员操作，所以这张手术床简单得很。

"来来，谁躺上去试试？"齐悦笑着招呼道。

其他弟子你推我我推你，都不好意思躺上去让齐悦那么贴近看，这种事自然还是要胡三出马，屋子里闹哄哄的。

外边，一辆马车停下来，从车上跳下来一个男人。他和赶过来的小厮掀起马车的帘子，从车里抬下一把轮椅，然后他背过身，从车上背下一个老者。

老者在轮椅上坐好，抬起头看门匾。

千金堂。

"父亲，进去吧？"安小大夫说道。

安老大夫点点头。

安小大夫亲自推着轮椅，门前的杂工看到了，立刻迎上来："客官稍等。"

安小大夫立刻拉下脸。这是什么医馆！见到这样的客人，杂工不应该立刻上前一起抬轮椅吗？居然说稍等，等什么？

他哼了声。不愧是那女人开的，跟那女人一般无礼！

他正想着，见杂工很快从门边取过两块木板，放置在门槛上，一个杂工跑出来："大爷，小的来。"

安小大夫愣了下，安老大夫含笑点点头。

杂工推起安老大夫，轻松平稳地到了堂内，通往内堂诊室的所有门槛都安了这样的门板。

"您老是看大夫还是抓药？"杂工问道。

安老大夫一直没说话，而是看着堂内。此时堂内人不是很多，但秩序井然，布置也和一般的医馆不同。

"哦，我们这里主治跌打损伤，所以布置得阔朗，方便行走。"杂工看他审视，忙解释道。

安老大夫点点头。

"那您老是……？"杂工再次问道。

"你们师父在不在？"安老大夫问道。

千金堂是刘普成打出的名头，来看病的人也主要是冲着他来的，杂工对于老者的问话没觉得奇怪。

"师父在后堂，您老这边候诊室请。"杂工说道，推动轮椅。

刚越过门槛，一行人就听见后堂里的热闹声。

"这是做什么？医馆之中怎么如此喧哗？"安小大夫皱眉说道。

"是我们新添的手术床来了，师兄们在看呢。"杂工解释道。

什么床？

一张床也值得大惊小怪，如此喧闹？

果然店随主子！

"手术？"安老大夫问道，看向那边热闹的屋子，"小哥，我能过去看看吗？"

杂工带着歉意笑了。

"这个，不太方便。"

医家各有秘密，安老大夫理解。

他们说话时，齐悦和刘普成从那边走出来。

"不错，能用了，这样的话，我们明天就做这个手术吧。"齐悦说道。

刘普成点点头，说了声"好"，偶然间抬头看到这边，一开始以为是候诊的人，然后忽地愣了下。

"安大人？"刘普成惊讶地说道。

齐悦不明所以，跟着他看过去。

屋檐下坐着轮椅的老者含笑冲他们点头。

"你是孟先生的大弟子？"安老大夫看着刘普成问道。

孟先生？齐悦看向刘普成。刘普成的医术不是祖传的吗？原来另有名师啊。

"是，"刘普成恭敬地冲这老者施礼，"正是弟子。"

齐悦见他们说话，低声说道："你有客人，我先走了。"

刘普成又对她施礼："少夫人慢走。"

少夫人？这个称呼传入安老大夫耳内。

"这位夫人？"他不由得开口唤道。

齐悦停下脚看向他。

"可是定西侯府少夫人？"安老大夫问道。

安小大夫在一旁瞪大眼。

这就是那个砸了他们安家名声的定西侯府少夫人？！

"是。"齐悦含笑冲他点头。

虽然不知道是什么人，但看刘普成这样客气，她自然也要客气。

"少夫人，这位是善宁府的安老大夫，曾任太医院院判。"刘普成忙低声给她介绍。

听到前面一句，齐悦就愣住了。

善宁府？安老大夫？怎么听起来这么耳熟啊？

呵呵呵。

安小大夫对她冷哼一声。

"少夫人，久仰大名了。"安老大夫含笑说道，冲她拱手施礼。

齐悦忙还礼。虽然还不知道这位的来意是善是恶，但人家有礼的时候，她是从来不会无礼的。

"不敢，不敢。"

"不敢？"安小大夫早没了欣赏美人的愉悦心情，忍不住冷哼一声，"少夫人有什么不敢的？"

这话说得不客气，刘普成不由得怔住了。

怎么，他们认识？

"住口。"安老大夫低声喝止儿子。

齐悦笑了。

"没什么，只是别人不敢的，我有时候恰恰敢。"

好吧，看来他们不只认识，关系还不一般，不是一般的不好。

安小大夫果然再次青了脸。

"你敢？你敢什么？不就是敢仗着定西侯府欺负人吗？"他怒目说道。

刘普成神色微变，糟了。

"哎哟，你还真说对了，我还就仗着定西侯府欺负人了。"齐悦笑道，"你去告吧，去告诉天下人，说说我是怎么仗势欺人的。"

看你敢不敢！齐悦笑吟吟地看着他。

安小大夫总算知道那些大夫是怎么被鼓动得敢踩着他们安家扬名了！

这女人果然嚣张！

她都不知道什么叫礼貌吗？

至于自己有没有礼貌，安小大夫完全不在乎。

"康儿！"安老大夫沉声喝道，打断了二人的对峙。

"向少夫人赔罪！"安老大夫再次喝道。

安小大夫沉着脸，一脸不情愿。

"别，"齐悦抬手，含笑道，"咱们都是聪明人，别来那虚的，没意思啊，就这样，挺好的。"

父亲，你看看这女人！安小大夫看向父亲，用眼神说道。

安老大夫看着她笑了。

"是，少夫人说的是。"他笑道，没理会儿子。

齐悦笑了笑，不再说话，提脚就走。

"少夫人，"安老大夫再次喊住她，"老夫有一事相求。"

齐悦停下脚看他。

"不用求。"她说道，"我不是说过了吗？那个病没什么特别的，只要有胆子就能治，具体怎么治，是那些大夫开的药，你要是问的话，还是问他们吧。"

她说罢就走，不待安老大夫再开口。

"我可没说谎话，我真不会开药，刘大夫可以做证。"她又回头说道，"你们不信我，刘大夫总可以信吧。"

她说罢，带着丫头走出去了。

刘普成看着安老大夫，忙施礼。

"大人，少夫人说得没错。"他答道，"她的确不怎么会用药。"

"我看她也不会，有嘴就够了！"安小大夫气得不轻。

刘普成脸色微变，站直了身子。

"大人，少夫人这个人性子耿直，一向待有礼的人有礼。"

安小大夫看着刘普成，冷笑一声。果然蛇鼠一窝！说话都是一个味！

"你是孟先生的大弟子？那董林董院吏大人是你师弟喽？"安老大夫问道。

刘普成点点头。

"真的假的？圣手孟先生的大弟子，怎么跑到这地方来了？你师弟都已经六品院吏了……"安小大夫似笑非笑地说道。

"滚出去！"

他的话音未落，就有人喝道。

安小大夫冷笑。怎么，被刺到痛处了吧？急了吧？

"滚出去！"安老大夫再次喝道。

安小大夫一愣，这才发现说话的是自己的父亲，面色不由得涨红。

"父亲，我……"

安老大夫从轮椅上抽出一根棍子，扬手就打过去。

安小大夫挨了一棍子，红着脸出去了。

刘普成见安老大夫并不维护儿子，神色稍缓。

"让你见笑了，我这儿子跟着我，自小被捧被惯，狂妄无知。"安老大夫叹气，"我醉心医术，也没有怎么管教他，以至我想管的时候，已经管不住了。"

刘普成没有说话，只是请安老大夫屋子里坐，他亲自推着轮椅。

通往刘普成屋子的门槛上也铺上了门板。

"我还记得在你师父丧礼上见过你一次，后来再也没见，原来这么多年你在这里啊。"

"故土难离，当时父母老妻儿弱，我便回家来了。"

安老大夫点点头："我这次来，是有一事相求。"

"晚辈不敢。"刘普成忙起身。

"我想拜这位少夫人为师。"

刘普成吓了一跳。

什么？

回到家，齐悦急匆匆地洗漱完就到了吃晚饭的点。她忙忙地赶到谢氏屋子里，常云成已经在那里了，见到齐悦准时进来，他松了口气，露出笑容。

"你回你那里吃吧，我今日吃斋。"谢氏说道。

"我也……"常云成开口。

"你也什么？你从来不吃这个。"谢氏微微一笑，看着常云成，"或者，你是怕我为难月娘，你不放心？"

常云成立刻站起来。

"母亲，这可真是冤枉我了。"

"你快去吧，这是母亲好心，怕你吃不好，你别让母亲担心。"齐悦笑道。

谢氏脸上的笑便变成似笑非笑。

"倒是我不孝了。"常云成笑道，躬身施礼退了出去。

"瞧，还是媳妇的话管用。"谢氏笑着对四周的人打趣道。

不过，没有一个人敢真的跟着凑趣。

室内的气氛陡然变得诡异。

"要不是为了母亲，我说一百句也不管用。"齐悦笑道，用筷子搛了一块素炸金雀，岔开话题，"母亲，您尝尝这个菜。"

谢氏没接，不咸不淡地说道："我不爱吃这个。"

齐悦搛着菜移了半路的手便尴尬地停了。

"是，媳妇不知道。"齐悦笑着把菜放回去，"那母亲爱吃哪个？"

"你连我爱吃什么都不知道，这功夫下得可不够啊。"她淡淡地说道。

"是，媳妇再努力，母亲给个机会吧？"齐悦笑道。

谢氏放下筷子，抬头看她。

"那我告诉你第一个吧。"她说道，"我这人爱静，见不得闹，尤其是你这样总

是笑啊笑啊的，我看着心里就烦。"

齐悦想翻白眼。

"是。"齐悦收住笑，"谢谢母亲教导。"

谢氏看着她，皱眉说道："你这样，又委委屈屈的，好像我给你气受了。"

齐悦换了微笑："母亲，不如先吃饭，吃过饭了，母亲再教我？因为媳妇鲁钝，耽误了母亲用饭就不好了。"

"看到你这样，我就没胃口。"谢氏叹了口气，说道。

四周的丫头低着头肃立，努力让自己装作不存在。

"这样吧，"谢氏说道，"你既然有心，我也不能驳了你的面子。苏妈妈。"

苏妈妈从外边进来了。

"她呢，母亲曾经做过宫里的教仪女官，对仪态什么的再熟悉不过，不如你去跟她学学。"谢氏对齐悦说道，"当然，为难你就说出来。"

"不为难。"齐悦含笑说道，走到苏妈妈面前："那就有劳苏妈妈了。"

苏妈妈笑着说"不敢"，伸手做了个请的动作，引着齐悦出去了。

谢氏这才拿起筷子，带着舒心的笑。

既然你要装，那就成全你，你自己送上门来的。

"给我夹个炸金雀。"她说道。

一旁的丫头忙给她夹过来。

齐悦回到屋子里时，天色已经很晚了。

她一头倒在床上。

"怎么了？"常云成忙过来问道。

看到他坐下来，阿如忙带着丫头们退了出去。

"脸累。"齐悦闷闷地说道。

常云成伸手拉她。

"来，我给你揉揉。"

齐悦不动。

"母亲肯教导你，这是她的好心。"常云成迟疑了一下，说道。

齐悦笑了，翻身坐起来，靠在他身上。

常云成高兴地将她在怀里揽好。

"你放心，我知道，不会随便给母亲甩脸色的。"齐悦抬起头亲了亲他带着胡楂的下颌，"你知道我，我知道你，我们就没有委屈。"

666

常云成低下头吻住她的唇。

这一次没有狂风暴雨，而是细雨清风，过了好久，齐悦才猛地挣开。

正享受的常云成被打断，很不高兴，伸手就要把人拽回来。

"我忘了说了，我打算明天给燕儿做手术，要去告诉她明天早上禁食。"齐悦忙忙地站起来。

"这种事，让丫头去说。"常云成伸手将她拉住，一用力，齐悦就跌坐在他腿上。

齐悦按着他的肩头。

"不行，这种事大的小的都要吓得睡不着，我得好好地给她们说说，要不然病人心理压力太大了。"

常云成看着她，再次亲了她。

齐悦才要躲，常云成已经站了起来："走，我陪你去。"

齐悦笑了，被他拉着走出去。

府里多少人睡得好，多少人睡不好，层层夜色中无人知晓。

天刚蒙蒙亮，门房听得门前车马响。侯府门庭鲜有喧哗，更别提这么早了。

门房打着哈欠，拉开角门，才看了一眼就愣住了。

"管家爷。"门房"砰"地关上门，一溜小跑着向内院去了。

定西侯急匆匆地被从通房素梅的屋子里叫起来，隔着帘子听外边管家的禀报。

"来的人不多，只有刘老太爷和姑爷。"管家说道，"已经请到客厅里了。"

管家想到什么，又补充了一句："因为家里才添了小少爷，刘家的随从都被我留在门房了。"

所以说放进来的只有这父子两个，形单影只，绝对安全。

"这老东西还敢来！我都没去找他算账，他倒自己送上门了！"定西侯愤愤地说道，一面催着素梅快快给他穿衣。

定西侯来到客厅，一眼就看到端坐在客位上的老者。

这老者年纪六十左右，面目严肃，坐姿端庄，白发绾冠，一丝不乱，就连那垂下的胡须都整整齐齐，连呼吸都不能让它们动半分。

在他身旁站着一位男子，神情、装扮同老者仿佛是一个模子里印出来的。

老学究！定西侯心里愤愤地骂了句。以往光是听到这位亲家的名字，他都觉得头痛，如今有了儿媳妇撑腰……喀喀，不是，有了这老东西的把柄在手，他才不至于连见面都犯愁，但真见了，心里还是觉得堵得慌。

这父子两个酸儒，都要把他这清雅的客厅熏得变味了。

定西侯拉着脸迈进客厅去。

刘老太爷起身，与他一丝不苟地见礼，定西侯不得不一丝不苟地回礼。

倒不是因为怕这老东西，而是省得被他啰唆自己这不合规范那不遵礼仪，对他不尊，便是对圣学不尊，对孔圣人……对皇帝……乱扯一通，就当图个清净吧。

等父辈见完礼，刘成阳开始给岳父见礼。

"行了，行了，别给我虚客气。"对晚辈，定西侯可没那么客气，瞪眼哼道，"真想要对我客气，就要善待我的女儿和外孙女！"

刘成阳没说话，一丝不苟地施完礼，退到了父亲身后。

定西侯像一拳打在棉花上，感觉不是那么爽。

"侯爷此言差矣。"刘老太爷开口了。

有父亲在，自然轮不到儿子说话。

"差什么差？姓刘的，你们家一个仆妇都能欺负我女儿，这还是我亲眼看见的，那没看见的时候还指不定有什么呢！"定西侯决定先占声势，大声说道，一脸激愤。

"没什么，有也就是侯爷看见的，至于没看见的，那便是不存在。"刘老太爷肃容说道。

"啊呸，你说什么就是什么啊？"定西侯愤愤地道，"你看看我家女儿穿的戴的都是什么？连个仆妇都不如！"

"我刘家读书人家，不事耕种，不劳而食，自然要节俭一些。"他一板一眼地说道，看着定西侯，"比不得侯府富贵门庭锦衣玉食，倒是让小姐受委屈了。"

定西侯的目光落在这父子身上，见二人穿的的确还不如他的管家。

啊呸，这老东西故意的！

"委屈！还真是委屈大了！你说，你们家往日怎么欺负冷落我女儿的！别以为我不知道！"定西侯哼道，没有接那句话。

刘老太爷看着他。

"春兰嫁过去七年，回娘家仅有三次：新婚回门，祖母丧事，以及今次省亲。我一直以为是春兰顾家不愿出门，原来是侯爷对我家有怨，她才如此。"他说着，站起来，冲定西侯施礼，一旁的刘成阳自然跟着施礼，"春兰日常有什么委屈，我这公爹比不上侯爷，没听她亲口说，还请侯爷说来。"

定西侯被问了个张口结舌。

这死学究！

定西侯瞪眼看着刘老太爷，刘老太爷依旧神情严肃，就如同屋子里悬挂的圣人先师像。

"刘平允，别的委屈先不说，好好的，你干吗要让她们母女分离？"定西侯想要说燕儿的名字，突然想起自己根本不知道这个外孙女叫什么，舌头打结，停顿了一下才继续说道，"孩子还那么小，这不是要逼死她们母女吗？"

刘老太爷看着他，神情依旧。

"好好的？"他只说了这三个字。

定西侯有些想打自己脸一下。怎么在这死老头面前，他总是说话自己套自己？都怪这死老头，就跟当初祖父给他请的先生一般。那位先生给他留下的心理阴影至今尚存，害得他见到这样的人就腿肚子转筋，心慌冒汗，本来伶牙俐齿、能言善辩的他才会在这死老头面前突然变得这样笨拙！

定西侯看着这父子两个，刘老太爷也看着他。

室内沉默了一刻。

站在屋外的管家一直竖着耳朵，听到侯爷大声说话，虽然说过之后总会停顿，但至少底气十足，想必侯爷很快就要义愤填膺了。然后，他听到大厅里忽地传来笑声。

"亲家，你们吃饭了没？来这么早，还没吃吧。管家，管家。"

看着小厮引着刘家父子去吃饭，定西侯用手帕轻轻地擦了擦汗，转头见管家看着自己。

"还看什么看？"他顿时觉得脸发热，"还不快去请少夫人来！"

请少夫人来做什么？

这种场合该请的是侯夫人谢氏啊。

定西侯也察觉自己这话挺那啥的。

"这老头待会儿肯定还要强词夺理！少夫人不是大夫吗？让她给解释解释，看这老头还有什么话说！"他瞪眼说道。

明白了，原来是这亲家公强词夺理，侯爷说不过了！

管家应声"是"，忙忙地走了。

"快，快放少夫人……"他喊道，话说出来，抬手打了自己一嘴巴，"快请少夫人！"

齐悦醒得很早。常云成有晨练的习惯，虽然起身时很小心，但还是惊动了她，再者今天还有手术。

齐悦坐在书桌前最后一次翻看手术规划时，阿如急匆匆地进来了。

"少夫人，刚才胡三来了。"

"怎么了？"齐悦有些紧张：胡三这么早过来做什么？不会手术准备出什么意外了吧？

"他说，善宁府的那个安老大夫……"阿如说道。

齐悦松了口气。

"要找麻烦是吧？"她接过话，笑了笑，"随便喽，我仗势欺人嘛，不怕。"

"不是。"阿如笑道，"胡三说，那人想要拜您为师。"

"什么？"齐悦惊讶地瞪大眼，"拜我为师？"

"对，刘大夫也不知道怎么劝他，所以让胡三来和您打个招呼，让您有个准备。"阿如说道，也是难掩惊讶，"少夫人，那安老大夫想干什么？"

"秘方。"齐悦放下手里的图纸。

"是世子爷外祖母老夫人家的孩子那个病……"阿如也明白了。

"是啊。看到没，说实话没人信。"齐悦笑道，"我都跟他说了，我没秘方，治好了是大夫们一起努力的结果，他就是不信，为了得到秘方，就拜入我门下，真是想得太多了。"

"那少夫人怎么办？"阿如问道，"收他做弟子吗？"

她们说到这里时，丫头进来传管家的话了。

"大小姐夫家来人了？"齐悦"啧啧"两声，"真是来得巧，怎么赶上今日了？"

"但愿别影响了小小姐的手术。"阿如担心地说道。

"他敢！"齐悦哼道，一伸手，一摆头，"更衣！"

齐悦来到外院客厅时，定西侯正在大发脾气："吃！让他们吃！"

"可是咱们家没有这东西啊。"管家为难地说道。

"父亲，怎么了？"

"月娘，你来了。稍等一下，刘家父子还在吃饭，等吃完饭，你再给他们解释解释。"定西侯对儿媳妇和颜悦色地道。

两人说着话，常春兰也过来了，不过她没敢进屋子，心惊胆战地站在门外。

"他们要吃什么？厨房不会做吗？"齐悦问道。

"要吃面饼子和咸菜。"管家说道。

什么？

670

"这是干什么?"齐悦笑了。

"说是他们家就吃这个,他们吃惯了粗茶淡饭,享受不了咱们家的油水,由俭入奢易,由奢入俭难,今日吃了咱们家的美食佳肴,回家会惦记,便不能安心享受清贫了。"管家低声说道。

齐悦"哈哈"笑了。

"是不是父亲说大姐在人家家里受委屈了?"

定西侯在一旁哼了声。

"这老东西是故意的!他吃粗茶淡饭!说他吃素都比这个可信!"他瞪眼,喊外边的常春兰,"你进来,你那老不死的公爹在家都是吃饼子就咸菜吗?"

这样称呼公爹让常春兰更加惶恐不安。自从听到公爹和丈夫来了,她就慌了神,再加上自己本就害怕的父亲,她还能在这里站着已经不错了。

齐悦忙接过话。

"且不管他在家吃什么,他们来了就是咱们的客,主随客愿吧。"她笑道,"父亲别动气。"

"我不是生气,我是看不惯这老东西装!"定西侯气呼呼地一甩袖子坐下来。

齐悦冲管家招手,低声问道:"咱们家没有?"

"没有,就是最低等的下人吃的也没这个。"管家低声说道。

"那最低等的下人家里应该有。"

管家一拍头,急糊涂了!他忙转身出去了。

齐悦拉着常春兰进来说话,让她缓和一下情绪,但常春兰实在是缓和不了。

"瞧你这窝囊样!有什么好怕的?是你受了欺负,不是他刘家受了欺负!"定西侯没好气地说道。

常春兰都有些发抖了。

外边有人轻咳一下,是刘老太爷来了。

定西侯转过头不说话了。

"父亲。"常春兰忙向他施礼。

刘老太爷威严地看了她一眼,迈进来。

刘成阳在后边,看着妻子。常春兰看着他,喊了声"夫君",最终在刘成阳的怒目下低下头,眼泪掉在地面上。

"我别的话也不多说了。"刘老太爷坐下来,从袖子里拿出一张纸,"这是休书。"

此话一出,屋子里的人都大吃一惊。

常春兰更是掩面哭起来，跪在地上喊了声"父亲"。

定西侯气得跳脚。这老东西，这时候才把休书拿出来，他要是早拿出来，就是面饼子、咸菜也休想吃到！

"休书，我问你，她犯了哪一出？"定西侯瞪眼喝道。

"口多言。"刘老太爷淡淡地答道。

定西侯"呸"了一声。

"多言？她要是多言，你们父子几年前就休想再踏入我定西侯府大门了！"他大声说道，"她多言？她多什么言了？你跟我去官府说一说，她和骨肉要被迫分离，她能不能言一声？她幼女要被亲人送去等死，她能不能言一声？她要是这都不言一声，姓刘的，不用你休妻，我亲自绑她回来溺死！虎毒尚且不食子，我还要这等畜生都不如的东西做什么？"

定西侯说出这番话，屋子里的人都瞪眼看着他，就连一向持重的刘老太爷都微微色变，那定力少修了几十年尚不如父亲的刘成阳更是失态。

虽然他来这岳丈家的次数屈指可数，但从来没觉得眼前的岳丈是这样陌生。

好，骂得好！

站在屋外的管家松了口气，看了看四周的小厮们，轻松地说道："下去吧下去吧，没事了。"

有少夫人坐镇，猫都能成虎。

常春兰哭着跪行几步，冲刘老太爷叩头。

"父亲，父亲，燕儿真的太小了，求求父亲，让我和燕儿一起去庙里。"

刘老太爷还没说话，意犹未尽的定西侯便接过话，句句掷地有声："他敢！姓刘的，我还没死呢，你敢把我女儿送庙里试试，我不砸了你们刘家我就不姓常！"

这么悲情气愤的场合，齐悦不知道为什么突然想笑，而且真的就抿嘴笑了。

"父亲这话说错了。"常云成的声音从外边传来。

齐悦看着自己男人迈步进来，身上、脸上还带着晨练后的汗水，被汗水打湿的衣裳让结实的肌肉若隐若现，怎么看都好看。

虽然屋子里这么多人，常云成也没有刻意去寻找，但他还是第一时间感受到齐悦的视线，尤其是那毫不掩饰的欢喜还有炙热。

真是，这女人都不知道在人前收敛点儿。

这样看人，多……多让人不好意思啊。

"应该说，除非我们定西侯府的人死绝了，否则哪怕就剩一个小娃娃，也不会让我们常家的血脉受此折辱。"常云成接着说道。

"楚虽三户，亡秦必楚"，这句话不是这么用的吧？！

什么死呀活呀的，这父子两个疯了不成，这种话说来做什么？！

真是有辱斯文！什么乱七八糟的鬼话！

刘成阳不由得往父亲跟前站了站，继续保持怒目相视。

刘老太爷已经从微微的惊讶中平复过来，慢慢地、轻轻地抚了下依旧纹丝不动的胡须。

"原来侯爷、世子爷亦是如此想，那我就放心了。"他淡淡地说道。

正得意亢奋的定西侯一怔。

这老东西又要说什么？

"所谓恶秽不除，家宅不宁。"刘老太爷神态严肃、目光威严地看向定西侯府，"为了刘家子嗣安康顺遂，我宁愿受断臂之痛，也要除去这个恶秽。我如此，又何尝不是为了护子？为了护更多的子，而要亲手食自己的子，如果在侯爷眼里这是畜生都不如的话，我便认了。"

定西侯就搞不懂，这老头为什么总是这么一副圣学先师的模样。真不知道什么时候他才能撕破这张一成不变的脸！

屋子里响起女声。

"原来刘老太爷是为了这个。"齐悦笑道。

听到女声，刘老太爷看都没有一眼，父亲不看，做儿子的刘成阳自然也不看。

"燕儿，燕儿，进来。"齐悦向外招手。

大家一惊，都看向门外。

不知什么时候，阿如拉着燕儿站在了门外。

刘成阳看到女儿，神情复杂。女儿还跟在家一样，蒙着口鼻。

他自己的女儿自己怎么会不知道，日常从没见过这么多人，更别提敢凑上来。

他的念头刚闪过，就见女儿松开那丫头的手，"噔噔"跑进来。

齐悦张开手，燕儿似乎练熟了，一下子扑过去。

"哎哟，好，比昨天又重了一些！"齐悦抱起她，笑道。

"早上没吃，要不然还要重呢。"燕儿说道。

这……这……刘成阳再也无法保持严肃的神情，他瞪大眼，不敢置信地看着女儿，然后不敢置信地看着抱着女儿的女人。

她……她不怕吗？

齐悦已经将燕儿放下，再次冲刘老太爷一笑。

"其实燕儿这个是病。"她说道，"这个病历来有记载，不是什么邪祟。"

刘老太爷依旧看也没看她，而是看向定西侯。

"常年不来，侯府的女主人换了我也不知道。"他淡淡地说道。

什么？！

定西侯顿时涨红了脸，就连常云成的脸色也很是难看。

这……这混账老东西说什么？！

"你这老浑蛋，这是我儿媳妇，定西侯府少夫人，睁开你的眼好好看看！"定西侯咬牙说道。

刘老太爷眼皮翻了一下。

"哦，原来是少夫人啊，恕我孤陋寡闻，原来侯府是侯爷和少夫人协力管理内外家事啊。"

这话真是恶毒！

常云成及时拦住举起凳子的定西侯，丫头们都忍不住回避到墙角，常春兰抱着燕儿再次哭起来，燕儿被屋子里的气氛吓得呆呆的。

相比之下，端坐在椅子上的刘老太爷越发显得肃穆安详，任尔东西南北风，我自岿然不动如松。

行啊，能拒绝美食，单啃面饼子就咸菜的，果然牙口厉害啊。

齐悦看着这老者，笑了。

定西侯已经开始破口大骂，喊管家带人将这父子两个扔出去。

"父亲，不知者不罪。"齐悦笑道，"刘老太爷不知道咱们家的情况，好好跟他说就是了。"

定西侯听了，稍微收了收脾气。

"姓刘的，你给我听好了，这是……"他瞪着眼说道。

话没说完，刘老太爷眼皮一翻，哼了声。

"少夫人说话还真管用啊。"

一句话让定西侯一口气没上来，差点儿憋死。

"早听说你们家牝鸡司晨，我还不信，今日一见，果然如此。"刘老太爷自始至终神情都保持肃穆，坐在堂中，尽显鄙视与不屑。

"还是个晚辈！"刘老太爷又加上一句。

定西侯再也顾不得什么，被这老头气得死去活来，将手里的凳子狠狠地砸出去。

幸好常云成挡了下，凳子在刘老太爷身前跌落。

刘成阳吓了一跳，刘老太爷则无动于衷。

齐悦忽地上前一步，站在刘老太爷面前。刘老太爷从来没被女人这样直直地站在身前过。

"你……"他肃穆地开口。

"你这老者，看起来挺知书达理的，怎么这么不懂礼数啊？"齐悦皱眉说道。

这老头毒舌，但讲究腔调沉稳，所以说话便慢了些。

"我……"刘老太爷再次肃穆地开口。

"我父亲的话都没说完，你就这个那个的，难道你从小没被教过别人说话的时候不要打断吗？"齐悦根本不给他说话的机会，再次说道。

刘老太爷两次被堵住话，面色微微涨红，不知道是气的还是憋的。

"这家里还轮不到你跟我说话！"刘老太爷一呼一吸间平复了情绪，淡淡地说道。

定西侯又要开口骂，被常云成拦住了。

"要说家事呢，有父亲、母亲和世子在，老太爷你要我说我也不敢说。"齐悦也平复了情绪，含笑说道。

"那你说的也不少了。"

"因为我要说的不是家事，老太爷，你能听我说了吧？"

"那你还有什么可说的？"刘老太爷眼皮都不动一下。

"姓刘的，你能好好听人说话不？"定西侯再次忍不住喊道。

"照你这么说，我到现在听到的都不是人在说话吗？"刘老太爷翻了下眼皮，看着定西侯，肃容问道。

定西侯气得差点儿背过气，手点着刘老太爷，又开始找东西。

齐悦吐了口气。穿越来这么久，她还是头一次见到这么可气的人，比王庆春还要气人。王庆春是行动气人，这老头靠嘴就能气死人。

"我是大夫，我现在要告诉你，我要给你的孙女治病，也就是这个兔唇。"她提高声音压住屋子里乱糟糟的响动，伸手拉过燕儿，"我要和你说的就是这件事，你能听明白吗？"

屋子里静了一刻。

"刚才我已经说过一遍了，不过我想您没听。"齐悦快刀斩乱麻，"燕儿这个不是邪祟，而是病，一种先天性的疾病，就跟我们所有人都会生的病一般，是病不是……"

刘老太爷听到这里回过神。

"所有人？你怎么没长成兔唇呢？"他肃穆地问道。

刚平静下来的定西侯深吸一口气，抓紧桌角。

如果他砸死这老东西，老天爷不会怪他吧？

说得好，我就等你这句话呢。齐悦看着这刘老太爷。

"因为这是家族遗传病。"

家族遗传病？什么意思？

"意思就是，燕儿这个病是你们家祖上传下来的。"

定西侯想起来了。

"姓刘的，听到没，是你们家的病才导致我外孙女如此！除邪祟！除邪祟！先把你家里除干净了再来说我女儿和外孙女吧！"他跳起来喊道。

刘老太爷的脸色终于变了。他的面皮微微抖了下，眼中闪过一丝晦暗，不知道是听不明白还是别的什么，他居然没有第一时间还嘴。

"你……你胡说！"老子不开口，刘成阳开口了，他愤怒地看着齐悦，"我们家才没有人得这个呢！是不是父亲？"

刘老太爷不知道是没听到还是不屑于回答，只是沉着脸，一动不动。

"我没胡说。我是大夫，"齐悦看着他说道，"我今天就要给燕儿做手术了，等我做完手术，燕儿就跟其他孩子一样了。"

她看着刘成阳，又看着刘老太爷。

"能治好的，自然是病，不是邪祟了。"

这种说法闻所未闻，刘成阳根本就不知道该说什么。

"你说，你是大夫？"刘老太爷忽地问道。

齐悦点点头："是的，我是大夫。"

"我家儿媳妇是神医！神医！你懂不懂？我特意让她来和你说说燕儿的病，你瞧瞧你，前前后后都说的什么！"定西侯立刻喊道，"要不是燕儿是我外孙女，你这种人，这辈子休想被我们接诊！"

只要跟在这女人后边说话，定西侯的声音都是最大。

刘老太爷瞥了他一眼，而另外一个男人——世子，跟木头桩子似的戳着，除了那种随时要打人的神情外，连句话也不说，还说这家里不是牝鸡司晨？！

"你算个什么大夫？接生婆吗？"刘老太爷说道。

"你去打听打听，就知道我家月娘是什么大夫了！"定西侯气呼呼地说道。

你去打听啊，吓不死你！

"我听圣人言，遵循的是眼见为实，耳听为虚，那些旁人说的事，我一向不会往心里去。"刘老太爷淡淡地答道。

"你是说那么多人亲眼见了，只要你没亲眼见，这事就是虚的？"定西侯已经气得没有情绪了，看着刘老太爷，问道。

"这是你说的，我可没说。"刘老太爷淡淡地道，"我只是说我没亲见，不知道什么神医不神医、大夫不大夫的。要说大夫，我倒是知道善宁府有一位称得上好大夫，至于少夫人……"

他没再往下说，但其意不说比说了还让人生气。

定西侯突然不想说话了。

跟这个老头，自己是永远也说不过他的吧。

这些读书读成精的人就是这样！

刘老太爷死死地咬住他的规矩，不论旁人怎么辩驳都撼不动他的道理。

齐悦却眼睛一亮，冲一旁的阿如招招手，附耳低语几句，阿如低头退了出去。

一个丫头的进出，大家也不在意，不过因为定西侯突然意兴阑珊不说话了，室内变得安静下来。

他不说话，别人正好说话。

"这些年为了燕儿，外边怎么说咱们刘家，我可曾给你们说过半句？"

"说是冷落，燕儿此等相貌是让人惧怕，因为怕而躲避，这叫冷落吗？自己不祥，还指望别人恭维，这是什么居心？"

"跑到娘家来搬弄口舌，此等恶妇，你不回就不回，你就是回，我们刘家也不要了！"

刘老太爷将手中的休书扔在地上。

常春兰哭着跪行过去叩头。

"父亲，父亲，媳妇知错了。"她除了这句话，别的什么也说不出来。

燕儿看到母亲哭，六岁的她已经知道"不要了"是什么意思，因为日常她总听到别的人这样威胁她。

燕儿"哇"地大哭，扑过去跟着叩头。

"爷爷不要赶走我娘！爷爷，燕儿愿意去庙里，不要赶我娘走！"

这哭喊声让屋子里的人不由得心酸，就连站在刘老太爷身旁的刘成阳也变了神色，看着地上哭泣的妻女，他忍不住迈上前一步，刘老太爷却在这时站了起来。

"侯爷，你家的女儿还给你，我不再管了，但我家的孩子我带走是应该的吧？"他看着定西侯，淡淡地说道。

没错，这是无法辩驳的道理。

定西侯连话都不想说，头也不想抬，心里开始后悔：当初如果没留下常春兰母女，也不会有今日的难堪吧。

刘老太爷此话一出，常春兰和燕儿大惊，母女两个顿时抱在一起。

"舅母，舅母！"燕儿猛地挣开母亲，扑到一旁许久没说话的齐悦身上，"舅母！"

她抬起头，泪汪汪地看着齐悦，却不知道自己该哀求什么。

她虽然小，却也知道自己姓刘，不姓常。

不姓刘的人能帮她吗？

齐悦拉住她，看向站起来的刘老太爷。

"老太爷，燕儿这个真的是病。你就是不信我，难道没有找别的大夫瞧瞧？"她迟疑了一下说道，面色、神态、语气已经完全不似方才。

只靠着一张嘴，也就能笼络这没脑子的定西侯！绣花枕头！

刘老太爷肃穆的脸上浮现出毫不掩饰的鄙夷。

能让父亲情绪外露的人已经不多见了，刘成阳看到了，在一旁感叹：尽管是鄙视，这位少夫人你也可以觉得荣幸了。

"哪个大夫看得了这个？"刘老太爷淡淡地说道。

他的意思是这不是病。

齐悦讪讪一笑。

"我孤陋寡闻，年纪又小，知道的不多，但是我们永庆府就有好几个好大夫，"她似乎没明白他的意思，忙忙地说道，"听说都可厉害了。"

刘老太爷淡淡地看了她一眼。

"厉害？你们永庆府也有厉害的大夫？连你都能被称为神医，永庆府遍地都是神仙了吧。"

齐悦似乎被他说得更加惶恐。

"那……那我不知道，我听别人说，他们可厉害了，要是老太爷都看不上，那我就不知道还有谁是好大夫了。"反正她就是要揪着大夫这个话题说。

刘老太爷此时要做的是迈步就走，而不是在这里跟她废话，但看着方才趾高气扬的女人此时变得唯唯诺诺，感觉挺不错的。无知小儿狂妄自大，我就再替定西侯指点你几句。

"要说好大夫，善宁府的安老大夫倒称得上是。少夫人下次再空口说病，自称神医的时候，不如先去见见这位大夫，看看到底什么叫大夫。"

常云成一怔，看着齐悦，忽地微微一笑，继续保持不动。

齐悦露出恍然的神情："安老大夫？他有这么厉害？"

"至少比你可信。"刘老太爷淡淡地说道。

"哦——"齐悦看着他，拉长声调说道，"善宁府的安老大夫啊——"

这女人脸上又没了那种唯唯诺诺。

"真有那么厉害吗？"她反问道，"我怎么没听说过呢？怎么他说的话就比我说的可信呢？"

刘老太爷瞥了她一眼。

"你算个什么东西！"他说罢，不再看齐悦，将视线转到门外，忽地愣住了。

院子里不知什么时候有两人走来，其中一个坐在轮椅上。

刘老太爷看着此人，脸上露出惊讶之色。

定西侯也看到院子里来了两个陌生人。

"什么人？"他没好气地问道。管家呢？死哪里去了？连大门都不管了任人随便闯了吗？

"善宁府安金忠，拜见侯爷。"轮椅上的老者拱手施礼。

刘老太爷的惊讶之色越发浓重，最终目瞪口呆。

什么？

"爹，是安老大夫！"刘成阳可没父亲这种几十年修炼来的沉稳，忍不住大声喊着，一面伸手指着院子里的老者，"是安老大夫！圣人的话果然对啊，'背后莫说人，说人人就到'！"

去你的，哪个圣人说过这话？刘老太爷心里骂道：这臭小子一定又偷看街上买来的禁书了！

不过，这么巧，安老大夫来这里做什么？

他旋即想到，这家人一口咬定燕儿那样是病，一定是请安老大夫来诊治的。

那又怎么样？

难道安老大夫会说这是一种病吗？

他哼了声，不过还没哼完，他就再次愣住了。

安老大夫见过侯爷，就冲齐悦施礼。

"少夫人，安金忠来向你赔礼了。"他说道，躬身，因为腿脚不便，他只能上半身深深地伏下去。

"原来是你啊。这没什么，大夫们意见不同，有争执在所难免。"齐悦一面示意他快些免礼，一面又看向刘普成："老师，你怎么来了也不说一声？"

伴着她这句话，刘老太爷心里那刚兴起的"这女人是故意的"的念头便消了。

一旁的常云成忍不住扭头，好掩饰嘴边的笑意。

"老师，你怎么来了也不说一声？"也只有这女人能如此脸不红耳不赤地说出这句话吧？

还不是你叫来的！

刘普成待这二人把该说的话说完了，才带着几分不自在看了眼室内。

"你们家有客，真是唐突了。"

他的神情忐忑、惶恐，没有丝毫作假。

刘老太爷总觉得事情哪里不对，偏又说不上来。

这时候，齐悦忽地看向他。

刘老太爷的心一跳。

"哎？对了，"齐悦带着几分惊喜说道，"老太爷，这位大夫也是善宁府的，跟你说的那个大夫是一个地方的。哦，对了，"她又看向安老大夫："这位老先生，我忘了，你贵姓什么来着？"

"免贵姓安。"安老大夫忙答道。

"哎呀，真是巧，你也姓安啊。"齐悦笑道，又看刘老太爷："老太爷，他也姓安呢！"

刘老太爷看着这女人，一句话也不说。

齐悦却没有打算放过他。

"哎？老太爷，不会……他就是你说的那个安老大夫吧？"她一脸惊讶好奇地问道。

定西侯这时终于反应过来了，一扫先前的颓废，三步并作两步站过来，看向门外。

"安老大夫！安老大夫！你怎么来了？"他大声喊道，那神情就如同见到多年不见的旧友。

站在某个不知名角落里的管家可以对天发誓，这是侯爷第一次见这位安老大夫。

"刚才刘老太爷还说起你，神医啊，果然神啊，这一说就到了。"侯爷大笑道。

这什么跟什么啊？刘老太爷面皮抽了抽。

"是丹江府的刘老太爷？"安老大夫看向他，含笑说道，一面拱手施礼，"不敢不敢，刘老太爷谬赞了。"

当年刘老太爷的母亲重病，就是求到安老大夫面前才救得一命，此等恩情，刘老太爷无论如何也不会做出不认识的行径。

就算安老大夫认不出他，他也会上前打招呼的，更别提人家还认出了他。

"安大夫，当得。"他肃容说道。

安老大夫摇头："痴学几年，自以为略有所成，直到见到少夫人，才知道自己乃井底之蛙。"

什……什么……意思？

刘老太爷再次僵在原地。

安老大夫再次冲齐悦郑重地施礼。

"少夫人，老夫这次来，除了为上次小儿的无礼表达歉意，还有就是想拜少夫人为师。"

"安老大夫，这可不敢当。"齐悦忙说道，再次还礼。

定西侯在一旁早忍不住了，死死地看着刘老太爷的脸色。

"月娘，既然安老大夫一心向学，你就别让人家失望了。"他大声说道，"人家这么老远特意赶来，看在这份诚意上，你就不要因为曾经的事而故意推搪了。"

这话连齐悦都听得有些脸红，但定西侯可不管，他终于看到刘老太爷那万年不变的圣人脸裂了！

"这个，父亲您还有客，我先请刘大夫、安大夫去您的书房里稍候。"齐悦忙说道。

定西侯觉得还没过瘾呢，但齐悦不待他答应，就忙让人带刘普成和安老大夫过去了。

这两人离开，客厅里又安静下来。

常春兰和燕儿早已经被扶起来坐在椅子上。

"成阳，带上燕儿告辞。"刘老太爷说道，拂袖就要走。

常春兰和燕儿听到了，又开始哭。

刘成阳却迟疑了一下。

"父亲，燕儿这个……"他期期艾艾地说道，话没说完，就被刘老太爷瞪了一眼："快跟我走！"

刘成阳吓得立刻不敢再说话，过去就要拉燕儿，常云成站过来，挡住他。

"怎么？世子这意思是不让我们带人走？"刘老太爷冷冷地问道。

常云成亦是回他一个冷笑："没错。"

齐悦笑盈盈地站过来。

"其实呢，我们自始至终都没打算让燕儿跟你们走。"她说道，哪里还有方才的唯唯诺诺，"不过刘老太爷总是打断我们说话，没机会告诉你罢了。哦，对了，"

她站在常云成身侧，笑眯眯地歪了歪头，"刘老太爷方才问我是什么东西。我年纪小，不敢妄自判定，敢问老太爷，你说我算个什么东西呢？"

刘老太爷冷笑一声。

"少夫人，这种把戏玩得很得意吗？"他竖眉说道，脸上再没有那种肃穆，"你既然早就认识安老大夫，还故意如此，是何居心？"

刘老太爷此时已经反应过来了。他想到那个半路出去的丫头，出去前被这少夫人叫去说了几句话，又想到这女人引着自己说那些关于大夫的话，当时觉得这女人是惶恐不安，现在看来，那都是故意的！

齐悦"哈哈"笑了。

"居心？没什么居心，就是想要刘老太爷高兴高兴。我要是早说了，老太爷，你现在的感觉能这么好吗？"

刘老太爷瞪大眼，张口结舌，面红耳赤。

齐悦抬头看着他，冷笑。

"我就是想让你知道知道我算个什么东西。我就是想让你知道，我说她是病就是病。你随便扯出的一个大夫都会立刻出现尊我为师，你说是我运气太好呢，还是，你不是个东西，老天爷都看不下去打你的脸呢？"

刘老太爷活到如今，从来没见过如此无耻的人！还是个女人！

定西侯看着老头的神情，终于忍不住，畅快地大笑。

笑声中，刘老太爷拂袖就走，刘成阳左右看看。他可推不动挡着燕儿的常云成，再说，这个大舅子顽劣得很，真敢打自己呢。而且父亲也没再说让自己拉燕儿。

他忙提脚也往外走。

"慢着。"齐悦又喊道，"刘老太爷，你忘东西了。"

刘老太爷的脚步停了下。

齐悦几步过去，从地上捡起那张休书，团起来扔给刘成阳。

"拿着。"

刘成阳面色涨红，不知道拿还是不拿。

刘老太爷冷笑一声，正要说话，齐悦已经先开口了。

"别担心，我们不会赖在你家的。"她脸上没有了笑意，冷冷地看着刘老太爷，"等我给燕儿做好手术，我们会亲自上门，送和离书。"

刘老太爷看着她，胸口剧烈地起伏。

"你们现在可以滚了。"常云成淡淡地说道，伸手指门。

"送客！"外边的小厮立刻大声喊道。

不知道是被这一声惊的，还是气的，刘老太爷迈过门槛的时候居然被绊了一下，还好刘成阳慌忙地扶住了他，他才不至于跌倒。

"好，咱们走！"刘老太爷面色青紫，回头恨恨地看了屋内的人一眼，用干涩的声音说道。

他甩开刘成阳，疾步而去，不过身形不再似进来时挺拔如松、稳健威重。

看着这父子二人仓皇而去，定西侯忍不住捧腹大笑。

老东西，这是你自己送上门来的，活该！

怎么会这么巧呢？真的这么巧吗？

定西侯也忍不住问齐悦。

"真的是巧了。"齐悦笑道，"我又不是刘老太爷肚子里的蛔虫。只能说，老天爷都看不下去他如此欺辱父亲你，让他偏偏说出安老大夫来，要是说的是别的大夫，孩儿我可就没办法了。"

这话说得定西侯浑身舒坦。

听到没，这都是老天有眼，这都是他定西侯福泽深厚、吉人天相！

"你不要哭了，你弟妹说得没错，那个刘家，咱们不回了。"他站起来，看着相依的常春兰母女，"不过，不是他们不让咱们回，而是咱们不回！你安心在家住着，等燕儿治好病。"

常春兰抱着燕儿，哭着给定西侯跪下，喊了声"父亲"。

"起来起来。"定西侯做出不耐烦的样子说道。

齐悦伸手拉她起来："出了这事，今日手术就不做了，咱们等明日。"

送常春兰下去，齐悦向定西侯告退。

"什么时候又搭上这姓安的了？"常云成问道。

此时他和齐悦走在去往定西侯书房的路上。

"昨天。"齐悦笑道，将当时的事讲了。

常云成笑了，都不知道用什么表情看她。

"你可真是……"他也不知道该说什么。

齐悦冲他笑："我可真是承天之佑，万事大吉。"

常云成大笑。

"你可真会顺杆爬。"他抬手去拍齐悦的头。

齐悦要躲，但是没躲开。

"人家非要给我杆子，我不爬怎么对得起自己？"她瞪眼，"别拍我头，你这小屁孩！"

常云成哈哈笑了，再次伸手拍她的头："谁小？"

姐姐我今年二十八了！你才二十四！齐悦心里愤愤地喊道，喊完又忍不住红了脸。这个……这个老牛吃嫩草不太好吧。

常云成见这女人红了脸，有些莫名其妙，但看着日光下这女人白里透红、粉腻腻的脖颈，心里不由得一热。他左右看看，见知道要去书房，并没有很多丫头跟来。

"真的不小。"他低头凑近，含笑低声道，同时拉住齐悦的手。

"什么？"齐悦没明白，抬头看他，见这男人微微一笑。

"晚上你可以看看。"他再次凑近，低声说道。

大龄女青年齐悦腾地红了脸。

"你这个没羞没臊的！"她抬手拧他的脸，说道。

常云成自然不会被她拧到，站直身子大笑。

齐悦抬手在后捶了他的肩膀几下，自己也忍不住红着脸笑。

第二十四章　和　好

常云成没有和她一起进书房。也不知道齐悦和那个安老大夫怎么说的，不多时她便回来了。

"怎么这么快就回来了？"常云成很意外，又忍不住笑，"不用急，跑不掉，晚上给你看。"

齐悦正喝茶，听见了，呛了一下。

"你个小浑蛋！"她放下茶杯，冲常云成扑过去。

对于投怀送抱的齐悦，常云成双手抱紧。

"你要是等不及，现在就看。"他笑着，随手将这女人抱起来。

齐悦伸手扯他的脸。谁怕谁啊？

"看就看。"她瞪眼喊道。

这臭女人就跟个小母老虎似的，常云成浑身发热，眼神暗了暗。

"好。"他哑着嗓子说了声，抱着这女人就向卧房而去。

"世子爷。"外边传来丫头秋香的声音。

"滚！"屋里传来男人恼火的回答声。

"世子爷，夫人有些不好了。"秋香只得再次说道。

常云成、齐悦忙忙地赶过去时，谢氏的院子里，大家都到了，但都站在外边，谢氏只让常云成进去，连齐悦都没让进去。

"媳妇来了正好让她看看。"定西侯不高兴地说道。

"我说过我没事，你是盼着我死呢？"谢氏挣扎着起身，喊道，声音沙哑，气

息不稳。

常云成忙安抚。

"真是不可理喻！"定西侯气得甩袖子就走。

见他出来，院子里的孩子们忙围了上去。

"没事，多大的人了，吃个蜜饯也能噎到！"定西侯说道，"都回去吧。"

他说着，径自去了。

吃蜜饯噎着了……

常家的小姐少爷们不由得对视一眼，都看到对方眼中隐忍的笑。

屋子里边的谢氏听到定西侯居然跟孩子们说出自己的病因，气得一阵咳嗽，哑着嗓子让外边的人都滚。

苏妈妈忙出去让人都退下了。

齐悦听了，自然也要走，却被苏妈妈叫住了。

"少夫人，您也要走啊？"

齐悦愣了下。

"啊，我进去看看。"她忙说道。

谢氏一直躺在床上，常云成坐在床边，屋子里安静得很。

"母亲，让我瞧瞧吧。"齐悦低声道。

"不用。"谢氏面向里，哑声说道，"死不了。"

齐悦碰了个软钉子，看向常云成，常云成给了她一个安抚的眼神。

谢氏虽然背对着，但依旧能感受到这二人之间的眼神互动，心里越发烦躁。

"云成回去吧，月娘在这里就成了。"她说道。

齐悦和常云成都愣了下。

婆婆病了，媳妇侍疾是应该的。

齐悦点点头，常云成神色缓和。

"母亲，我也在这里吧。"他低声说道。

谢氏不咸不淡地哼了声："怎么，一刻也舍不得分开？只是我如今病着，又是药又是吐的，坏了你们的兴致。"

常云成涨红了脸，又觉得莫名其妙：母亲说这话是什么意思？

齐悦推推他，冲他使了个眼色。

常云成领会，迟疑了一下。

"那儿子不孝，母亲好好歇息。"他施礼，退了出去。

荣安院的灯笼逐一被熄灭，值夜的丫头婆子们各自站好，余下的人便都退了出去。因为谢氏不舒服，今晚院子里的丫头仆妇便多了很多。

齐悦已经站了好久，看到床上的谢氏悄无声息，她便轻轻地吐了口气，扶着绣凳要坐，刚挨着凳子，床上的谢氏"嗯"了声。

"母亲。"齐悦忙站起来快步走近，低声道，"您要什么？"

"水。"谢氏哼哼道。

齐悦忙从一旁的暖炉上取下水端过来。

谢氏却又悄然无声了。

齐悦端着水轻声唤了几声。

"干什么？"谢氏猛地喊道，"还让不让人睡了？"

外边的丫头们都不知道怎么了，蹑手蹑脚地探头看进来。

齐悦无奈地吐口气。

"是，媳妇错了。"她低声说道，放下茶杯，给谢氏掖好被子。

"站远点儿，别戳在我这里，跟勾魂鬼似的。"谢氏闭着眼说道。

齐悦咬咬牙，应声"是"，果然站开了。

屋子里又恢复了安静，丫头们收回视线，各自站好。

夜色沉沉，齐悦靠着隔扇闭着眼打盹，忽地有人推她，她忙睁开眼。

"少夫人，你去那边睡一会儿吧。"苏妈妈低声说道。

齐悦看向谢氏。

"夫人已经睡了，我看着，你去睡一会儿吧。"苏妈妈再次低声说道。

谢氏的确没什么事，还那么精神地喊骂，让自己在这里不过是摆谱儿。

"那我去眯一会儿，我明天还要给燕儿做手术。"齐悦低声说道，"妈妈一会儿叫我，我来替你。"

"没事，我看着呢，少夫人好好睡吧。"苏妈妈含笑说道，招手让小丫头引着齐悦过去了。

齐悦在对面的小床上躺下，灯熄灭了，月色下，隐隐可见床头的香炉里袅袅生烟。

苏妈妈看着那边，露出一丝浅笑。

睡吧，好好睡吧。

常云成一晚上没睡踏实，一则担心谢氏；二来好像已经很久没有一个人睡了，屋子里少了一个人，却如同少了半颗心，怎么都觉得空落落的。

常云成先是在自己床上，后来又跑到罗汉床上，翻来覆去，到底是一宿没睡，天刚亮，就忙忙地往谢氏这边来了。

他到了门口，几位小姐也都过来了。当然，她们都没进门去，问了丫头得知谢氏无碍，才放心了。

看到他们如此，常云成心里也很高兴。

家里兄友弟恭、母慈子孝是再好不过了。

他脚步轻快地迈进院子。院子里，丫头们都在忙碌，洒扫的，熬药的……看上去乱乱的。

"夫人早上又有些不好，吐了一回。"阿鸾低声说道，神色担忧。

常云成忙迈进屋内。谢氏闭着眼靠在引枕上，苏妈妈正拿着帕子给她擦去嘴边的药汁。

丫头们有拿漱口水的，有接过药碗的，也有更换痰盂的，紧张而忙碌。

见他过来，苏妈妈忙站起身。

"世子爷来了。"她压低声音说道。

"母亲……"常云成刚开口，苏妈妈却嘘了一声。

他不由得愣了下。

苏妈妈却面色尴尬，什么也没说。

拿痰盂的小丫头不知怎么的手松了，痰盂掉在地上，发出一声闷响。

"小蹄子小心点儿，别吵到少夫人。"阿鸾忙低声喝道。

吵到少夫人……

常云成怔住了，看向对面，隔着珠帘，隐隐可见小床上那女人睡着。

守了一夜，这时候睡一会儿也是人之常情。常云成想，然后转过头。

谢氏已经睁开眼，看着他，冷冷一笑。

"苏妈妈，你快下去歇歇，世子爷来了，可以替他媳妇一会儿了。"她淡淡地说道，"你一大把年纪了，又有眼疾，熬了一夜，要是有个什么不好，我可对不住我姐姐。"

苏妈妈是大谢氏的陪嫁。

常云成看向苏妈妈，见她果然一脸憔悴，眼中红丝遍布，显然是熬夜未睡的缘故。

他心里已经隐隐猜到什么，但是还不敢相信。

"夫人，别这么说，这是老奴该做的。"苏妈妈含笑说道。

谢氏淡淡地"嗯"了声："是你该做的，不是我媳妇该做的。"

常云成只觉得浑身发毛竖起，坐立不安。

"夫人，少夫人，少夫人今天要做什么……手术，这些事老奴能做，就老奴来伺候夫人。"苏妈妈笑道。

谢氏再次"嗯"了声。

"是，别人都重要，我这个老婆子反正也死不了，管不管都一样。"

常云成提脚向那边走过去。

齐悦想要睁眼，却怎么也睁不开。这是梦魇了……

她不停地喊着"醒来醒来"，用力地睁眼，然后觉得身上一凉，同时有人拽住她的胳膊。

借着这股力气，齐悦终于睁开眼。

"天亮了！"她揉着眼说道，忙起身，"我怎么睡得这么沉啊？"

"你还知道你睡得这么沉啊？"常云成铁青着脸低声吼道。

齐悦这才看到他的神情，怎么一大早就一副要吃人的模样？

"怎么了？"她不解地问道。

常云成看着她，面上肌肉跳动，最终什么都没说，伸手向外一指。

"你干的好事！"他吼道。

齐悦的脸色也变了："常云成，你一大早的到底发什么疯？"

"你要睡，回去睡，没人拦着你，你既然说要留，为什么现在还在这里睡？"

齐悦被他吼得抖了抖。

"睡……"她回过神，看向那边，"我……母亲睡了，我……我今天还有手术，就……就过来眯一会儿。"

常云成看着她，冷笑。

他还没说什么，谢氏已经冷笑着开口了："所以我这个婆婆的死活就跟你没关系了？"

齐悦睡得不好，头痛，又陡然被常云成吼，脑子里越发乱。

"母亲你不是没事吗？"她皱眉说道，一面抬手掐头。

"等我有事，指望得上你吗？"谢氏大声喊道，"啪"地将手边的茶杯摔在地上，"我也就这个时候用用你这个儿媳妇，怎么，这就嫌弃我了？现在就这样，等我七老八十瘫了瞎了，你是不是连看都不看一眼了？"

谢氏这陡然的发作让屋子里的人都吓了一跳，丫头们立刻都跪下了。

有事？就凭你这中气十足的样子，我有事你都不会有事！

齐悦只觉得火气也"噌噌"地冒。

689

常云成深吸一口气,看着齐悦。
"跪下给母亲认错。"
跪下?
齐悦叹口气,看着谢氏。
"母亲,咱们能有话好好说吗?你这样,有意思吗?"
谢氏笑了起来。
"看到没?看到没?这就是我的好儿媳妇!"她尖声喊道,"你给我滚!我不用你!我也不靠你!"
"母亲,我是真心实意要和你好好相处的,你能不能……"齐悦深吸一口气,说道。
她的话没说完,常云成伸手一指。
"你跪下给母亲认错。"他冷冷地喝道,"要不然就立刻出去!"
跪你妹!
她"呸"了声,转身就走。
外边站着的丫头们早已经吓得面色发白了,阿如更是慌乱。
怎么……怎么好好的又成这样了?
伴着帘子唰啦响,齐悦大步迈出来,刚迈出来,又被身后的常云成抓住胳膊。
"我说让你走你就听,我说别的话你为什么不听?"他愤怒地吼道。
丫头们都乱了,阿如都快哭出来了。
"母亲是长辈,你怎么能这样?"常云成继续吼道。
他的手紧紧地攥着齐悦。
"长辈,这样的长辈我也只能这样对待了!"齐悦毫不客气地回道。
她看着常云成,倔强地抿紧了嘴。
"怎么了?这是干什么?"门外传来妇人的说话声,同时进来四五个人,为首的是二夫人陈氏。
见她进来,常云成还是没有松开齐悦的胳膊。
他想,如果他松开手,这女人真的会跑出去。
二夫人走得急,搀扶她的仆妇几乎跟不上。她伸手拉住常云成的胳膊。
"放开!"她喊道。
常云成这才回过神,手指被陈氏一根一根地掰开了。
"月娘,没事吧?伤到没?"陈氏急急地拉着齐悦左右查看,苍白的脸上因为这番疾走浮现出不正常的潮红,气息也紊乱了。

"没有，没有。快扶着，快扶着。"齐悦吓了一跳，忙喊道。

仆妇们挤过来搀扶，陈氏还是拉着齐悦不放。

"你以前打家里的兄弟们也就罢了，如今怎么连媳妇也动手了？"她看向常云成，厉声喊道。

常云成什么也没说，只是绷着脸站着不动。

"没打，没打。"齐悦忙说道。

陈氏看着齐悦，神情哀伤焦急。

"你看看，都这个时候了，她依旧半点儿不肯说你的不是，依旧想要维护你。"她又看向常云成，幽幽地叹气。

常云成依旧不声不响，只是倔强地抿着嘴。

这副神情，闻讯赶来的定西侯再熟悉不过。

从小到大，只要犯了错被呵斥，这小子就是这样，从不争辩，只是抿着嘴任打骂。

在定西侯看来，这就是顽劣不知悔改！

但谢氏总是护着，说什么就是因为觉得这家里没人会听他说话，也没人肯护着他，所以这孩子便干脆不争不辩。

见他这副样子，再看到被陈氏查看而露出青紫一圈的齐悦的手腕，定西侯的火气"噌噌"就起来了，随手捞起院子里摆着的一个花盆。

屋子里的谢氏已经冲了出来，挡在常云成身前。

"你敢，你敢！你砸试试，我死给你看！"她尖声喊，直把定西侯气得跳脚。

场面顿时混乱起来。

"好了好了。"二夫人的气息平稳下来了，忙又劝道，"夫妻两个哪能不拌嘴呢？你们也别急，没什么大事。"又催着定西侯回去："大哥你快别管了，小夫妻的事，小夫妻自己解决，你快去吧。你在这里，两个孩子反而臊得慌，有话也不能好好说了。"

她一面说，一面忍不住咳嗽。

齐悦忙扶着她，也劝说道："父亲，没事，真没事，您快去吧。"

"看看，看看，都护着你，你这个不知福的逆子！"定西侯指着常云成骂道。

他骂过来，谢氏便又往前站了站。

"一个巴掌拍不响！"她恨恨地喊道。

"你这……"定西侯瞪眼，又指着谢氏，要上前一步说话。

陈氏忙拦住他。

"大哥，大哥，孩子们的事，别闹大了。说到底是小夫妻两个屋子里的事，别人还是不管的好。"说了这一席话，她的气息越发紊乱，甚至有些站不稳。

齐悦小心地扶着她。

"你看你，也跟着操心了。"定西侯叹息道。

"我带月娘过去，两个人冷静一下就好了。"陈氏说道，一面催着定西侯走。

定西侯恨恨地瞪了常云成一眼，这才转身走了。

陈氏拉着齐悦，对谢氏说了声"告罪"。

"我听说你不舒服，特意过来看看。你看，又遇上这事。你也快进去躺着，我一会儿来看你。"她一脸担忧地说道。

"又要累你操心。"谢氏说道，看着齐悦的眼神更加愤恨。

陈氏拍了拍谢氏，又看了眼常云成，拉着齐悦走了。

常云成的视线一直在那女人身上，此时见她离开，忍不住追上两步。

谢氏不明所以，以为他还要赶着骂那女人，忙伸手拉住。

"我的儿总是办些傻事，没错也要被人扣上错！"她心疼地说道。

常云成被拉住，看着齐悦随着一群仆妇消失在门口。

到了陈氏屋子里，齐悦还觉得脑子昏昏沉沉的。

"好好的，怎么了？"常英兰也听到消息，跑过来，一脸担忧地问道。

齐悦接过阿如递来的温热毛巾敷了一下脸，那种昏沉的感觉才散了些。

"别提了，昨天母亲不舒服，我留下来伺候她，半夜我说眯一会儿，不知怎么一觉睡到天亮，这不，这母子两个觉得我十恶不赦，恨不得吃了我。"她笑道。

对于她还能笑出来，常英兰很惊讶。

"嫂嫂怎么睡了？"她不由得问道。

是啊，我不该那么困啊。齐悦皱眉。

"大人说话，你插什么嘴？"陈氏看了女儿一眼，"还问这个做什么？"

常英兰讪讪地笑了笑，忙告退，屋子里只剩下她们二人。

"你这孩子，他恼了，你还不快躲一躲。他这人，下手没轻重，万一伤到了，也没人疼你，受罪的还是自己。"陈氏看着齐悦叹息道。

齐悦笑了："不是还有婶娘疼我吗？"

陈氏嗔怪地看了她一眼，神色正了正。

"你不用为难自己去你母亲那里讨好了。"

陈氏竟然会说出这样的话，齐悦很惊讶。

哇哦，这陈氏不是看起来跟谢氏关系很好吗？

"算了，干脆家里也不要待了。"陈氏又说道，似是自言自语。

"什么？"齐悦听不明白。

"没什么。"陈氏抬头看着她，一笑，"我正要去和侯爷夫人说，请你和我回一趟娘家。"

齐悦惊讶地看着她。

"我嫂嫂去年身子不好，请了好些大夫看，都说不好了。我母亲去得早，我这个长嫂如母，"陈氏说道，"所以我想请你去给她看看。"

齐悦"哦"了声。

"但是，我恐怕不行。"她笑道，"我其实对内科不拿手，看外伤还说得过去。就算是外伤，没别的大夫协助，我也不行。"

陈氏抿嘴一笑，只当她自谦。

"总之，不要多想了，他们不喜你，那就不喜吧，你也不用费心讨他们的喜了。"

"其实也不是这样的。"齐悦说道，"其实，也没什么……"

她说到这里忙站起来。

"哎呀，还要给燕儿做手术！我都气忘了！"她拍拍头，忙忙地冲陈氏告辞。

"都这样了还做什么手术啊？"陈氏站起来说道。

"这算什么事。"齐悦笑道，浑不在意。

陈氏满脸惊讶。这还不算什么事？

"不能再推了，一鼓作气，再而衰，从昨天推到今天，再推的话，燕儿年纪小，只怕精神承受不了。"齐悦笑道，匆匆地说了声"婶娘别担心，我下次再来和婶娘说话"，就带着阿如小跑着去了。

荣安院里闹起来，府里立刻全都知道了，常春兰在屋子里擦眼抹泪哭个不停："这都是为了我。"

黄姨娘叹气："不是为了你。"

"姨娘，如果不是为了给燕儿做手术，少夫人她哪里用得着如此分心？你别安慰我了，我都知道。"

黄姨娘摇头，伸手抚摸倚在身边眨着眼听她们说话的燕儿的头。

"舅母不能给我做手术了吗？"燕儿忍不住问道。

"不会。"黄姨娘冲她一笑。

"我看还是等等吧,少夫人哪还有这个心情。"常春兰哽咽地说道。

她的话音才落,外边传来丫头的说话声。

"大小姐,黄姨奶奶,少夫人让我来接燕儿。"

屋里三人都吃了一惊,忙看过去,见鹊枝笑吟吟地过来了。

"小小姐没吃饭吧?"她又问道。

常春兰愣了下,燕儿已经连连点头了。

"太好了。走吧,少夫人的车已经等着了。"鹊枝笑道,伸手,"怕不怕?"

自从懂事起,外界的排斥已经压倒了一切恐惧,为了能摘下口巾,像别的小孩子那样在阳光下玩闹,为了别人见到自己时不再低头躲避,就算是上刀山下火海,对这孩子来说,也是幸福的。

燕儿毫不迟疑地将手放在鹊枝的手里。

反而常春兰一口气提不上来,只觉得腿脚发软。

"我……我……"她说不出话来。

"少夫人说,大小姐不如在家里等着。"鹊枝含笑说道。

常春兰深吸一口气。"不用,我跟着去。"她说道,提脚迈步。

今日一大早,街上的人就注意到千金堂的异样了,别人开门,他们却是在装门板,另有几个弟子站在千金堂门前对前来诊病拿药的人道歉。

"今日有事,停业一日。"弟子们说道。

一个药铺能有什么事啊?外边的人对着千金堂指指点点。

院子里,弟子们都站着,紧张地看着面前的屋子。

"搞什么鬼东西!还手术!消毒!"安小大夫站在最外边,一脸愤懑地说道,"哎,我说,你们推我父亲的时候小心点儿,出了事我跟你们没完!"

屋门被打开,穿着手术服,戴着口罩、帽子的胡三一出现,便把安小大夫吓了一跳。

"这是干什么?穿得跟鬼似的。"他喊道。

满院子的弟子都瞪他,一起冲他嘘了一声。

"别吵,里面做手术呢!"胡三喊道。

他可不怕这个什么安小大夫。怕什么?你老子都喊我师父一声师父,那论起来,我还是你师叔呢!

想到这个,胡三看这个可以当自己爹的男人格外顺眼。

"手术开始了,大家可以进来看了,从小窗户里看,不许大声喧哗。"胡三说道。

弟子们早已经得到嘱咐，此时都忙点头，鱼贯而入。

安小大夫左右看了看，跟着提脚。

胡三拦住他。

"师侄啊，"胡三笑眯眯地说道，"你还是别进去了。"

安小大夫哼了声。

"我为什么不能进……你喊我什么？"他瞪眼道，看着眼前这个年轻男人。

胡三咧嘴一笑："还没自我介绍，我姓胡名金奎，乃齐少夫人的大弟子。巧了，我和你父亲都是'金'字辈儿。"

安小大夫啐了他一口。

"滚开。"他抬手推开胡三，提脚进去了。

"可别怪我没提醒你啊，你没见过这种手术，吓死你。"胡三也不在意，占了口头便宜很得意，在后笑道。

屋子里的弟子们已经一排站开了，透过小小的窗棂看向对面。

害怕？安小大夫哼了声，袖子一甩："让开让开。"

一个弟子到底胆小，忙让开了。

手术！什么东西？搞得神神秘秘的！

安小大夫凑上前去。

这间屋子因为房顶开了窗，光线充足。里面只摆了一张床，一张很奇怪的床——两个条几一样的东西伸展开，横在床上方，上面摆满了刀、剪、盘子、火炉、盆、罐……

床前站着四个人，皆是穿着将全身包括手脚都包裹住的袿子，戴着帽子，遮住了脸，只露出眼，仅能从身形分辨出男女。

屋角站着一个女人以及安老大夫，眼睛一眨不眨地看着。

"定点完毕。"齐悦说道，伸手。

一旁的男人立刻接过她递来的注射针。

"黏膜切刀。"

棺材仔将一把刀放在她手上。

"拉钩，擦血。"

棺材仔已经用镊子夹起棉布。

齐悦低着头，慢慢地切开黏膜。

安老大夫听到旁边女人的呼吸越来越急促，终于，在看到裸露在外的孩子的口鼻变得血肉模糊时，她低呼一声靠在墙上。

外边也渐渐响起低呼声。为了教学，手术台摆放的角度便于弟子们观看，因此他们大多数人能清楚地看到齐悦用刀用剪割开整合那口鼻处的皮肉。

这种刺激是直观的，除了在义庄提前见过的几个，其他人都忍不住色变，这跟看到那些重症创伤的感觉是不同的。

终于，有人大喊一声。

"干……什么……杀……杀人……"同时有颤抖的声音喊道。

这声音惊动了里面的人，除了齐悦和棺材仔，其他人都看过来。

胡三上前就给了安小大夫一巴掌。

"架出去！"他摆足师叔的架子低声喝道。

便有两个弟子架住已经瑟瑟发抖的安小大夫，安小大夫身体发软，也没反抗，就这样出去了。

"胆小如鼠。"胡三摇头说道，一副稳重淡定的样子站到了原先安小大夫的位置，向内看去，完全忘记了自己当初在义庄吓得要死的事情。

安老大夫收回视线，不由得转动下轮椅凑近些，想要看得更清楚。

守着血压计和听诊器的阿如立刻冲他摆摆手。

安老大夫忙停下，用力地探身探头看着那边。

除了器械交递偶尔发出的磕碰声，手术室里里外外都安静得似乎连呼吸声都没了。

夜色深深，常云成迈进屋子。屋子里早已经点了灯，却显得空荡荡、冷冰冰的。

齐悦不在家，带走了三个丫头。

常云成不由得回头看了眼院子，亦是感觉空荡荡的。

跟在他后边的秋香察言观色，低声说道："少夫人今晚不回来，和大小姐她们留在千金堂了，丫头们已经送了铺盖过去。"

常云成转过头。

"我有问你这个？"他拉着脸说道。

秋香低头，并没有害怕。

"世子爷，奴婢不是知道您担心小小姐吗？小小姐的手术很顺利，刚才丫头们回来取东西时说了，已经……嗯……那个……麻醉苏醒……反正就是醒过来了。"她含笑说道。

那你不先说这个。常云成看了眼这丫头，什么也没说，"嗯"了声。

他看着屋子站了一刻，转身出去了。

"世子爷。"正准备帮他解下斗篷的秋香不解，忙跟上去喊道。

"我去书房。"常云成说道，大步走了出去。

千金堂里。

手术室隔壁就是新布置的病房。

"我喊一二三，大家一起抬。"齐悦说道。

"少夫人，我来吧。"一个弟子说道，想要接过齐悦手里抻着的中单。

"不用，第一次我来吧，以后你们来。"

虽然是简单的移床，但各自抻着一角的胡三、棺材仔以及张同都有些紧张。

伴着齐悦的"一二三"，燕儿被稳稳地移动到推床上。

常春兰已经在病房里等候了，看到昏睡的女儿被推进来，忍不住掉眼泪。

再一次用中单移床后，阿如带着鹊枝、阿好帮燕儿盖好被子，然后她去安置血压计和温度计。

"会很疼吧？"常春兰对齐悦哽咽地道。

亲眼看着手术过程，常春兰都不知道自己是怎么撑过来的，早知道这样吓人，她宁愿不做这个手术。

"丑陋的蚕蛹挺过破茧而出的痛才能变成美丽的蝴蝶。"齐悦笑道，"手术中用了麻药，不会痛的，就是手术后……"

常春兰眼泪汪汪地看着她。

"痛也是好事，痛了才能成长，先苦后甜，先痛后喜。"齐悦笑道，拍了拍常春兰的肩头，"好了，你晚上可以在这边陪床，我也在这里。没事，别担心，半个月后，你就能看到一个新的燕儿了。"

齐悦走出屋子，院子里的弟子们还没散去，刘普成正指挥几个弟子在做器械消毒、室内消毒，安老大夫在一旁认真地看，偶尔问上一两句。

看到齐悦出来，大家忙停下手。

"辛苦了。"齐悦看着大家，笑道，然后习惯性地拍拍手。

这声"辛苦了"说得众人有些慌乱。

"我们辛苦什么？"

"是师父您辛苦了。"有弟子反应过来，忙忙地说道。

"手术不是一个人能做好的。"齐悦笑道，一面喊胡三："胡三，去，看哪家酒楼还开着，包桌晚宴送来，我请大家吃夜宵。"

从来没有过这种待遇，弟子们一时都不知道该怎么反应，胡三已经知道齐悦的脾气，大声应了声就换了衣服跑出去了。

"齐娘子，你这样让我以后都没法做了。"刘普成笑道。

齐悦"哈哈"笑："没事，老师你做你能做的，剩下的我来做。"

刘普成摇头笑了。

安老大夫一直安静地坐在一旁，听到这里，也微微一笑。

齐悦走过来。

"安大夫，不早了，你快回去歇息吧。"

"只恨弟子身残，不能侍奉师父。"

齐悦"扑哧"笑出声。

"安大夫！"她拔高声音喊道，"你还来真的啊？"

安大夫笑了。只听那些言辞，这个姑娘，没错，是个姑娘，这个姑娘在他印象里是个粗鄙无知又阴暗的女人，待亲眼看到，听到的那些话虽然依旧嚣张尖锐，却能感觉到这是个爽朗率真坦坦荡荡的人。

"今日少夫人劳累了，我先告辞了。"他没有回答，而是说道，一面拱拱手。

齐悦不以为意，笑着点头说声"好"。

她说过，她一向是个有礼貌的人，只要对方有礼貌。自始至终，安老大夫都很有礼貌，这个老者给她的感觉和刘普成一样。至于那个安小大夫……

"安小大夫还不能走吗？"齐悦忙问道，"给他熬了糖水喝没？"

安小大夫有点儿虚脱。齐悦觉得应该不是晕血导致的，毕竟他是大夫嘛，就算不是主治创伤的大夫，那就是受了惊吓。

一个弟子忙答道："熬了，也吃了。"

"没出息，齐娘子，不用理会。"安老大夫摇头说道，"几位小哥，劳烦你们把他给我架到车上去。"

几个弟子"嘿嘿"笑着应声，忙忙地去了。

街角，常云成已经站了好一会儿了。千金堂外悬挂的灯笼随风摇晃，就如同他的心一般。进去？不进去！不进去？进去！……

做手术的是他外甥女,他这个当舅舅的去探视再正常不过了!

常云成终于提脚,却听得声响,千金堂的门开了。他慌忙往黑影里躲了躲,看到先是两个弟子架着一个男人上了马车,接着推出一把轮椅来,然后便看到那女人的身影。

常云成的心不由得狂跳两下。大红灯笼映照出那女人含笑的脸。

像是已经很久没见了一般,常云成不由得盯着她的脸,没舍得移开视线。

千金堂门前随着马车的离去又恢复了安静。

那女人含笑和刘普成说着什么,自始至终,她脸上的笑就没散去。

她……这么开心……一点儿也没因为今天的事难过吗?还是藏在心里了?

常云成站在阴影里,裹紧衣裳,避免被夜风吹出声响。

齐悦几人很快进去了,门又被关上。

常云成这才慢慢地走出来,一直走到千金堂的门前,夜风中似乎听到里面有说笑声传出来,他抬起手,最终却没有落下。

他不知道站了多久,突然听得街那边奔来几个人,嘻嘻哈哈地说笑着。

"我就说把那个菜换成烧猪头,你们偏不听……"胡三抱怨道,忽地愣住了,"哎?"

他看向路那边。

"师兄,怎么了?"其他弟子忙跟着看过去,却只见夜色沉沉,街道隐隐。

"我好像看到一个人……"胡三皱眉说道,抬头看去。

"幸亏是在这里,不是在义庄,要不然又要被吓得腿发抖了。"有个弟子笑道。

"被吓得发抖的是我那师侄。"胡三瞪眼说道,听到身后脚步响,忙催着大家进去,"快,饭菜送来了,快收拾地方。"

大家应声进门,临进门前,胡三又看了眼路那边。

"好像是世子爷?"他自言自语。听见里面有人喊他,他应了声,忙忙地进去了。

紧随其后的是一辆车,车上是满满的食盒,不下七八个伙计跟着,乱哄哄地往千金堂里进,整条街都被搅动得热闹起来。

常云成从墙角的阴影里站出来,再次看了眼千金堂,转身大步走入夜色里。

常云成在书房里胡乱地歇了一夜。天色刚明的时候,他叫小厮进来,拿出一封信。

"去……"

他话没说完，小厮就眉开眼笑地接过信。

"是送给少夫人的吧？小的这就送去，决不让别人看到。"

谢天谢地，世子爷终于要给少夫人道歉了。

常云成的脸顿时黑成锅底。

"滚！"他喝道，踹了小厮一脚，"去送给京城的范公子。"

小厮被踹得坐在地上，吓得脸儿都白了。乖乖，猜错了。

他不敢再多说，爬起来就跑了。

常云成一晚上未消散的闷气又添了一重。

凭什么都认为他该去给那女人低头？

他闷闷地站在书房门口。

"世子爷。"有两个小厮过来，恭敬地施礼。

这是定西侯的使唤人，常云成"嗯"了声。

"侯爷让你去接少夫人回来。"一个小厮说道。

常云成沉着脸，没说话。

小厮们也不说话，只是低着头，恭敬地站着不动。

过了许久，常云成"嗯"了声。

小厮们还是站着不动。

"还有事？"常云成问道。

小厮们抬起头，有些尴尬地笑了笑。

"侯爷让我们陪着世子爷去。"

陪？是押着去吧！

常云成脸色再次黑了黑，拳头攥了攥，最终松开，提脚迈步。

好，这可不是他自愿的！

两个小厮松了口气。还好，世子爷没动手打他们。二人忙跟上去。

一行人走出去没多远就遇到了管家，管家看着常云成，脸上露出欣慰的笑。

"你很闲吗？在这里晃什么？"常云成再忍不住气，喝问道。

难道所有人都等着看自己向那女人低头的热闹？

管家依旧笑嘻嘻的，丝毫没有因为常云成态度不善而惶恐。

"没有，没有，我看看他们有没有偷懒。"他认真地答道。

常云成从鼻子里冷哼一声。

"那可真是辛苦你了，特意跑到这里来查看！"他说道，在"特意"和"这里"两个词上加重语气。

管家恭敬地施礼。

"不辛苦，这是老奴该做的。"他认真地说道。

该做的！谁家的管家该做的是一心关心少主子夫妻两个吵架和没和好？！

常云成青着脸，大步走了。

常云成刚出门，就见常春兰带着两个丫头急匆匆地进来。

"世子爷。"常春兰看到常云成，忙喊道。

"大姐，你怎么回来了？燕儿她……？"常云成问道。

"没事，她刚醒，月娘看着她呢，我……"常春兰迟疑了一下说道，"我回来拿些东西。"

常云成看她脸色有异，但既然她不说，他便不问，点点头，不说话了。

"世子爷，你……你别怪月娘，都是因为燕儿的事，她常常费心，才没有好好地侍奉母亲，失了媳妇的规矩，所以，所以……"常春兰眼中含泪，说道，"都是我，都是我和燕儿给她找来的麻烦，你……你别怪她。"

她说着，眼泪又掉下来。

常云成神色复杂。

"大姐，你这是说什么呢？"

常春兰知道他不愿意多谈。

"二弟，你是个好人，月娘她也是个好人，好人就该有好日子过，人这一辈子，能找到一个合心意的人，是几世才能修来的福分。"她叹口气，哽咽地说道。

合心意……

那女人是合自己心意的人吗？

那种臭脾气！

"大姐，你快忙去吧，别多想了，这件事跟母亲，跟侍奉不侍奉的其实不相干。"

常春兰看着他，欲言又止，最终只是说道："是，我知道了。"

常云成点点头，这才大步走开了。

常云成没有骑马，千金堂离定远侯府也没多远，眼看就要到了，他的步子却放慢了。

他身后的两个小厮不由得提心吊胆：世子爷不会又反悔了吧？

"她在你们眼里就那么好？"常云成忽地回头问道。

两个小厮一愣。

常云成问完又笑了,摇摇头。自己问的什么!议论主子,这些小厮又怎么会答。

"世子爷,少夫人真不错,对咱们都很好。"一个小厮迟疑了一下,说道。

"对对,特能给咱们壮胆气。"另一个跟着说道。

常云成的脸色黑了黑。

"当然,当然,说到底是因为有世子爷您。"说话的小厮忙又补充道。

常云成忽地"哈哈"笑了。街上路过的人不由得吓了一跳,待要骂一声"有病啊",看到常云成的穿着打扮,又忙咽回去,挨着墙根纷纷走开了。

两个小厮更加心惊胆战。

好好的,世子爷怎么又笑了?

世子爷拉着脸发脾气倒是常见,笑反而少见。

家里上上下下都这么喜欢她。

就算自己走了,她又能惹出什么祸,想必也能平安无事。

只是母亲那里……

常云成收了笑,轻轻地叹口气。

千金堂里已经恢复了正常,看病的看病,抓药的抓药。

常云成迈进去,看到他的杂工吓了一跳。

"闭嘴。"常云成制止杂工大呼小叫,直截了当地问道,"在哪儿?"

病房里,窗帘被拉开,清晨的日光投进来。

一个弟子拿着花洒喷洒药水,直到连边边角角都被喷到,他才退出去。

阿好端着一碗水进来了:"少夫人,盐糖水熬好了。"

齐悦坐在病床边,正听诊燕儿的心肺,闻言摘下听诊器。

"燕儿,咱们喝点儿水啊。"

燕儿已经醒了。麻药的效力已经过去,她正在忍受伤口的疼痛以及不适,眼里含着泪水,却牢牢地记着齐悦的嘱咐,并没有哭闹。

齐悦用针筒慢慢地喂,燕儿一口一口地吃了两针筒。虽然几乎不用张合嘴巴,但这样吃下去伤口也是很疼的,齐悦满意又怜惜地点点头。

"消毒药水和棉签。"齐悦说道。

阿好忙将东西端过来,齐悦弯身,轻柔地用蘸了消毒汤药的棉签擦拭燕儿的口唇。因为惧怕,燕儿紧紧地闭上眼,浑身绷紧,发出隐忍的"呜呜"声。

"燕儿真勇敢！"齐悦夸赞道，擦拭完，亲了亲她的额头。

燕儿睁开眼，眼泪往下掉，眼中却是高兴。

"好，现在是奖励时间了。"齐悦笑道，在床边坐下来，"舅妈给你讲个故事好不好？"

燕儿点点头。

"从前有个农场，农场里一只母鸭正在孵蛋。天气特别好，高高的树，深深的池塘，阳光洒在水面上，像金子一样……鸭妈妈累坏了，但是看着鸭蛋一个一个裂开，她还是很高兴。一个，两个，三个……毛茸茸的小鸭子晃晃悠悠地站了起来……哎呀，这只小鸭子怎么这么丑啊……"

不只燕儿，连一旁的阿好都听得入迷了。

常云成看着室内，听着轻轻的啜泣声。

"少夫人，小鸭子好可怜。"这是阿好在擦眼泪。

病床上，燕儿早已经泪流满面了。

"哎呀哎呀，怎么哭成这样？怪我怪我。"齐悦笑道，忙拿着白布给燕儿擦拭，"我讲快点儿讲快点儿。"

"不要！"燕儿急得要张口说话，"讲慢点儿……爱听……"

齐悦忙冲她嘘了一下，燕儿这才不说话了。

"不要张口不要张口，伤口裂了可就要遭大罪了。"她拍着胸口说道。

燕儿眨着眼看着她，表示自己会听话。

齐悦拍拍燕儿的肩头，笑道："我们燕儿马上就要变成天鹅了。"

燕儿的眼泪再次流下来，眼睛闪闪的，里面盛满了激动。

"好了，你现在睡一觉，让身体快快地好起来！"齐悦帮她掖了掖被角，说道。

燕儿点点头，听话地闭上眼。麻醉药效过后，因为疼痛，这孩子一直不能入睡，但她努力地睡，被子下的手紧紧地攥起。睡吧睡吧，一觉睡醒，她就会变成世上最美丽的天鹅……

齐悦揉着肩头，晃动脖子，舒展了一下身子。

"少夫人，你快去歇歇吧，这里我看着。"阿好说道。转过身，她失声"啊"了一声。

齐悦忙冲她嘘了一下，跟着看过去。

常云成站在门外看着她。

"世子爷。"阿好低头施礼。

齐悦收回视线，没有理会他。

"那我去休息一下，有什么事，找刘大夫。"她说道，从常云成身边走过去。

常云成迈进室内，齐悦背对着他。

"要吵架我现在没精神，也懒得说话，当然，你要是有精神的话，我也不介意直接动手。"齐悦摆了摆手。

常云成走上前，伸手将她抱住了。

齐悦以为他会说对不起，他却什么也没说，只是紧紧地抱着她，头埋在她的脖颈中。

"虽然我没力气，但我心里已经将你来了个过肩摔。"

那男人在背后依旧无声，只是紧紧地抱着她，仿佛一松开人就会没了。

以前喜欢抱着这女人，他一直以为是本能的需要，现在才知道，他喜欢抱着她，是因为觉得很温暖。抱着她，哪怕外面冰天雪地，他心中也是温暖如春。

温暖，很久很久以前，来自朦胧的幼儿记忆，躺在母亲的臂弯里，就是这种感觉吧。

燕儿在术后第三天回到了定西侯府。

安老大夫也告辞了。

"师父，五天或者七天能拆线，那么多少日子能看出效果呢？"他问道。

"一个月差不多了。"齐悦说道。

"那我一个月后再来。"安老大夫再次躬身，"多谢师父赐方。"

齐悦将小儿颅内出血的治疗注意事项给他仔细地讲了写了。

"安大夫，你又来了，可别这么喊了啊。"她笑道。

站在一旁的安小大夫哼了声，将头扭到一边。

"三人行必有我师，齐娘子，你当得起。"安老大夫含笑说道。

齐悦从来就不是会客套的人，听了便一笑。

"那我就当安大夫你的一技之师了。其实以安大夫你的本事，这病不算什么，胆子大一些就好了，就算失败了也不要怕，我们大夫就是要敢去尝试……"

她说到这里，一旁的安小大夫嗤笑。

"失败了没什么？"他冷笑道，"失败了没什么？说得轻巧啊，你……"

"闭嘴。"安老大夫沉声喝止他。

安小大夫虽然愤愤，但听话地闭嘴了，恨不得将头扭到后面去。

"对啊，师兄和师父说话，你一个后辈插什么嘴！"胡三在一旁喊道。

虽然自己入门早，但鉴于安老大夫的身份地位，胡三决定自我降低一下排名，当师弟。

"你也给我闭嘴。"齐悦说道。

胡三立刻乖乖地站了回去。

"是，我知道了。"安老大夫含笑说道，没有继续这个话题。

定西侯府。

燕儿的回来引起一阵骚动，不只小姐少爷们来看，丫头婆子们也都纷纷找各种借口来，就连定西侯也破天荒地来黄姨娘这里吃了顿饭，当然，过夜是不可能的。

不过现在什么也看不出来，一阵热闹后，为了避免打扰燕儿休息，大家都散了。

听说她们回来了，常云成很纠结，那天齐悦最终没和他说话，神情也不似以往。

小厮禀报，少夫人要照顾小小姐，便暂时住在黄姨娘的院子里了。常云成坐在书房里，重重地砸了下桌面。

府里再大，两座院子相隔也不过几步，要照顾有必要住在那里吗？这女人分明就是……

桌上一封信被震得跳了跳。

这是范艺林给他的回信，常云成看了一眼，伸手拿起来。

"当娘的不喜欢儿媳妇，那是再正常不过了。"

常云成看了这句话，心里松了口气：原来这是很正常的事啊。

"当然，我母亲和我媳妇关系很好。"

常云成又憋了口气：是，你们家都不正常！我昏了头才给你写信！他就要揉烂信纸，但最终还是忍着看了下去。

"那是因为有我。其实这件事很简单，就跟家里几个小妾争风吃醋一样，你是她们的，双方都想在你心里当最重要的，那自然就会看对方不顺眼……"

什么乱七八糟的鬼话！

常云成看得更烦躁，将信纸揉烂扔了出去。

齐悦留在黄姨娘那里，他没理由也留在那里，又不愿意回院子里一个人孤零

705

零的。

常云成没精打采地来到谢氏这里。

"还没吃吧？"谢氏问道。

常云成点点头。

"快坐下吃吧。"谢氏心疼儿子，忙说道。

常云成坐下来，也没心情说话，低着头扒拉饭。

谢氏看出儿子不高兴，认为是齐悦的缘故。

"这住到人家院子里了，不过也是她聪明，要不然，她去哪里住？"她不咸不淡地说着，一面给常云成添饭菜，"这一次，那女人再说什么，你都不要理会她。既然她不把你我放在眼里，那我们也没必要理会她。"

常云成放下碗筷。

"母亲，月娘她心里有你我。"

正说得高兴的谢氏愣住了。

"她说有，你就信了？我说没有，你不信？"她将碗筷也放下了。

屋子里的气氛顿时有些异样。

常云成看着谢氏，说道："母亲，月娘是想对你好的，她其实挺好的。"

谢氏冷笑一声打断他。

"她对我好？她怎么对我好？我看她照顾我还没照顾那个燕儿上心！"

母亲这话说得有点儿……燕儿是个小孩子，又病着，怎么能比呢？

常云成觉得心里有些不是滋味。

"母亲，月娘她对你也上心，那些日子，她日日给你添菜做夜宵。"他说道。

谢氏的神情一顿："什么？"

常云成便将那些日子齐悦亲自下厨给谢氏做饭菜的事说了。

"母亲，月娘是真的对你好。她的出身是不太好，可是既然已经成了一家人，那就不说以前了。她很好，真的很好……"他不知道该怎么描述，只能反复地说"很好"。

话没说完，谢氏忽地抬手一扫，桌上的盘碗筷"噼里啪啦"地落在地上，这突然的响动吓得一屋子人都抖了一下。

"母亲。"常云成忙站起来，有些不知所措。

"你居然让那女人做菜给我吃，她要是下毒害我怎么办？"谢氏喊道，双手紧紧地抓着桌面，手上青筋暴起。

"母亲，月娘她怎么会？！"常云成忍不住喊道。

"她怎么不会？"谢氏看着常云成，厉声喊道，"你的祖母能下毒害死你母亲，她养的贱婢难道就不能下毒害死我？"

常云成的脸顿时僵住了。

母亲的死是他心里的一根刺。

真的是祖母干的吗？

"滚出去！认贼作父、不知恩仇的东西！"谢氏不容他说完，直接一伸手，厉声说道。

"母亲！"常云成干涩地喊道。

"滚！"谢氏猛地掀起桌子。

常云成忙跪下了。

屋子里的丫头们也立刻跪下来。

谢氏提脚，身子挺直地走了。

夜色降下来时，常云成终于被劝得起身，他站在荣安院外，一阵恍惚迷茫，最终还是回到了书房。

常云成在书房里呆呆地坐着，想起什么，又猛地站起来冲到墙角。

"来人，来人！"他喊道。

门外的小厮忙跑进来。

"我扔在这里的纸呢？"常云成问道。

小厮们你看我我看你。

"收拾了。"一个小厮说道。

"谁让你们收拾的？"常云成喝道，"给我找回来！"

小厮们慌乱地跑了。

一阵鸡飞狗跳后，那封信终于被找回来了，常云成伸手夺过皱巴巴沾了不知道什么垃圾的信，将小厮们赶了出去。常云成将信纸展平，在灯下认真地看。

"我的秘籍是，哄。对着母亲绝对不说媳妇的好，对着媳妇也不说母亲的好。你想想，你对着一个爱你的女人说另外一个女人多好多好，那不是找打吗？"

要是以前听了这话，常云成一定会嘲笑范艺林，但今天……

他重重地叹口气，接着看下去。

"同样，不能将一个人抱怨对方的话讲给另外一个人听。不管她们说什么，你都要左耳朵进右耳朵出……

"你要让母亲相信，媳妇一切都是听她的；你要让媳妇相信，母亲是绝对对她满意的。总之，你要让她们相信，她们都是对方眼里想要的那个她……"

常云成可以睡在书房里，但洗漱更衣还是要回院子里，刚走到院子门口，就见秋香急匆匆地跑出来。

"世子爷！"她高兴得跟什么似的跑过来，"少夫人回来了。"

常云成愣住了。

"世子爷你快去，少夫人正吃饭呢。"

回来了……她肯回来了……不是回来拿衣服什么的，而是吃饭了……就算是，他也绝对不会放她走。

常云成大步奔了进去。

屋子里，阿如正小心地给齐悦添饭，脸上是抑制不住的笑。

"瞧你们，都怕我甩手跑了是吧？"齐悦笑道。

阿如毫不迟疑地点头。

"我既然接受了他，想要和他好好过日子，就不能意气用事了，总得有人先退一步吧。"手停了下，齐悦歪头一笑，"再说，这种退步我还是能接受的，等遇到不能接受的，我再跑吧。"

阿如前边听得高兴，听到后边又跺脚。

"少夫人！"她嗔怪地道。

门帘响动，常云成走进来了。

阿如忙招手，带着丫头们退了出去。

齐悦还没抬头，常云成就过去抱住了她。

"喂。"齐悦手里还举着碗筷，喊道。

常云成还是抱着她不说话。

"怎么不说话啊？你不是挺能说的？道歉啊，理由啊，争辩啊什么的。"齐悦任他抱着，说道。

"我没什么可说的。我错了，你说过道歉没用的，我没什么可说的，我也没脸说。月娘，你打我骂我都成，只是不要不理我。"常云成终于开口了，声音闷闷的。

烛光跳了几下，常云成伸手挑了挑灯芯，看着倚在引枕上一面看书一面伸手抓干果子的齐悦。

盘子里的瓜子仁已经没多少了，常云成忙坐下来，接着剥。

"月娘。"他又小心地喊了声。

"干吗？"齐悦皱眉说道，不知道看到什么，"哈哈"笑起来。

常云成忙凑过来："什么这么好笑？"

齐悦"啪"地将书扣在身上："没什么。"

常云成看着她。

"月娘。"他喊了声，沉默了一刻方道，"你有什么想说的就说出来。"

"我说是你母亲故意找我碴儿，让你看我不顺眼，你信吗？"齐悦问道。

常云成想到范艺林的信，点点头。

齐悦倒是意外。

"你真信？你母亲在你眼里不是好得跟菩萨似的吗？"

常云成沉默了一刻，说道："母亲不喜欢这个家，不喜欢这个家里的每一个人。"

"所以她不喜欢我也是正常的。"齐悦叹口气，"你说你都明白，干吗还冲我发火？"

常云成抬起头看她，张了张嘴。

"月娘，换作你是我，那种情况下，你会不会发火？"

他到底是无法昧心说出那些甜言蜜语。

齐悦看着他，叹口气。

"这次也怪我。做不到的事就不该答应，答应了就该做到，是我授人以柄了。"

这个女人就是这样痛快。

常云成看着她，伸出手。

齐悦看着他，将手放在他手上。

"也怪我，不该急着把你往母亲跟前推。"常云成说道，"适得其反。"

齐悦笑了。

"其实也不能全怪你。要怪就怪当初你祖母非要把你我凑成一对。"

常云成拉住她的手。

"当初是后悔怨恨过，但是现在不会了。"

"现在为什么不会？我有什么好的？"齐悦笑道，"我这种坏脾气的人很少见吧？"

"我不知道。"常云成说道，"大概因为你就是你吧。"

齐悦"哈哈"笑了，说了一句话。

"什么？"常云成没听懂。她说的好像不是话？跟鸟叫似的。

"我说：为什么我爱你？闪电……从来没有问过眼睛，当他闪过的时候，它为

什么闭上……"齐悦笑道，倚在引枕上，用手拄着头，看着常云成。

什么？常云成看着她。

齐悦看着他笑："因为他知道，它不能说出，任何理由，因为我看见了。所以，然后，我爱你。"

常云成被她说得一头雾水。

"这是一首诗。"齐悦笑道。

这女人是用诗来表达对自己的爱？常云成的脸腾地红了。

"这叫什么诗？乱七八糟的。"他"吭吭哧哧"地说道。

齐悦"哈哈"笑了，抓起一把瓜子扔向他："臭美！"

常云成被她看穿心思，羞恼地拍打身体，瞪眼。

"你这臭女人，干什么？"

齐悦笑着，把脚一伸。

"捶腿。"她说道，"这几天累死我了。"

常云成拉着脸。这女人……

他拉过齐悦的腿，开始捶打。

"这力度行不行？"

齐悦重新拿起书，懒洋洋地"嗯"了声。

"这样呢？"

"这样呢？"

屋子里不时传来男人小心的询问。

门外侍立的丫头对视一眼，都看到对方眼里的笑意。

夜色沉沉的时候，齐悦放下书。

"我不和你说了。"她打了个哈欠，"我困了。"

常云成一晚上就等着她这句话，闻言心"咚咚"地跳，看着这女人往外走。

"你干什么去？"他忙伸手抓住她的胳膊，急急地问道。

这男人一脸紧张，齐悦回头看到，不由得笑了。

"放心，不跑，我去洗洗。"

常云成拉着她的胳膊不放。

"哪有总去丫头屋子里洗的？"

他拉着齐悦的胳膊，透过衣裳，齐悦感受到他手掌的热度，不自觉地红了下脸。

710

她红了脸，常云成不由得目光发暗，心跳得像擂鼓，呼吸也急促起来。

不知道，不知道她上次说的那件事还算不算数……

常云成这样想着，就问了出来。

"什么事？"齐悦问道。

常云成拉着她的手忍不住用力，摸着那软软的小小的手掌，只觉得百爪挠心。

"没……没什么事。"他最终结结巴巴地说道。

以前她高兴的时候还不肯呢，现如今心情还不好呢。

齐悦看着他，笑了。

"那我在你这里洗了。"她说道，"你可不许偷看。"

常云成哼了声。

"谁稀罕！"他松开手。

齐悦笑了，果然走进净室。

常云成看着那女人进去了，先是进屋铺了床褥子，然后逐一熄了灯，只留下夜灯，听得净室里"哗哗"水响。

偷看？谁稀罕！

他在床上坐下来，又站起来。

"我的妻子我光明正大地看，用得着偷看？"他嘀咕一句，深吸一口气，提脚进去了。

屋子里传出女人的笑骂声以及男人理直气壮的"我尿尿"的回答。

这一晚上，这男人果然老老实实的，连自己解决都没有，齐悦也是真累了，呼呼一觉到天明。

丰盛的早饭摆上来，她神清气爽地一边吃，一边听对面坐着的青着眼圈、显然一夜没睡好的男人说话。

"母亲说你累了，就不用这些虚礼了，那日的事你心里知道错了就过去了。"

齐悦狐疑地看着他。谢氏会说这话？见鬼了吧。

"真的？"

常云成面不红耳不热地点头。别说你了，连我现在去母亲都不理。

"其实也没事啦，那天的确是我不该睡着，我也不知道怎么就睡着了。"齐悦笑道，"既然是你母亲，那我自然应该恭敬一些，你放心，我不跟她一般计较。"

常云成黑了脸，这话怎么听着那么别扭呢？不过看来范艺林又说对了，自己才说母亲体谅她，这女人就退了一步。

安抚好齐悦，常云成就迫不及待地跑到谢氏那里试验去了。

他一连跪了三天，谢氏到底是疼儿子，看着他一天到晚跪在外边，还是叫起了。

"我知道母亲是心疼我，怕我受委屈，我只想让母亲知道我没事，知道我没受委屈，所以才让月娘做出这些事，让母亲看看，那女人在我跟前不敢胡闹。"常云成半跪在谢氏面前说道。

谢氏听了，心里舒服了。

"不过，那女人你打算怎么办？"谢氏沉着脸问道。

"母亲说怎么办就怎么办。"常云成说道，"母亲要是不爱见她，就不见她了。"

谢氏点点头，但又觉得不太对劲。

那岂不是太便宜那女人了？

不过，冷落她，对她来说才是最大的折磨吧。

想到这里，谢氏笑了。

常云成舒了口气，垂在身侧的手攥了攥。好了，两个人不见面，总能相安无事了吧。

"艾丽莎将手中的衣裳全部抛了出去，马上，十一个美丽的王子就出现了，只可惜最小的一位王子的一条胳膊还是天鹅的翅膀。

"'我可以讲话啦，我是无罪的！'艾丽莎大声说道。

"木柴上长出了鲜红的玫瑰，国王走过去，摘下这些玫瑰，亲手给艾丽莎戴上……"

"好了，该睡觉了。"齐悦伸手拍了拍燕儿的头，笑着说道，"故事时间结束了。"

燕儿心满意足地看着齐悦，听话地闭上眼。

一旁的常春兰低头擦泪。

"让你费心了。"她送齐悦出来时说道。

"大姐，你又说见外的话了。"齐悦笑道，又叹口气，拉着常春兰的手，"那天你去母亲那里跪着了？说是因为你我才没能尽媳妇的职责？"

那日燕儿刚做完手术，常春兰就说回来拿东西，一拿就是半日，回去后腿一瘸一拐的，被眼尖的鹊枝看到，一打听就打听出来了，原来她是去谢氏的院子里跪了半日。

常春兰低头擦泪。

"本来就是因为我。"她哽咽道。

"大姐,别傻了,不是因为你。"齐悦笑道,拍了拍她的肩头,"别多想了。"

姨娘也这样说,她也这样说,常春兰叹口气,也只有真正关心自己的人才这样安慰自己。

常云成去谢氏那里例行问安陪吃饭,回来后先是问了丫头齐悦吃了什么、吃了多少。

"哎呀,你别婆婆妈妈的了。"齐悦在屋子里听到了,笑道,"我又不是自虐狂,哪里舍得委屈自己?"

常云成讪讪地进来了,看到齐悦坐在炕上摆弄一个奇怪的东西。

"这是什么?"他问道。

"风铃。"齐悦说道,将东西举起来。绳子上穿着小铃铛一般的东西,随着她的动作发出清脆的响声。

女人就爱这些小玩意。

常云成立刻开始想在谁家见过类似的,好去要来。

"这个用来给燕儿练习说话的。"齐悦把风铃递给常云成。

常云成不明所以,伸手接过。齐悦站在一旁,对着风铃吹气,风铃转动,发出清脆的响声。

"练习说话?"常云成不解地问道,"对着风铃说话?傻不傻啊?"

齐悦"哈哈"笑了。

"你才傻呢。"她站起来说道,"是对着风铃吹气,练习吹气。"

"吹气?那样不是更傻?"常云成说道,自己试着吹了下。

风铃转动,"叮叮当当"。

他不由得笑了。齐悦也吹了下,烛光下,女人娇艳的面容如花。

常云成心跳加速,挣扎着转开视线。

"给我。"齐悦伸手要。

常云成下意识地抬手,齐悦的手落空。

"干吗?"她笑道,抬手捶他一下,"闹什么?"

常云成咽了口口水,将风铃递到她面前。

"你再吹下。"

齐悦笑着,果然再次抬头吹去,刚吹了口气,常云成就俯身过来,吻住了她

的唇。

齐悦被这偷袭惊得瞪大眼。

这也不是第一次了，两人到现在，吻也吻过，摸也摸过，但这一次的感觉还是跟以前不同。

这一次，他动作轻缓。有了前几次的经验，这男人无师自通，舌头在齐悦的嘴里翻卷，吮吸，引得她不自觉地发出喘息声。

一阵气喘吁吁，二人暂时分开，要不然都要窒息了。

常云成红着眼看着眼前的女人，风铃还被他攥在手里。

经过刚才的激吻，女人的脸通红，眼里也水汪汪的，红肿的唇越发诱人。

"呸，色狼。"齐悦红着脸说道，抬手推了他一下，转身忙要走开。

常云成放下风铃，伸手抓住她。

"月娘。"他哑声喊道，声音里带着炙热。

齐悦只觉得拉住自己的是一个火炉，热腾腾的，烤得人发慌。

"月娘。"常云成再一次轻声喊道，将这女人一把拉到身前，再一次低下头，含住她的红唇。

这一次，他刚撬开女人的嘴，里面的小舌头就主动缠了上来。

常云成浑身巨震，揽着齐悦腰身的双手就用力地揉搓起来。

齐悦被勒得差点儿窒息，发出一声闷哼，躲开了常云成的唇。

"你轻点儿……"她喘息道，话没说完，就被这发狂的男人抱起来放倒在一旁的罗汉床上，他的人也重重地压上来。

"月娘，今晚可以了吗？"常云成用胳膊支撑身子，颤声问道。

齐悦的心跳如同擂鼓。

"还没洗……先去洗洗……"她咬牙说道，举起手想要推他。

想起前几次被迫中断的事，常云成这次下定了决心，别说洗澡了，就是天塌下来，他也不会松手了！

再不吃这女人，他一定会憋死的。

胡乱地将衣裳连解带撕地扯开，看着灯下耀眼的白花花的胴体，常云成顾不得去扯下边的裤子，三下两下先把自己脱光了。

大家都是成年人啦，水到渠成就顺其自然吧。

齐悦酡红着脸看着自己上边精光的男人。以前自己虽然看过，但那属于非礼勿视，也没敢看，此时此刻，看自己的男人，就不属于非礼了吧。

自己的男人……

这几个字划过心头，齐悦的脸更红了。

真是没想到，她竟然要跟一个千年前的男人那个。

天呀，这……这真是……

齐悦忍不住惊呼一声，伸手掩住脸。

屋子里的灯忽地灭了，屋子外面站着的人吓了一跳，旋即便听到女声压抑的闷哼。

"疼……慢点儿……"

阿如吓得跟什么似的，飞也似的赶着人乱乱地退下了。院子门落锁，丫头的屋子紧紧地关上门窗，但似乎还是有那羞人的声音钻进来。

"你轻点儿……浑蛋，不要咬……啊——疼……"

已经出了正月，可以动土了，齐悦一大早就赶到千金堂。

一大批工匠进驻千金堂，乱哄哄热闹闹地开工了。

"我们的定位就是外科，嗯，还可以加个妇科。"齐悦和刘普成商量。

刘普成看着女子亮晶晶的眼睛和充满希望的神情，含笑认真听。

"他们会不会看病目前不是最要紧的，我们先要加强消毒、护理的技术培训。外科的伤病，三分治七分养……住院部当然是必需的……"齐悦一边说一边比画。

"少夫人的师父的医馆就是这样的吗？"刘普成忍不住问道。

"是。"齐悦笑了笑，说道。

"少夫人的师父，还在世吗？"刘普成小心地问道。

在世，但不在这个世界。

齐悦笑了笑，带着几分惆怅，现代社会的事就如同梦一场。

她看向外边，忙碌的工匠，来回奔走的弟子……眼前的场景不由得与前世的医院重合。

她要在古代开医院了，没有医学器材，没有最基本的药物……

"消毒剂呢？熬好了没？"

"止血……师兄，止血带是多长时间松开一次啊？"

外边弟子们的声音传来，齐悦眼前的现代医院的景象消失，取而代之的是这些忙碌的古代医者。

她虽然缺这个少那个，但是，万幸的是她有人，有这些对医学有着极大热情的人。

现代的那些东西，说到底也是随着人的努力一点儿一点儿出现并完善的，所以最重要、最关键的还是人吧。

"是大出血吗？"齐悦走出去，大声问道，一面挽起袖子，"我来。"

忙忙碌碌的几天一眨眼就过去了，建造工程步入正轨。

常云成每日都会留在谢氏那里陪着她吃晚饭，齐悦从千金堂回到家的时候，他还没回来。

齐悦直接去洗漱了，现在她自然不用去阿如的屋子里了。齐悦刚进去脱了衣裳，常云成就进来了，吓了她一跳。

"你出去，我还没洗呢。"她慌忙地用手挡住上边，却又露出下边，忙又挡下边。

看着这女人上上下下地折腾，这挡着比不挡还要诱人。

常云成一步上去就把人抱住了。

"你急什么啊？"齐悦气道。这男人怎么这样啊？

"我都一天没见你了，急死我了。"常云成低声吼道，一把扣住齐悦的后脑勺，狠狠地吻上去。

亲了好一阵，两人才气喘吁吁地分开。

"你一天到晚想的都是什么？"齐悦还记得他说的话呢，气道。

"月娘，我忍了好几天了。"常云成哑着嗓子说道。

初夜后，自己的身子不舒服，齐悦说什么也不肯让常云成再碰，常云成也怕伤到她，忍着不碰她了。有过鱼水之欢又夜夜抱着入睡却只能看不能吃，这对一个血气方刚的男人来说真是需要莫大的忍耐力才能做到。

齐悦瞪眼，都不知道说什么好。

"我快要走了。"常云成看着她，低声说道。

齐悦的心顿时软了。

"我想要你。"男人看着她，又说了句，眼睛都在冒火。

齐悦的脸顿时红了，眼睛也变得雾蒙蒙的。

"那，也得先洗洗啊。"她软软地说道。

常云成一把将人抱了起来坐进浴桶里。

"常云成——"女人的颤声尖叫响起。

"不要叫我的名字……"

常云成这一次好容易才忍住，浑身都在哆嗦，手带着几分恼怒重重地打了身上女人的屁股两下。

真是见鬼,他从来不知道他的名字有这样的魔力,或者说从这女人的嘴里喊出有这样的魔力,喊得他人都像是要炸了。

他要疼她,一辈子都不够……

(完)